Tote Helden

Widmung

Kein Held. Dennoch wird er Geschichte schreiben. Gewidmet Jack, in Gedenken an ihn. Helden müssen sterben, ohne den Tod sind sie keine Helden. Manchmal werden sie zu Engeln, selten waren sie welche.

Über den Autor

Oliver Szymanski wurde in Dorsten in Nordrhein-Westfalen geboren. Parallel zum Abitur arbeitete er bereits als Selbstständiger im IT-Bereich. Er hat seinen Wehrdienst in einem Nato-Fernmelderegiment geleistet. Begleitend zu seiner Tätigkeit als IT-Berater studierte er Informatik an der technischen Universität Dortmund. Er ist als Dipl. Informatiker für Unternehmen als Berater, Trainer und Software-Architekt tätig. Privat skatet und snowboarded er gern, mag Kinogänge und Rollenspiele. Bereits seit dem zwölften Lebensjahr schreibt er Geschichten in seiner Freizeit, die zwar in sich abgeschlossen sind, aber bedeutsame Facetten eines eigenen Universums widerspiegeln. Über die Jahre hinweg ist er dazu übergegangen, statt der anfänglichen Kurzgeschichten vollständige Romane zu verfassen.

Oliver Szymanski

Tote Helden

Die vorliegende Geschichte ist rein fiktiv. Jede Nennung von realen Personen ist rein zufällig.

© 1995-2011 Oliver Szymanski
Umschlaggestaltung: Oliver Szymanski
Herstellung und Verlag: Books on Demand GmbH, Norderstedt
ISBN-13: 978-3842373778

Und unter: <http://www.oliver-szymanski.de>

DANKSAGUNG

All den lieben Helfern,
Elisabeth, Miriam, Carina, Gerolf,
Liliphe, Jerome, Thomas, uvm.,
dies es ermöglichten,
dass dieses Jahr bereits
vier Bücher veröffentlicht
werden konnten.

ZERO

Mit einem Blick aus dem Fenster bildete sich die tiefschwarze Nacht auf seiner Netzhaut ab. Draußen schien der Mond auf die ruhige Wohngegend, und er bekam einen sehnsüchtigen Blick. Sehnsucht wonach? Hatte er mittlerweile nicht alles, was er so lange vermisst hatte, eine Familie, einen Ort den er Zuhause nennen konnte? Falls man auf eine solch einfache Weise wirklich diese Dinge finden konnte. Denn mit diesen Dingen war ein besonderes Gefühl verbunden, und Emotionen ließen sich nicht auf einfache Weise herbeirufen, sie kamen und gingen. Manchmal gingen sie nie.

Wie das Gefühl, das ihn auch zu diesem Zeitpunkt befiel. Eine unglaubliche, sich ausbreitende Leere. Er wusste nicht, woher sie kam oder wohin sie führen würde. Aber sie quälte ihn, quälte ihn ohne Unterlass.

Er wohnte auf dem Dachboden des neuen Zuhauses. Eine noble Geste, hier hatte er beinah eine eigene Wohnung: einen Schlafraum, einen Wohnraum und ein kleines Bad. Lediglich die Küche fehlte, doch es hätte sich sicherlich die Möglichkeit gefunden eine Kochnische einzurichten, wenn ihm der Sinn danach gestanden hätte. Allerdings er brauchte das nicht. Er glaubte nicht wirklich, hierher zu gehören. In diese Familie.

Eigentlich hatte seine Schwester eher das Recht gehabt, vom Standpunkt ihrer realen Familienzugehörigkeit beurteilt, hier oben zu wohnen, doch sie wollte sich nicht von ihrem Zimmer unten trennen.

Vielleicht ist dies alles ein wenig verwirrend. Beginnen wir am Anfang. Sie waren eine normale Familie. Allerdings nur wenn man auf eine Definition von normal verzichtet: gemäßigter Mittelstand, die Mutter größtenteils Hausfrau, nebenbei Sekretärin an einer kleinen örtlichen Grundschule mit einer Anzahl von Klassen, die man an den Fingern einer Hand abzählen konnte. Eine gutmütige Frau, sehr nett.

Der Vater Frank war Polizeibeamter, mittlerweile nach mehreren Beförderungen nicht mehr im Dienst an der Front, sondern mit einem geordneten Dienstplan, Feierabend am späten Nachmittag. Er führte Ermittlungen durch, welcher Art genau wusste der Rest der Familie nicht, er sprach nie darüber.

Nur der Sohn Vik redete mit dem Vater über die Arbeit, er war ebenfalls Polizist. Vik war wie seine Mutter freundlich und ausgeglichen, eigentlich wie jeder in dieser Familie. Keineswegs Konfliktscheu, aber zurückhaltend. Konflikte wurden verbal gelöst, sei es bei Streitigkeiten mit einem jugendlichen Schläger oder bei einem Streit unter den Geschwistern. Dies geschah allerdings selten, Vik und seine Schwester verstanden sich recht gut.

Und wie es bei Geschwistern so ist, verstanden sie sich noch besser, nachdem sie nicht mehr miteinander leben mussten. Dies war seit Viks Auszug der Fall, als er eine eigene Familie gegründet hatte. Er wohnte nun einige Straßenblocks entfernt in einem kompakten Bungalow, sich ein neues Leben aufbauend, abgenabelt von den guten elterlichen Ratschlägen die via Kommunikationseinheit dennoch zu ihm drangen.

Nun stand also der Dachboden frei, doch Sarah stand nicht der Wunsch danach, ihr trautes Zimmer mit Viks altem Wirkungskreis einzutauschen. Nein. Es begab sich zu der Zeit, dass es ein Projekt gab, das die hochrangigen Polizeioffiziere in die Welt gerufen hatten, um Jugendlichen aus Heimen vor dem sozialen Abstieg zu retten. Sie hatten ein rühmliches Ziel und versprachen sich damit noch etwas viel rühmlicheres. Ihr loser Verband wollte einen aus ihrer Mitte als Bürgermeister sehen, und diese Aktion würde hoffentlich das gewünschte Ansehen bringen.

So adoptierte auch diese Familie als Teil des Projektes einen Jugendlichen. Dieser war mit seinen sechzehn oder siebzehn Jahren für eine Adoption recht alt, doch die Heimleitung wäre auch ohne diesen Grund froh gewesen, dass er sie endlich verließ.

Nicht weil er Probleme bereitete, im Gegenteil. Er sprach selten, fast nie, scheute Kontakte und war der geborene Einzelgänger. Möglicherweise war dies auch nicht angeboren, sondern hatte sich entwickelt.

Die Familie nahm ihn auf, sie behandelten ihn fast wie ein Mitglied ihrer Blutsbande, und er begann sich wohl zu fühlen. Seine echte Familie vergaß er allerdings nie. Und auch nicht die Erlebnisse seiner Kindheit, von denen viele behaupteten, dass sie ihm nicht bewusst sein konnten.

Er mochte seine neue Familie. Familie. Ja, sogar er selber begann dieses Wort in den Mund zu nehmen, wenn er von ihnen sprach. Er gehörte nun zu ihnen und wohnte in Viks alten Räumen. Mittlerweile war er schon zwei Jahre bei ihnen.

Um Frank, seinen Adoptivvater, Stolz empfinden zu lassen, nahm er sich als Berufsziel vor, Polizeibeamter wie Vik zu werden, und er besuchte nun seit einem Jahr die entsprechende Lehrstätte für die Polizeiausbildung. Eigentlich hatte man ihn aufgrund des fehlenden Schulabschlusses nicht aufnehmen wollen, aber er bestand den allgemeinen Eignungstest. In den Jahren im Heim hatte er sich viel selbst beigebracht.

In der Ausbildung war es hart für ihn, fast wie früher im Heim. Die anderen mochten ihn nicht, er kannte dieses Misstrauen gegenüber seiner Person. Es lag daran, dass er sich einfach nicht öffnen konnte. Er war stets verschlossen und allein. Innerhalb der Familie war er zwar integriert, aber auch dort merkte er es. Es wurde ihm immer wieder schmerzlich dadurch bewusst, dass Sarah ständig mit Freundinnen oder neuen Freunden nach Hause kam oder es zeigte sich, wenn er den großen Bekanntenkreis von Vik sah.

Er besaß keine Bekannten, keine Freunde, abends saß er in seinen Wohnräumen, arbeitete Bücher durch oder harrte in der Einsamkeit, wenn kein Familienabend geplant war. Um mit der Situation fertig zu werden, machte er sich selber vor die Einsamkeit zu benötigen.

Er wandte sich vom Fenster ab. Nach der Adoption hatte er seinen Geburtsnamen behalten, dass war seine Bedingung gewesen: Jack Harder.

Er drehte sich mit dem Rücken zu dem schrägen Fenster und blickte über die Couch und den laufenden Fernseher hinweg zu der Zimmertür des Wohnraumes, die in den Schlafraum führte. Von da aus ging eine Tür zur Treppe und zu der Toilette mit Dusche.

Jack schaltete den Fernseher ab und verließ seine Wohnung, er ging die Treppe hinunter. Er befand sich nun auf dem Flur in der ersten Etage des Hauses. In diesem Stock gab es ein Badezimmer, ein zweites Wohnzimmer, die Schlafräume seiner Stiefeltern sowie das Zimmer seiner Stiefschwester. Das Hauptwohnzimmer befand sich in der Parterre.

Er hörte das gleichmäßige und unangenehm laute Geräusch seines schnarchenden Stiefvaters, und ein Lächeln huschte über sein Gesicht. Er lief los, durch die Dunkelheit, da er kein Licht eingeschaltet hatte. Er benötigte es nicht, zu genau hatte er sich jeden Schritt eingeprägt. Außerdem fiel von irgendwo her ein leichter Schein auf den Flur, der ausreichte um Konturen auszumachen.

Jack schritt in Richtung der schnarchenden Töne und öffnete die Zimmertür, in das Schlafzimmer des Ehepaares blickend. Sie lagen, jeder für sich auf der Hälfte ihres Doppelbettes, in ihren Träumen gefangen. Jack schüttelte den Kopf, eine gewisse Belustigung darüber, dass sie sein Kommen nicht bemerkt hatten. Ebenso überkam ihn ein Unwohlsein, wohl aus demselben Grund.

Er schloss die Tür wieder und ging eine weitere Treppe nach unten. Jack kam im Essraum der Parterre an und schritt in die angrenzende Küche. Dort nahm er sich aus dem Kühlschrank einen Joghurt. Er trug eine dunkelblaue Jeans und ein schwarzes Shirt mit Kragen, für diese Zeit der Nacht war er ungewöhnlich vollständig bekleidet.

Durch das Küchenfenster konnte man ungehindert heraus blicken, und er beobachtete die zahlreichen Mücken, welche um die Straßenlaterne vor dem Haus tanzten, während er den Becher Löffel um Löffel leerte. Schließlich stellte er den leeren Becher beiseite und nahm sich ein Brötchen aus dem Schrank. Sie waren vom vergangenen Morgen, dennoch recht weich und genießbar, soweit er dies mit seinen Händen feststellen konnte.

Jack zog ein großes scharfes Messer vom Gestell unter dem Fenster, um damit das Brötchen in zwei Hälften zu durchtrennen. Aber er verlor sich in Gedanken und ließ das Messer in der rechten Hand kreisen, spielerisch die gefährlichen Bewegungen ausführend.

Er musste daran denken, was er jetzt überhaupt hier machte. Eigentlich war er mit einem fremden Mädchen verabredet gewesen, auf das er stundenlang einsam gewartet hatte, bei einer Bushaltestelle, allein in der Nacht.

Schließlich hatte er eingesehen, dass kein Bus mehr kommen würde, und er war nach Hause gefahren. Nun stand er hier, darüber nachdenkend, dass er versetzt worden war. Und das zu seinem ersten Date. Er konnte nichts dagegen und nichts dafür tun, er wußte nicht einmal, woran es lag.

Wahrscheinlich war er den Umgang mit Mädchen einfach nicht gewöhnt. Jack simulierte im Geiste das Bild beim morgendlichen Frühstück, wenn Sarah ihn wieder mit diesem Blick anschauen würde, während sie belustigt auflachte. Ja, wie immer würde sie Schadenfreude zeigen. Ebenso wie Vik, wenn er das hören würde. Vik hatte ihn schon tausendmal gefragt, wann es denn endlich so weit sei. Wann er endlich ein Mädchen haben würde. Verbitterung überkam Jack, als er daran dachte. Verbitterung über das, was ihm widerfahren war, und darüber, wie man sich über ihn lustig machte. Das große Messer kreiste.

Eine Viertelstunde später wurde die Haustür geöffnet, und er trat in die kühle Wärme der Nacht, eine Jeansjacke angezogen und stabile hohe Schuhe. In den Händen trug er einen dunklen Helm. Er verschloss die Tür und schritt langsam die Treppe hinunter, das Haus lag etwas erhöht, er hatte alle Zeit der Welt. Er schwang sich auf das Motorrad, welches vor dem Haus auf dem Gehweg geparkt war und setzte den Helm auf. Die sportliche Maschine gehörte ihm, zum Teil bezahlte er sie selber mit seinem Polizeianwärterlohn. Jack startete den Motor und fuhr davon.

Jack gähnte möglichst lautlos um die anderen im Pausenraum nicht zu stören. Seine Mitschüler und er warteten auf den Unterrichtsbeginn. Heute standen taktische Einsatzpläne auf dem Tagesplan, ein sehr unbeliebter Bereich bei der Ausbildung, wahrscheinlich weil er teilweise sehr abstrakt war, und in der praktischen Anwendung die Theorie meist eine untergeordnete Rolle spielt.

Jack gähnte erneut, in dieser Nacht war er nicht zum Schlafen gekommen, was er allerdings nicht bereute. Warum auch, daran konnte er schließlich nichts mehr ändern. Der Junge an der Schwelle zum Erwachsenendasein bemerkte eine Ameise, die circa fünf Meter von ihm entfernt an der Wand entlang krabbelte. Nicht das er in die Richtung geschaut hatte, aber er hatte sie aus den Augenwinkeln gesehen. Jack bemerkte stets Veränderungen seiner Umwelt, keine Modifikation konnte seiner Betrachtungsgabe entgehen.

Seinen Helm hatte er draußen an den Lenker seines Motorrades befestigt. Dort wähnte er ihn gut aufgehoben, da er nicht vermutete, dass Angehörige der Polizeischule Diebstähle begehen würden. Er blickte auf die große Uhr an der Wand. Der Stand der Zeiger sagte ihm, dass es bis zum Unterrichtsbeginn nur noch wenige Minuten dauern würde. Um ihn herum tummelten sich angeregte Gespräche. Hier im Pausenraum wurden Freundschaften geschlossen und Privates ausgetauscht. Nur war Jack Harder niemals daran beteiligt. Man sprach ihn nicht an, und er sprach niemanden an, ein stillschweigendes Übereinkommen.

So fühlte er sich wohl, zumindest sagte er sich das immer wieder. Der Raum war annähernd quadratisch und mit zahlreichen gebrauchten Möbelstücken besetzt, wirklich gemütlichen Sofas und einige Sessel, sämtliche Plätze waren sowohl von jungen Männern, wie auch von jungen Frauen besetzt. Selten ließ Jack seinen Blick von den schönen weiblichen Wesen fesseln, meist war er beherrscht.

Die Wandseite rechts von Harder bestand zum großen Teil aus einer Fensterfront, die ab einem Meter Höhe begann. Draußen vor den Fenstern war der Hof der Polizeischule, ein Platz aus Pflastersteinen und vereinzelten Blumenkübeln. In einer der Fensternischen stand ein Radiogerät das fleißig seinen Dienst tat, und das für abwechslungsreiche, sowie teils nervige Hintergrundgeräusche sorgte.

In Jacks Front befand sich die Tür des Pausenraumes, die, wie er bemerkte, gerade aufschwang. Sein Gefahreninstinkt gab mäßigen Alarm, die Tür wurde ungewohnt schnell und kraftvoll aufgestoßen, aber eigentlich dachte er sich nichts dabei. Inmitten einer Polizeischule musste er wohl kaum Angst vor einem Angriff haben.

Und dann kam es überfallartig, und ohne dass ein Polizeianwärter Zeit für oder den Gedanken an eine Gegenreaktion hatte. Zwei hochgewachsene und extrem breitschultrige Männer stürzten herein, polizeitaugliche Pumpguns im knappen Anschlag, nahe am Körper wie gelernt, damit man sie ihnen nicht leicht entwenden konnte, je eine ärmellose schusssichere Weste tragend sowie einen Helm mit durchsichtigem Kunststoffvisier. Ihre Kleidung war schwarz und während sie ohne Umschweife mit raschem Blick ihr Zielobjekt ausmachten, ertönte von einem der beiden der Schrei: „Polizei! Sonderkommando!"

Dies bedeutete ein Verbot jeglicher behindernder Aktivitäten. Dies waren zwei Angehörige der polizeidienstlichen Sturmtruppen des vereinten

Europas, bestens ausgebildet in überfallartigen Sondereinsätzen wie diesen. Eigentlich arbeiteten sie mit mehr Personal bei einem Einsatz, doch ihr Vorgesetzter hatte bestimmt, dass sie beide ausreichten.

Sie hatten Jack Harder endlich gesehen und erkannt, ihr Zielobjekt, liefen auf ihn zu, die Waffenläufe ausgerichtet. Bei der geringsten Reaktion hätten sie geschossen, Jack ahnte dies und bewegte sich nicht. Reglos blieb er in seinem Sessel sitzen. Eine Mündung senkte sich an seine Stirn. Der zweite Polizist blieb in anderthalb Meter Entfernung stehen und erhob die Stimme, indem er Jack lautstark befahl sich auf den Boden zu legen, und die Art und Weise seiner Aussprache duldete keinen Widerspruch.

Jack kam zügig den Aufforderungen nach, im Geiste bereits über den Sinn der Situation nachdenken. Der Polizist sprach nun in einem leiseren Tonfall in das Mikrofon an seinem Helm, dass der Befehl ausgeführt und die Situation geklärt sei. Jack versuchte nicht einmal sich zu drehen, damit er etwas sehen konnte, sondern hielt seinen Kopf mit der Stirn auf den Boden gepresst. Er war sich darüber im Klaren, dass zwei Waffen, jederzeit bereit zu feuern, auf ihn zielten.

Sämtliche anwesende Personen im Raum verharrten erschrocken, von ihnen war Jack noch derjenige im Raum, der am wenigsten Panik verspürte. Er konzentrierte sich auf seinen Hörsinn und bemerkte wie zwei weitere Menschen den Raum betraten. Zum Einen waren hart auftretende Schritte zu hören, zum Anderen mehr geschmeidig voranschreitende. Er tippte auf einen Mann und eine Frau.

Eine weibliche Stimme ertönte, die zu dem Einsatzkommando sprach.

„Danke, Jungs, das war es. Ich denke wir werden jetzt mit ihm fertig. Emilio, legst Du ihm die Schellen an?"

Eine Person kniete sich auf die Beine des reglosen Jungen, und Jack spürte wie seine Arme ergriffen und hinter seinem Rücken gefesselt wurden. Eine männliche Stimme, wahrscheinlich der eben als Emilio bezeichnete, sagte zu ihm, dass er verhaftet sei, und teilte ihm seine Rechte mit. Die Standardrechte, die Jack zu Unterrichtszwecken bereits auswendig gelernt hatte. Danach stand die Person auf seinem Rücken wieder auf, und er konnte sich frei bewegen.

Die Stimme der Frau bat ihn aufzustehen. Es fiel ihm nur ein wenig schwer, allerdings stellte er sich absichtlich etwas unbeholfen an, es schien ihm klüger zu sein, wenn man hier nicht wusste, wie gut er sich mit den Fesseln bewegen konnte. Jemand ergriff ihn von hinten und zog ihn hoch.

Schließlich stand Jack und blickte auf die junge Frau, welche vor ihm stand. Sie trug helles blondes Haar, lediglich fingerlang geschnitten, das sich wild einen eigenen Weg bahnte. Ihr Gesicht war aufgrund des Haarschnittes gut sichtbar, sie besaß ein schönes Konterfei, irgendwie fand

Jack an ihr Gefallen. Allerdings war sie sichtlich aus einem anderen Grund hier. Zwar auch um ihn kennenzulernen, doch nicht auf die erwünschte Weise. Sie wirkte zwar aufgeschlossen und natürlich, eine gewisse freundliche Aura umgab sie, dennoch war sie formell und eher dienstlich.

„Ihre Personalien, bitte."

Es war nicht ihre Stimme, sondern der Mann namens Emilio.

„Aus welchem Grund?"

Der Mann, der hinter Jack zu stehen schien, schritt um ihn herum und verharrte in seiner Front. Er war ein wenig größer als seine Partnerin, die ungefähr Jacks Ausmaß hatte, hatte dunkles Haar, das er relativ kurz geschnitten trug. Er wirkte kräftig und hatte kantige Gesichtszüge. Aus einer Tasche zog er eine handliche Kunststoffkarte, ein Dienstausweis der Polizei.

„Weil wir es verlangen", meinte der Polizist lapidar.

„Ich heiße Jack Harder. Mein Ausweis befindet sich in meiner Brieftasche in der rechten hinteren Hosentasche."

„Das wird nicht nötig sein, ihre Personalien überprüfen wir im Dezernat. Los, Emilio, bringen wir ihn zum Wagen."

Jack blickte sie nervös an, er verspürte im Augenblick eigentlich nicht den Drang ein Polizeirevier zu betreten. Aufgeregt pendelten seine Pupillen von einer Seite auf die andere. Die beiden Beamten von Einsatzkommando standen seitlich neben Jack, die Waffen zeigten zu Boden, sie betrachteten den Einsatz als abgeschlossen, nun würden sie den Gefangenen nur noch transportieren. Jack blickte zu der Polizistin vor ihm um seine Frage an sie zu richten.

„Was wird mir vorgeworfen?"

„Das klären wir auf der Wache", warf Emilio ein.

Die beiden Ermittler trugen normale Straßenkleidung, er lässig in Jeans und Sakko, darunter ein helles Hemd, sie in einer engen ledernen Hose, oben ein rotes Shirt, darüber eine knappe schwarze Lederjacke. Sie war recht locker, während ihr Partner eher ein wenig düster dreinblickte.

„Ich verlange nach dem Polizeigesetz, dass mir der Grund meiner Festnahme mitgeteilt wird."

Die Frau und Emilio blickten sich viel sagend in die Augen und schienen damit klären zu wollen, was der andere dachte. Anscheinend verstanden sie sich blind, denn die Frau gab Jack endlich mit weicher Stimme und sehr langsam Auskunft, während sie im forschend genau betrachtete: „Wir verhaften Sie wegen Mordes an Ihren Adoptiveltern und ihrer Schwester."

Jack Harder wirkte nicht sonderlich überrascht, lediglich stark verkrampft und sein Blick war ungewohnt steif. Er sah sie nicht mehr direkt an, sondern schaute an ihr vorbei, die Augen auf kein bestimmtes Ziel fixiert, sondern in der Ferne verzerrt. Es war nicht nur sie, die ihn betrachtete, alle Anwesenden im Raum hatten seit Beginn der Aktion keinen Augenblick lang versäumt ihn anzusehen, auch nicht als der Gong den Unterrichtsbeginn verkündete. Jack fühlte sich beobachtet, anvisiert als wären er inmitten eines Kraters, um sich herum Scharfschützen. Tonlos und ohne eine Gefühlsregung entfleuchte seine Stimme dem angespannten Mund.

„Das ist ein schlechter Scherz."

Diese unglaublichen Augen. Er nahm ihren Blick genau wahr, wie er alles auffasste, wenngleich es sich auch am Rande seines Blickfeldes befand. Sie bohrte sich in ihn hinein, wartete wie ein Raubtier auf die leiseste Regung einer Emotion. Doch sein gefühlskompensierender Vulkan befand sich tief in seinem Herz isoliert. Lange Jahre der Einsamkeit und der Traurigkeit hatten in äußerlich abstumpfen lassen und verhindern, dass auch nur das geringste Anzeichen an die Oberfläche trat.

Ebenso ließ sich die Polizistin nichts anmerken, sie wußte wie sie als Ermittler zu handeln hatte. Sie kannte dieses Spiel, wahrscheinlich besser als er. Trotz ihres scheinbaren Jugen war sie mindestens fünf Jahre älter als er, und diese waren bei ihr Berufserfahrung. Er besaß nichts, außer dem Wissen ein bislang verdammt mieses Leben gelebt zu haben, das viele negative Höhepunkte aufgewiesen hatte. Und von dem er gedacht hatte, dass es sich endlich bessern würde. Doch erneut war er an einem Tiefpunkt angelangt.

„Es ist kein Scherz. Begleiten Sie uns nun bitte."

Er folgte ein Wink ihrerseits an die Einsatzpolizisten, die ihm wiederum mit dem Waffenläufen andeuteten loszugehen. Seine Gehirnwindungen wurden überfüllt mit unkontrollierten Nervenbotschaften, leise Stromflüsse im menschlichen Hauptprozessor. Seine ausgetrockneten Tränendrüsen hielten das Wasser, als er kurz vor dem Rande des Wahns stand. Eine Verzweiflung überfiel ihn, wie er sie bislang nur in den emotionskalten Nächten verspürt hatte, wenn ihn die Träume hinterrücks überfielen.

Er stolperte vorwärts, sich nicht um die genaue Koordination seiner Beine kümmernd, an den beiden Ermittlern vorbei, die zwei bewaffneten Sonderpolizisten neben sich wissend. An der Tür brach der schmächtige, nicht sonderlich große Junge zusammen. Krümmend erreichte er den Abfalleimer gerade noch rechtzeitig, als er den Inhalt seines Magens nicht mehr halten konnte. Ehemals ein reichlich belegtes Brötchen, welches er an einem Imbissstand gekauft und gegessen hatte, bevor er zur Schule gefahren war. Seine Magenmuskeln zuckten, sein Körper hatte keinerlei Möglichkeiten den Fluss zu verhindern.

Wie seine Gefühle, ein schreckliches Mischmasch, das Ekel hervorrief, drang es an der Stelle von Emotionen empor und hinterließ den üblen Gestank einer fauligen Brühe voller Alpträume. Jack Harder verlor seine Sinne. Das eine Gefühl kam wieder hoch, das eine, welches er ohne Unterlass hasste und nicht beherrschte: das Gefühl von Hilflosigkeit.

Nach wenigen Minuten hatte er sich äußerlich wieder gefangen, und als seine Bewacher es bemerkten, zogen sie ihn hoch. Jack machte sich nicht die Mühe umherzublicken, seine Instinkte rieten ihm zu handeln. Diese verdammte Hilflosigkeit. Vielleicht konnte er dies ändern, vielleicht.

Er wirkte jämmerlich, wie ihn einer der Beamte an der Jacke festhielt, damit er nicht umfiel. Blitzschnell stieß er zu und rammte dem Polizisten, der halb neben ihm und vor der Tür stand, die Stirn gegen das Kinn, drehte sich rechts herum zu dem anderen, in der Drehung dessen Griff lösend und dabei das linke Knie hochziehend, es seinem ersten Gegner in die Genitalien stoßend. Sein zweiter Gegner bekam noch seine linke Schulter mit der vollen Kraft der Drehung vor die Nase und sackte von der Wucht zurück.

Jack wußte, dass er kaum Zeit besaß und rannte los, weg von der Tür auf die Fensterfront zu, als er bemerkte, dass sein erster Gegner sich trotz der Schmerzen vor die geschlossene Tür geworfen hatte. Er rannte auf die Fenster zu, feststellend, dass sie alle geschlossen waren. Von den Geräuschen her zu urteilen, und dem was er aus den Augenwinkeln sah, war der Polizist namens Emilio direkt hinter ihm. Jack überlegte rasch und handelte noch wesentlich schneller. Er ließ sich im Lauf fallen, zog sich zusammen zur Hocke, ein relativ großes Hindernis bildend, und Emilio schaffte es nicht mehr rechtzeitig zu stoppen, er stolperte über Jack. Der richtete sich schnell auf, was Emilio zusätzlichen Schwung versetzte, und der Ermittler prallte gegen die gläserne Scheibe, seine kinetische Energie wirkte deformierend auf das Glas. Die Scheibe zersprang, und Jack folgte Emilio mit einem weiten Sprung, auf dem Beton abfedernd aufsetzend und rasch davonlaufend.

Doch Emilios Partnerin war mittlerweile aktiv geworden und folgte Jack auf seinem ungewöhnlichen Weg beim Verlassen der Schule. Ein Schuss ertönte, nachdem die Polizistin ihre Waffe links aus dem Halfter unterhalb ihre Schulter gezogen hatte. Jack Harder warf sich auf den harten Boden, der Aufprall schmerzte ein wenig, doch er nahm dies nicht zur Kenntnis, sondern rollte sich gewandt ab, und auf dem Bauch liegend schaute er zu der Beamtin.

Die Mündung der Waffe war senkrecht in Richtung des Himmels gerichtet, und Jack fluchte im Stillen. Er hätte entwischen können, wenn er nur den Schuss ignoriert hätte. Sie richtete die Waffe auf ihn und sah ziemlich selbstsicher aus. Er riskierte es besser nicht, ihre Entschlossenheit zu testen.

Der Mann namens Emilio humpelte zu ihrer Partnerin, laut fluchend. Aber Jack konnte die Worte nicht verstehen, wobei er nicht wußte ob die Ursache dafür die Akustik oder die Sprache war. Die beiden Einsatzbeamten kamen zu ihm gerannt, packten das liegende Bündel von beiden Seiten und schleiften Jack mit grimmigen Gesichtsausdruck zu dem Wagen. Dort knallten sie ihn immer noch erbost, über seine überraschende vorherige Attacke, mit immenser Wucht auf die Motorhaube, und einer der beiden stieß ihm den Gewehrkolben in den Rücken. Jack machte keine Anstalten von Gegenwehr oder davon vor Schmerz aufzuschreien. Sie verfrachteten ihn ohne weitere Quälereien in den Wagen, nachdem sie bemerkt hatten, dass ihr bisheriges Vorgehen ihm anscheinend nicht weh tat. Der elternlose Jack Harder wurde in das Polizeidezernat gefahren, während er versuchte seine Übelkeit zu bekämpfen.

Der Raum wies kein vergittertes Fenster auf, wie man es vielleicht annahm, nur ein winziges Fenster, durch das man nicht einmal den Kopf zu stecken vermochte. Die Zelle war leer, bis auf die unbequeme Pritsche, auf der eine Decke lag.

Jack hatte die Pritsche ignoriert und sich gegenüber der stählernen Tür an die karge Wand der Zelle unterhalb des Fenster gehockt, auf die Tür starrend. Die Finger seiner Hände, diese mittlerweile von den metallenen Fesseln erlöst, da man ihn sicher verwahrt wußte, spielten unkontrolliert, er war gedankenverloren gebannt. Seine Augen fixierten den kleinen Punkt in der Zellentür, durch den man Insassen zu beobachten vermochte.

Jack war sich sicher, dass man ihn genau betrachtete. Sie versuchten ihn einzuschätzen um seine Verhaltensweise erklären zu können. Jack fragte sich, wie ein unschuldiger Mensch auszusehen hatte. Wie musste er sich geben, damit niemand ihn als Schuldigen betrachtete?

Er war in diesen menschlichen Dingen dermaßen anormal, er vertrat nicht gerade den idealen Standard, nicht einmal annähernd. Seine Gefühlsstruktur war anders aufgebaut, allerdings keineswegs rein logisch und emotionslos. Jack wurde mehr von instinktiven und intuitiven Gefühlen geleitet als viele andere Menschen. Dies lag daran, dass sein Leben nicht von der Gesellschaft geprägt war. Er hatte nur gelernt, dass er sich auf niemanden außer seiner eigenen Person verlassen konnte, und sein Handeln wurde in entscheidenden Situationen ausschließlich von seinem Überlebenswillen gelenkt. Er fühlte sein Leben eingeengt, von einer Gesellschaft eingesperrt, an deren Gesetzen er nicht mitgewirkt, und zu denen ihn niemand nach Akzeptanz gefragt hatte.

Jack verspürte den ungezügelten Drang in Freiheit zu gelangen, wie ein wildes Tier im Käfig. Weder in seinem Drang, noch in seiner Gefährlichkeit bestand ein Unterschied. Wenngleich er dies bislang nicht gezeigt hatte. Jacks rechte Hand hatte sich von der linken gelöst. Die einen Spalt geöffnete Faust machte dieselben Bewegungen wie in der gestrigen Nacht, als er das Messer hatte kreisen lassen. Nur das die Faust diesmal nichts umschlossen hielt, nur Luft in dem Hohlraum.

Jack wurde von zwei Polizisten in seinem Rücken hinter Emilio her in ein Büro geführt. Durch das doppelflügige Fenster konnte man nach draußen auf die stark befahrene Straße blicken, in die Freiheit der Gesellschaft. Jacks sah sogleich durch die gläsernen Scheiben, seine Augen bekamen einen feuchten Glanz. Zu mehr Reaktionen war er nicht in der Lage.

Das Büro befand sich im ersten Stock, er tippte auf vier bis fünf Meter freien Falles bis zum Parkplatzboden vor dem Revier. In dem Raum standen zwei voreinander geschobene große Schreibtische orthogonal zu den Fenstern, mit den üblichen Utensilien auf der großen Ablage. Jack hatte im Heim öfter zu Menschen gehen müssen, die solch eine Arbeitsstätte hatten, und wenn er zu direkten Gefühlen fähig gewesen wäre, so hätte er die Leute gehasst.

Damals war er nur zu Ablehnung fähig gewesen. Die ganzen Akten, die Papiere, die zahlreichen Blöcke, das alles weckte seine Abscheu. Die Beamtin, welche an seiner Festnahme mitgewirkt hatte, saß in einem bequemen Stuhl vor einem der Schreibtische, von der Tür aus betrachtet, die dem Fenster gegenüberlag, rechts. Sie hatte ihre mit einem Haufen metallenen Ösen versehene Lederjacke über die Rücklehne des Stuhles gehängt und erwartete den Verhafteten lässig zurückgelehnt.

Jack bemerkte ihre Halfterhalterung, die zwei Halfter unterhalb beider Achseln miteinander hinter dem Rücken verlaufend verbannt und diese an ihrem Platz hielt. Eigentlich waren es Standardhalfter, unüblich war lediglich die Gesamtkonstruktion, die jeweils eine Waffe pro Seite beinhaltete. Anscheinend ihre persönliche Note, die sie mit in den Beamtendienst brachte.

Jack sollte dies egal sein, doch wichtig für ihn war eine möglichst korrekte Einschätzung ihrer Gefährlichkeit. Und er befand, dass er sie für schlagkräftig und energisch halten musste.

Emilio schickte die zwei anderen Beamten hinaus und verschloss die Tür vorsichtshalber von innen, den Schlüssel an sich nehmend. Jack war nun nicht mehr in der Zelle, aber in diesem Zimmer gefangen. Emilio presste ihn mit grober Gewalt auf einen Stuhl ohne Sitzkissen, und Jack ließ sich von ihm führen. Jack saß in der Mitte der gemeinsamen Seitenfront der Tische, hinter sich die Tür, vor sich, hinter dem Hindernis der

Schreibtische, das Fenster.

Emilio setzte sich an seinen Tisch der Frau gegenüber und begann für die einzige Geräuschkulisse in dem schweigsamen Raum zu sorgen, indem er das manuelle Eingabegerät seines Computerterminals bediente. Klickende Tastenschläge erklangen, als seine Finger die federnden Knöpfe anschlugen. Der Sinn seiner Aktion wurde nicht deutlich, aber wahrscheinlich diente es der Verunsicherung dachte sich Harder. Vielleicht aber hatte es tatsächlich einen Zweck.

Jacks Augen suchten die Tischoberfläche ab und fanden die zwei Namensschilder der Polizisten vor, die Ränge ignorierte der Junge uninteressiert. Emilio Estafar. Anuchita Sanchez. Namen in diesem Gebiet, die seit dem tatsächlichen Eintreffen der Europäischen Vereinigung keinerlei Besonderheit mehr darstellten. Schließlich ließ Emilio von seinem Terminal ab und wandte sich Jack zu, gleichzeitig stoppte Anuchita ihr regelmäßiges Wippen mit dem Stuhl. Emilio erhob die Stimme. Erst jetzt bemerkte Jack Harder, dass der Polizist an der rechten Wange eine leichte Wunde in Form eines Striches besaß, die er sich sehr wohl beim Durchfallen des Fensters in der Polizeischule zugezogen hatte.

Emilio Estafar besaß noch weitere Wunden, allerdings konnte man diese nicht mehr erkennen, nachdem er sich von seiner leicht lädierten vorherigen Kleidung getrennt und sie gegen neue eingetauscht hatte. Sie hatten Jack mehrere Stunden in der Zelle festgehalten.

„Wie gefiel Ihnen Ihr Zellenaufenthalt?", fragte ihn die Polizistin ohne einen Gesichtsmuskel sonderlich zu verziehen. Jack wirkte beinah ebenso, als hätte er eine steife Maske auf dem Gesicht.

„Wie damals, in der Nacht in der mein erster Vater ermordet wurde, als ich in der Zelle schlief. Damals war sie nicht abgeschlossen", ein kleine Facette seiner Stimme klang melancholisch.

„Okay, Herr Harder, wir hören."

Emilio führte das Verhör. Jack blickte durch die Eingangsaufforderung verursacht verwirrt zwischen beiden hin und her. Er wußte nicht, was er sagen sollte und schwieg.

„Harder, machen wir es uns nicht allzu schwer. Es ist auch für Sie besser, wenn Sie schnell gestehen. Wir können die Dinge natürlich auch verkomplizieren und einen Anwalt hinzurufen. Aber die Frage ist, ob der Richter solch eine Handlungsweise positiv für Sie bewertet, Herr Harder."

Jack schaute ausdruckslos direkt in Estafars Augen.

„Ich dachte, wir machen es uns leicht. Sagen Sie Jack, nicht Herr Harder. So alt bin ich nicht."

Über Emilios Gesicht huschte ein leichter Schatten von Verblüffung über diese Äußerung, aber er versteckte dies schnell hinter einer nichts sagenden

Miene.

„Gut, Jack. Sehr gut. Es freut mich das Sie kooperieren. Beschreiben Sie uns jetzt den Tathergang."

Jacks und Emilios Gesichter wirkten wie Spiegelbilder voneinander, sie spielten ein Spiel miteinander, und keiner ließ seiner Miene etwas von seinem Innenleben ablesen.

„Duzen Sie mich einfach."

Einige Sekunden Pause ohne das etwas passierte.

„Okay, Jack. Sag mir wie Du sie getötet hast."

Jacks Mundwinkel zitterten erregt, und ihm war durchaus bewusst, dass seine Gegenüber jede seiner Regungen bemerkten. Knirschend brachte er seine nächsten Worte heraus.

„Ich habe sie nicht getötet."

Wieder diese unangenehme Pause, doch diesmal machte Emilio keine Anstalten die Pause zu beenden. Jack ergriff erneut das Wort, und er fühlte wie sein eiskaltes Blut begann zu brodeln.

„Sie sind nicht tot!"

Keine Antwort. Sein warmes Blut erkaltete, und ihm begann zu frösteln. Etwas zaghafter, wie ein kleines bittendes Kind, fügte er hinzu: „Nicht wahr?"

Emilio lehnte sich mit dem rechten Arm auf die Schreibtischplatte und sein Blick wurde noch eindringlicher. Seine Stimme bekam einen gefährlichen Unterton.

„Verarsch uns nicht!"

Jacks ganzer Körper verlor sich in einem zittrigen Anfall und seine Augenlider zuckten unaufhaltsam. Nervös legten sich seine Hände auf die Tischplatte, er zog sie sofort wieder zurück und legte sie in seinen Schoß, sich darauf konzentrierend, sie nicht zappeln zu lassen. Er konnte nichts erwidern, zum Glück erwarteten sie es nicht.

Anuchita Sanchez erhob sich und schritt um ihn herum, in seinem Rücken verharrend. Er wusste nicht, woher sie die Bilder gezogen hatte, aber sie warf nun über seinen Kopf hinweg mehrere Hardcopy-Ausdrucke vor ihn auf den Tisch. Die entsetzlichen Anblicke zerstörten den Rest seiner idyllischen Illusion von einer unverletzten vertrauten Umgebung und von einem üblen Missverständnis.

Tränen rannen über sein Gesicht, und er umklammerte mit den Händen den Tischrand mit immenser Stärke, als wolle er ihn zerquetschen, das Blut wich aus seinen Knöcheln. Ihre sanften Hände streichelten sein Haar und suchten ihn behutsam zu ermutigen, wie auch ihre folgenden Worte.

„Wir wissen, dass Du es getan hast. Du warst bestimmt verwirrt und wusstest nicht was Du tatest. Der Richter wird sicherlich Verständnis zeigen. Du solltest uns endlich alles gestehen."

Jacks anfängliches Schluchzen starb ab, und er setzte zu einem energischeren Schnauben an. In einem trotzigem Tonfall antwortete er der Polizistin.

„Ich will meinen Bruder Vik sprechen."

Zum letzten Mal herrschte die trügerische Stille in dem Raum. Mit dieser Äußerung hatten sie erneut nicht gerechnet, allerdings verstand Jack noch nicht aus welchem Grund.

„Versuch nicht, Dich dumm zu stellen", brüllte ihn Estafar an.

„Ich will Vik sprechen!"

Und die kühle und überlegte weibliche Stimme ließ den größten seiner Alpträume endgültig und unwiderruflich starten.

„Vik liegt im Koma auf der Intensivstation. Du hast auch seine Familie ermordet, nur er hat knapp überlebt."

Für Jack Harder war zum zweiten Mal in seinem Leben seine vertraute und für sein Leben so unglaublich wichtige Welt der eigenen Familie zusammengebrochen, und dieser Vorfall hinterließ nur Trümmer und Seelenscherben in seinem Inneren, die unheilbar in ihm verstreut flogen. Und Scherben verursachen an Körpern beim Auftreffen Verwundungen, weitere innere Schmerzen, die der junge doppelte Waise keineswegs verkraften konnte, allein oder nicht. Und es gab nur wenige Momente in seinem Leben, in denen er nicht allein gewesen war.

Dies war der unanfechtbare Niedergang der letzten Chance, von der er dachte, dass das Leben sie ihm geschenkt hatte. Doch so sollte es nicht sein. Man konnte es für pessimistischen Fatalismus halten, doch Jack wußte in diesem Augenblick der traurigen Wahrheit, dass er niemals wieder eine Chance bekommen sollte.

Zumindest brannte sich dieser eine Gedanke haltlos in das Geflecht seiner Charakteristiken ein. Und er schwor, dass er, falls sich ihm wieder eine Chance bieten würde, diese bis auf das Letzte verteidigen würde. Es war ein kindlich naiver Gedanke, doch wie kann ein Mensch der keine Kindheit besaß auch erwachsen werden?

Eine einzelne salzige Träne rann seine linke Wange herunter, gelöst aus den trockenen Tälern seines gefangenen Geistes, und berührte mit sanfter Zärtlichkeit, die Jack niemals wieder von einem Menschen erwarten würde, seinen Mundwinkel, die spröden Lippen für einen kurzen Moment aufweichend.

Mit völliger Klarheit formte sein benebelter Verstand die einzelnen ihm vorgelegten Bilder zu einer Gesamtszene zusammen, und mit unwillkürlich hervorgerufenen Traumfetzen bewegte er sich in dem beschmutzten

Schlafzimmer seiner Stiefeltern.

Er sah den Raum, wie er auf den Bildern der Polizei abgebildet war. Er war von Licht beschienen. kein natürliches Licht, sondern das diffus wirkende der Schlafzimmerbeleuchtung. Die Polizei war noch in der Nacht eingetroffen. Jacks Beobachtung mischte sich mit seinen Erinnerungen der Nacht, als er das besagte Zimmer zuletzt betreten hatte. In seinem Wachtraum neigte sich die Helligkeit schnell abschwellend, und das Zimmer befand sich in reiner nächtlicher Dunkelheit. Die zwei leblosen Kreaturen des Todes lagen im, aus dem Schlaf kommenden Todeskrampf verzerrt und von zahlreichen Messerstichen durchstoßen, in dem blutverschmierten, halb zurückgeschlagenen und unschuldig weißen Bettlaken.

Jack sah mit seinem geistigen Auge den Ausblick des Mörders. Kein ansehnliches Bild, es sei denn man ist nekrophil veranlagt und weidet sich an skurril verzerrten Leichen. Und aus den Augenwinkeln bemerkte der Junge, wie das Messer kreiste, die Klinge auch ohne Licht rötlich reflektierend, getaucht in die sonst vom Herzen zum Pulsieren angeregte Flüssigkeit.

Die weibliche Hand hatte mittlerweile aufgehört seine Wenigkeit zu liebkosen, wenngleich Liebe gewiss nicht ihr Motiv gewesen war. Doch er war von dem inneren Spiel zu stark gefesselt, und zu stark vertieft um dies zu bemerken. Allerdings weckte dieses Stoppen der freundlichen Geste sein Unterbewusstsein, welches in ungewohnten Bahnen seinen Willen reaktivierte und festigte. Jack schlug die Augen auf, nicht körperlich, sondern sein Blick schwang zurück in die reale Welt. Er hörte die folgenden Worte Emilios, während sich ein hasserfülltes Antriebsorgan an die Stelle des menschlichen Herzens setzte.

„Vik rief in der Nacht im Polizeirevier an und rief verzweifelt um Hilfe, gerade noch seinen Namen meldend. Als der erste Einsatztrupp aus zwei Streifenpolizisten eintraf, fanden sie Viks Familie getötet vor, und er selber lag im Sterben. Wir wurden gerufen, und nach Sichtung des Tatortes wollten wir Vik Angehörige informieren. Wir fanden unseren Kollegen, Viks Vater allerdings ebenfalls samt Ehefrau und Tochter ermordet vor. Und Du bist der Täter!"

Jack hatte jedes der Worte gehört, sehr genau, auch wenn Emilio nicht allzu langsam gesprochen hatte, und er empfand sie als aufschlussreich. Er war in eine extreme Situation geraten und dies erforderte extreme Maßnahmen. Und schließlich waren Probleme dazu da um beseitigt zu werden.

Der Junge richtete sich mit einer sehr effektiven Bewegung auf, für die er ein Minimum an Zeit benötigte, und mit der er gleichzeitig den Stuhl mit roher Kraft rückwärts stieß, so dass er gegen die Beine seiner Bewacherin prallte. Mit einem ursprünglichen Reflex schwenkte er herum. Er legte es jedoch keineswegs darauf an die junge Frau zu attackieren, welche bereits in die Verteidigungshaltung irgendeiner Kampftechnik ging, die sie für wirkungsvoll hielt, sondern er wußte worauf es in einem wahren, realen Kampf, der zum Tode führen konnte, ankam. Es ging hier nicht um einen Kampf einer gegen einen, Angriff gefolgt von Parade und wieder von vorne mit wechselnden Rollen, keinen Showkampf in einem Ring. Hier ging es um den Kampf ums Leben, um den Kampf bis zum Tod, um den einzig wahren Kampf, den Überlebenskampf.

Und diesen beherrschte Jack, er kannte die notwendigen Axiome die man anzuwenden hatte und die simplen Grundregeln. Er brauchte sie nicht anzugreifen, den ein Kampf wie er ihn nun führte begann damit sich selber bessere Chancen einzuräumen, schließlich stand er in Unterzahl und im Hintertreffen. Folglich griffen seine Hände zielgenau in Richtung ihres Oberkörpers und zogen behände beide Waffen hervor, womit sie zu ihrem nachträglichen bedauern nicht gerechnet hatte.

Hätte sie angegriffen statt auf seine Attacke zu warten, wäre die Gefahr nun gebannt. Und er gab ihr danach sofort eine Verschnaufpause, als er eine der Waffen gegen ihre Stirn presste, während er die andere sowie seinen Kopf in Emilio Estafars Richtung lenkte. Dieser hatte mittlerweile ebenfalls seinen Stuhl verlassen und wollte seine Waffe zücken. Aber der Polizist hielt angesichts Jack schneller Reaktion an.

Für den Moment kontrollierte Jack die Situation, aber auf lange Zeit gesehen würde die Lage sicherlich umschwenken. Jack nannte seinen Forderungen klar und unmissverständlich, allerdings klang es nicht wie eine Befehlsform. Auch konnte man ihm keine Gefühlsregung anmerken. Weder seine Augenlider zuckten noch schwankte seine Stimmlage.

„Emilio, den Schlüssel der Tür auf den Tisch. Danach Ausziehen, komplett. Das Magazin der Waffe herausziehen und entleeren. Auch den Lauf leeren."

Emilio zögerte nur eine Sekunde, realisierend, dass seine Kollegin zu gefährdet für eine Handlung war. Die Waffe an ihre Stirn angelegt, konnte der Junge selbst dann noch abdrücken, wenn Emilio ihn tödlich verwundete. Daher kam Emilio Jacks Anordnungen nach, missbilligend die Augen verziehend und aufgebracht mit der Unterlippe zuckend.

Nachdem er komplett entkleidet war und ebenso das andere erledigt hatte, legte Jack ihm weiterhin nahe sich mit den rostfreien Handschellen an den Stuhl zu fesseln. Nachdem jetzt eine gemäßigte Gefahr von dem Beamten ausging, richtete der Junge beide Waffen auf die junge Frau und trat mehrere Schritt näher an den Polizisten heran. Er drehte die Pistole in seiner rechten Hand mit dem Griff nach unten, lächelte unbeholfen in Anuchita Sanchez Richtung und schlug zu. Der dumpfe Aufprall des schweren Pistolenknaufs auf Emilios Hinterkopf erklang, während dieser wehrlos und nackt vor dem Stuhl kauerte, mit beiden Händen rücklings an ihn gefesselt, seine Partnerin ohne die reale und aussichtsreiche Möglichkeit ihm zu helfen.

Jack atmete tief durch, für ihn stand es immer noch schlecht, aber er hatte seine Quote aufgebessert. Er neigte den Kopf ein wenig und visierte die Polizistin einschätzend an, seine bisherige Sicht über sie veränderte sich dabei nicht. Sie stellte eine Gefahr dar, doch er würde sie benötigen.

Allein konnte er niemals durch das Polizeigebäude schreiten, man würde ihn erkennen, daran bestand kein Zweifel, und man würde ihn erfolgreich daran hindern zu entfliehen. Er brauchte sie als Geisel, selbst wenn es ihm ungünstig erschien. Jack glaubte nicht, sich in dieser Hinsicht trauen zu können. Sich selbst gegenüber musste er ehrlich zugeben, dass er nicht in der Lage war sie ernstlich zu verletzen. Dazu müsste es schon sehr weit kommen. Reflektierend überkam ihn der Gedanke, dass es nur wenig Menschen des anderen Geschlechtes gab, denen er hätte schmerzen zufügen können.Aber er brauchte eine Geisel.

„Ihnen wird nichts geschehen, ich werde nicht auf Sie schießen, versprochen. Ich will nichts weiter als Freiheit. Keine Angst."

Die letzten beiden Wörter fügte er hinzu, obgleich er sich sicher wahr, dass sie weniger Furcht vor ihm, als er vor ihr hatte, wie sie dort überlegen vor ihm harrte, darauf wartend, dass er eine falsche Bewegung machte. Er schaute hinaus zum Fenster um die Freiheit zu sehen, den Horizont. Das Fenster betrachtend fiel ihm ein besserer Weg ein zu fliehen, ein Weg ohne Geisel.

Er bat sie darum sich ebenfalls wie es Emilio tat zu fesseln, und mit einem Lächeln über diese regelrecht scheue Bitte seinerseits, kam sie dem nach. Jack stellte sich hinter sie und hob die Pistole erneut zum Schlagen, senkte sie wieder und grübelte nach einem anderen Weg.

Er packte ihren Kiefer und drückte diesen mit Gewalt auf, presste einige zerknüllte Bilder der grausamen Tat in ihren Mund und band alles mit einem Stück seines T-Shirts ab, das er abgerissen hatte. Jack nahm den Schlüssel der Tür und steckte ihn ein, sprang auf die Schreibtische und öffnete das große Fenster, welches aus schusssicherem Glas bestand.

Durch dieses Glas hätte er nicht einfach springen können, aber nun war der Weg frei. Er blickte vier Meter in die Tiefe und fasste sich ein Herz. Er sammelte allen seinen Mut, die Angst verdrängend. Doch welche Angst? Sein Emotionspool war verdorrt, die Gefühle abgestorben. Er würde nichts mehr vor sich haben im Leben als die Dunkelheit, aber er war darauf vorbereitet, denn er ahnte ihr Kommen. Jack sprang hinaus, und es gelangt ihm unbemerkt zu entfliehen.

Lange Zeit war Emilio bewusstlos, während es Anuchita Sanchez nicht gelang um Hilfe zu rufen. Jack Harders Knebelung ihrerseits war primitiv aber wirkungsvoll gewesen, ihr entfleuchte kein Ton. Nach etwa einer Stunde bemerkten ihre Kollegen, dass das erste Verhör des jungen Mörders ungewöhnlich lange ohne Pause andauerte, und ein Klopfen an der Tür diente der Frage, ob sich die Situation unter Kontrolle befand. Aufgrund des Fehlens jeglicher Antwort aus dem Büro brach man die Tür mit roher Gewalt auf, zu spät daran denkend, dass sich irgendwo im Revier ein weiterer Magnetkartenschlüssel befand, der auf diese Tür geeicht war. Die beiden Polizisten wurden befreit und Emilio, mit in sein Gesicht gespritztem Wasser, aus seiner peinlichen Lage geweckt. Sein Gesicht, nachdem er realisiert hatte, was soeben geschehen war, war grimmig und vor Hass verzerrt. Das ganze Revier würde sich über ihn und Anuchita belustigen, und Emilio verletzte dies in seinem persönlichen Stolz. Er würde diesen verdammten Jungen finden und eigenhändig vor den Richter schleppen.

Jack war bereits weit entfernt und man fand in unmittelbarer Nähe des Dezernats keine Spuren von dem Jungen. Mittlerweile hatte bereits die Dämmerung eingesetzt, doch das zwei Personen-Ermittlerteam verspürte keineswegs den Drang danach in den Feierabend zu gehen. Emilio und Anuchita standen vor dem Gebäude der ansässigen Polizei und schauten auf die stark befahrene Straße. Sie trug ihre Lederjacke, allmählich setzten Windböen ein, und die Wärme des Tages begann abzuklingen und der natürlichen Kühle der Nacht zu weichen.

In ihrem Halfter befanden sich zwei weitere Pistolen der Polizeiabteilung. Dass Jack ihr ihre beiden entwendet hatte, sollte sie noch viele Formulare kosten. Die zwei Partner blickten einander nicht an, es war nicht notwendig, wahrscheinlich dachten sie sowieso das Gleiche, wenn auch von einem anderen Standpunkt aus.

„Wohin wird er gehen, Anuchita?", klang Emilios Stimme ein wenig kratzend.

„Wenn er unschuldig sein würde, so würde er nach Hause gehen", beantwortete sie seine Frage, aber ihr zweifelnder Ton zeigte deutlich wie sie zu dieser These stand.

„Und wenn er ein Psychopath ist ebenso."

Eine Weile hing seine Bemerkung in der endlichen Weite zwischen ihnen, bis sich ihre Augen aufeinander ausrichteten. Seine Eingangsfrage war beantwortet, egal welche Eingangsvoraussetzungen galten. Sie liefen aufgeregt los und sprangen in ihren Einsatzwagen.

Jack befand sich in seinem Zimmer, in der obersten Etage des Hauses, er saß mit gekreuzten Beinen in einer Art Sessel und wippte gedankenentflogen. Er hatte den Tatort gesehen und sich jedes Detail für die Ewigkeit gemerkt. Nun verarbeitete er die zahlreichen Hirnimpulse, die heute in ihn eingedrungen waren. Sein Entschluss stand fest, seine Handlungen waren vorprogrammiert, doch er benötigte diesen Augenblick der Ruhe um sich auf das kommende vor allem mental vorzubereiten.

Jack stand von seinem Platz auf, die Zeit war gekommen, er wollte sich umziehen um vor der Kälte gewappnet zu sein. Plötzlich hörte er die Geräusche, bekanntermaßen das Geräusch wenn die Haustür aufschwang. Bislang hatte es Besuch oder heimkehrende Mitglieder der Familie angekündigt. Aber die Familie war tot, Vik tödlich verwundet im Hospital und Besuch hatte keinen Schlüssel. Jack spürte mit Sicherheit, dass die Eindringlinge ihm gegenüber gewiss nicht freundlich eingestellt waren. Und er erfuhr durch den Ruf Emilio Estafars, streng nach Vorschrift, der die Eindringlinge als Polizeibeamte identifizierte und Jack zur Aufgabe bewegen sollte, Bestätigung. Jack machte keine Anstalten den Polizisten den Kampf zu erklären, auch wenn er gerne länger verweilt hätte, er hatte alles was er für seinen Plan benötigte.

Anuchita hatte eine ihrer Waffen gezogen und sicherte Emilio von hinten ab, nachdem er ihr mit einer Geste angedeutet hatte, dass er vorhatte das Haus zu stürmen und nicht auf die angeforderte Nachhut zu warten. Auf seinen Ruf, den er lieber vergessen hätte, der aber in den Statuten der Polizei fest verankert war, die Vorschrift sich als Polizeibeamte zur Erkennung zu geben, war keine Rückmeldung erfolgt. Jetzt verspürte der Beamte den Jagddrang, sein gekränktes Ego verlangte Heilung auf seine Weise. Gebückt stieß er die Tür auf, welche in das Esszimmer führte und ließ seinen Waffenlauf über den schattenvollen Raum schwenken.

Anuchita huschte an ihm vorbei und durchsuchte rasch die Etage, während sich Emilio an der Treppe nach oben postiert aufhielt. Anuchita gab ihm einen Klaps auf den Rücken, und Emilio verstand den Wink sofort. Die Etage war gesichert, Emilio schlich die Treppe empor, seine Partnerin dicht hinter sich wissend. Sie fanden im gesamten Haus niemanden vor, anscheinend hatten sie sich geirrt, was Jack anbetraf. Oder doch nicht, schließlich hatten sie den polizeilichen Siegel, mit dem man Tatorte kennzeichnete, an der Tür aufgebrochen vorgefunden.

Jack war unlängst aus seinem Dachfenster entwischt und über die Dachpfannen hinweg zum Fenster des Nachbarreihenhauses gekrochen, hatte die Scheibe rücksichtslos und ohne Umschweife eingeschlagen und war ohne anzuhalten durch den nicht ausgebauten Dachboden und die Treppen hinuntergelaufen. Er floh rasch aus dem Haus, er glaubte nicht, dass der Nachbar oder seine Ehefrau ihn bemerkt hatten. Jack floh in die Nacht hinaus und rannte zu seinem Motorrad, dass er vor seiner Fahrt nach Hause kurz vor Schulschluss aus dem Polizeischulgebäude geholt hatte, Mitschülern erklärend, dass er freigelassen worden war, nachdem sich der Vorfall aufgeklärt hatte. Nun fuhr er in die Nacht hinaus, davon, ohne Helm und frierend durch das dünne schwarze Shirt.

„Verflucht! Verdammt! Scheiße! Dieser fickschwänzelnder Abschaum von Elternmörder!"

„Beruhige Dich, Emilio."

„Wir hätten ihn kriegen müssen. Das Schwein war hier. Er war hier, und wir haben ihn nicht gekriegt. Verflucht und verdammt."

„Das ist Gotteslästerung", wandte sie mit ironischem Lächeln ein.

„Haben Tote einen Gott?"

Harder war ein wenig durch die Straßen der Stadt gefahren. Man suchte nicht nach diesem Motorrad, noch hatten die Polizisten nicht bemerkt, dass er eines besaß. Schließlich war die Dunkelheit hereingebrochen und mit den Anfängen seiner Ausläufer kehrte die gelassene Ruhe in Harder ein, eine Eiseskälte, welche sich in sein Blut legte und auf den üblichen Bahnen durch sein Herz floss. Er wußte nicht mehr zu leben, zu lieben und zu weinen, aber er wußte genau und mit gottesnahender Sicherheit zu rächen.

Der unschuldige Jack Harder würde die Vernichtung seiner spät erlangten Familie bestrafen, auf die altmodische Weise der blutigen Fehde, Vendetta, die Blutrache. Er spürte in den Wehen des Windes, dass seine letzten geistigen Willenskräfte schwanden. Sein letzter Rest Lebensfreude, sofern er ihn jemals besessen hatte, war vergangen.

Jack wußte nur in Grundzügen wo und wie er beginnen würde, wobei das Wie leichter zu klären war. Er lehnte keine Art und Weise bei diesem, seinem Weg ab. In den letzten Tagen, nebenbei zur Schule, war er zum Fördern seiner praktischen Erfahrung mit Vik unterwegs gewesen, dienstlich. Er hatte Vik begleitet, seine Erfahrungen aufgenommen und sein Leben nah vernommen.

Jetzt stand Jack erneut vor dem kleinen Club, einer Art Treffpunkt der städtlichen Szene, in der er bislang zweimal gewesen war. Und jedesmal hatte er unangenehme Wogen in seiner abgestorbenen Seele verspürt.

Dieser Laden war eine Bar, eine stets relativ volle Bar, gefüllt von eher jüngeren Generationen. Wenn Vik die Bar betreten hatte, so war es als befände er sich zu Hause, jeder schien ihn zu kennen. Überhaupt schien fast jeder in dieser Stadt Vik zu kennen. Vik besaß viele Freunde. Der attraktive Mann bekam rasch Bekanntschaften, Jack musste bei ihren beiden gemeinsamen Besuchen missmutig herumstehen, keine Blicke auf sich spürend.

Vik badete sich in freundlichen Gesprächen, Jack wurde verletzt von der eindringlichen Gleichgültigkeit die ihm entgegen schwappte. Niemand nahm von ihm Kenntnis, niemand. Jack verfluchte all diese Leute im Stillen, all die Frauen, Mädchen und Männer, deren Augen an ihm vorbei glitten, nicht einen kleinsten Moment stoppend, zu rasch vorbei.

Sie sahen ihn nicht, er sah jeden von ihnen, ihre Konturen pressten sich auf seine Netzhaut, ihre Schatten waren für ihn geradezu noch sichtbar, als die Personen bereits lange gegangen waren. Jack stand damals in der Bar, wie auch an anderen Orten, schweigsam, aber reden war nicht erforderlich, da es keinen Gesprächspartner besaß.

Nur Vik setzte einen Wortschwall nach dem anderen an, und er erhielt Antworten. Jacks Fragen, sofern er sie noch stellte, vergingen im Raum. Jack wartete beim nächsten Besuch zusammen mit Vik im Wagen, geparkt vor der Bar. Doch heute Abend verspürte er den Drang in diese Bar zu gelangen, was einen erklärlichen Grund als Ursache hatte. Vik hatte sich immer mit einem Partner in dieser Bar getroffen, vor allem abends. Jack hatte deutlich in Erinnerung, dass sein Stiefbruder ihm dies berichtet hatte.

Die gemeinsamen Abende waren nach Vik Heirat zwar seltener geworden, aber sie fanden bis vor kurzem noch statt, und Jack war sich ziemlich sicher, dass er Eddie heute hier finden würde.

Wo sonst sollte er ihn suchen? Eddie war ebenfalls ein Polizist im Dezernat, und er und Vik waren gute Freunde, was sich nun wohl gelegt hatte, dank Viks frühzeitigen Ausscheiden. Zumindest war Eddie Viks bester Freund, wenn auch gewesen, und die beiden hatten sich alles erzählt, mehr als die zwei Stiefbrüder untereinander. Aus diesem Grund wollte Jack in die Bar, der Junge wollte mit Eddie reden.

Aber man wollte den angeblichen Vater und Muttermörder, Stiefvater und Stiefmutter, nicht in die Bar lassen, weil er den Türstehern einfach nicht passte. Es war wahrscheinlich Jacks Kleidung. Eigentlich musste er zugeben, dass er nicht gerade passend angezogen war, auch nicht für die recht lockere Umgebung der Bar. Jack war die Meinung der Türsteher allerdings egal, was sollte er mit den Ansichten von Menschen anfangen, die nicht einen Fakt seines Lebens für relevant hielten.

Jack besaß keine Lust mit den Wächtern zu sprechen, oder diskutieren, er sah den einen, der direkt vor ihm auf dem Bürgersteig vor der Bar stand, bloss lange in die Augen. Der andere verharrte weiter hinten im Türrahmen des Eingangs. Jack wurde dem Kerl zu aufdringlich, und der Mann in der dicken Jacke, unter der wahrscheinlich jeder wie ein Muskelberg aussah, griff mit seiner Hand hoch zu Jacks Hals und presste mit eiserner Stärke zu.

Jack schaute noch starr geradeaus, direkt auf die Schulter seines Gegenübers, welcher ihm an Größe überstieg. Jacks Hand legte sich um das Handgelenk, dessen Muskeln leicht angespannt waren, um ihn festzuhalten. Die Hand des Türstehers wurde von einer ungeahnten Kraft gegriffen und mit eiserner Härte zusammengepresst. Aber es war nicht Jacks Hand, kaum Kraftaufwand wäre für den großen Mann nötig gewesen, um Jacks obligatorische Klammerung zu lösen, die den Wächter verunsicherte.

Es war der Blick des Jungen, welcher aus seinen Augen schien, nachdem der Junge seinen Kopf gehoben hatte, der unnachgiebige, kraftvolle, starke Blick eines Toten, eines menschlosen Wesens.

Der Wachmann, der unangenehme Gäste vom Betreten der Bar abhalten sollte, hielt dieser Attacke für einen Augenblick stand, seine fleischliche Kraft der Muskelstränge parierte Jacks Blick, indem er dem Jungen die Luft zudrückend nahm. Doch Jack hatte einen Trumpf in diesem Kräfte messenden Pokerspiel in der Hinterhand. Sein linker Arm tauchte hinter dem Rücken auf, mit sich eine der einsatztüchtigen Pistolen führend, die Jack seinem Gegenüber unter das Kinn hielt.

Er hatte gewonnen, die Hand des anderen zog sich von seinem Hals zurück. Jacks ausdrucksloses Gesicht überzog ein einfallendes Grinsen in dem dämmrigen, kitschigen Licht der anwerbenden Neonreklame. Der Türsteher wandte sich seitlich, und Jack zog mit der rechten Hand die zweite Waffe, sich mit ihr nach hinten absichernd, während er den zweiten Türsteher drohend dazu brachte den Eingang freizumachen.

Jack betrat die Bar, jene die seine Handinhalte sahen, wichen vor dem ehemaligen Polizeianwärter zurück. Er schloss die Tür hinter sich. Wissend, dass er nicht viel Zeit besaß, ging er zielstrebig zur Bar, wo sich jemand bestimmtes in seine Richtung gedreht hatte und ihn ansah, mit so beherrschtem und klaren Blick, wie ihn nur jemand aufsetzen konnte, der gefährliche Situationen gewöhnt war. Es war Eddie.

Flüchtig und vorsichtig betrachtete Jack seine Umgebung genau, wenngleich aus den Augenwinkeln. Die einst gleichgültigen und nichtbeachtenden Mienen hatten sich in ängstliche und gefesselte Augenpaare gewandelt. Spürte Jack einen Anflug von Genugtuung? Er schritt auf Eddie zu, der ihn längst erkannt hatte, die Waffen fertiggeladen, entsichert und ausgerichtet auf jedes Detail, welches eine Gefahr darstellen konnte. Angst lag nicht in Eddies Augen.

„Ah, Viks Bruder. Und sein Mörder."

„Ich frage, Du antwortest."

„Immer noch so wortkarg, wie Vik Dich beschrieben hat."

Wut, unbändige Wut. Immer legte man ihn fest, immer bildete man sich gleich zu Beginn ein Urteil über den Jungen, niemand legte es darauf an ihn kennenzulernen. Wut. Aber die Beherrschung siegte.

„Was bearbeitete Vik?"

„Warum willst Du das wissen?"

Jack hasste beides. Die Frage als Antwort und das höhnische, überlegene Grinsen. Und die Zeit lief ihm davon, gewiss war die Polizei bereits verständigt. Zumindest hatten die Türsteher nicht versucht ihm hinein in die Bar zu folgen und zu stoppen. Ihr Leben war ihnen folglich mehr wert, als ihre Arbeit.

Jack kannte die instinktive Konsequenz seiner raschen Überlegungen und schnell schwenkte die Waffe in seine Körperrichtung, der Finger riss den Abzug rückwärts, und die Waffe wich wieder an ihren alten Platz. Eddie war vom Hocker gerutscht.

Er krümmte sich am Boden, mit beiden Händen die klaffende Wunde an seinem Oberschenkel umklammernd. Nicht klar genug denkend, um zu bemerken, dass dies die Blutung nicht sonderlich stillte. Der Junge steigerte seine Lautstärke, um gegen das jämmerliche schmerzausstoßende Gewimmer der Polizisten anzukommen. Eine Regung von Emotionen für die Situation, in die er den Mann gebracht hatte, besaß er nicht. Wozu Mitleid, der Mann hatte es gut, Jack selber hatte Schlimmeres erlebt.

„Viks letzter Job!"

Jacks Äußerung war keine Frage, sondern ein Befehl. Der Polizist und Freund seines Stiefbruders Vik, letzteres kümmerte Jack im Augenblick nicht sonderlich, hatte bemerkt, wie ernst es Jack war, und wie ernst es somit um sein eigenes Leben stand, und unter schmerzverzerrtem Stöhnen antwortete er Jack, in dem er ihm einen Namen nannte.

„Das Kartell."

Jack war rascher verschwunden als er aufgetaucht war, perfektes Timing. Als er den Motor seiner wenige Straßen entfernten Maschine zum Start kurz aufheulen ließ, vernahm er die Sirenen der ankommenden und sich ankündigenden Polizei. Das Kartell. Jack wußte was dies bedeuten konnte, und wenn es so war, verstand er auch, warum seine Familie getötet worden war. Das Kartell, so wurde ein ortsansässiges großes Unternehmen insgeheim unter Polizisten genannt. Jack lenkte das Motorrad auf die Hauptstraße und gab gemäßigt Tempo. Und eine reiche Firma. Geld bedeutete Macht. Und Macht Missbrauch. Was diese Firma auch getan hatte, wenn Vik deswegen hatte sterben müssen, so interessierte es Jack nicht. Auf den Grund konnte er verzichten. Er würde jeden in dieser Firma töten.

Es war irgendwie extrem standardmäßig. Es kam ihm dermaßen gestellt vor, so unglaubhaft, aber dennoch einleuchtend. Sein Stiefvater, oder sein Bruder, vielleicht auch beide hatten sich in etwas eingemischt, dass anderen nicht besonders gepasst hatte und mussten dafür sterben. Dem Ende des Lebens mit schmerzlichen Schritten zugehen. Und die Art und Weise ihres Todes war eine Warnung an alle.

Wahrscheinlich würden bald sogar die ermittelnden Beamten herausfinden, wer wirklich für alles verantwortlich war. Unwichtig. Jack spürte kaum ein Gefühl, aber den einen Trieb. Er war unschuldig. Und er hatte endlich eine Familie besessen. Erneut hatte man ihn um sein natürliches Recht gebracht. Erneut besaß er niemanden auf dieser Welt, weder zum freundschaftlichen Kontakt, noch zu einem einfachen Gespräch, das ihm die Last seiner Seele erleichtern würde. Der jahrelang aufgesparte Frust meldete sich mit hohen Zinsen an, und sein jugendliches, kindliches Feuer brannte.

Jacks Motorrad parkte hinter einem Imbissstand, gegenüber dem Polizeirevier auf der anderen Seite der Straße. Er hatte eine kleine Chance. Keine polizeilichen Fahrzeuge befanden sich auf dem Parkplatz vor dem Revier, sie alle waren im Einsatz, nachdem die Meldung gekommen war, dass der Mörder zweier ihrer Kollegen gesichtet worden war. Sie suchten ihn, aber gewiss nicht hier. Diesmal suchte er sie auf.

Jack schritt auf die Polizeiwache zu, welche in der Nacht unterbesetzt war, sich sicher seiend, dass er nur die Nachtwache erwarten brauchte, die nicht ausrücken durfte. Durch die Fensterfront sah er einen Polizisten, der eifrig bemüht bei dem Panel mit den Kommunikationsanlagen herumhantierte, den Oberkörper seitlich zum Eingang gedreht. Ein Lächeln huschte über Jack, lediglich erkennbar an dem Verziehen seiner Augenbrauen.

Mit der Schlüsselkarte seines Stiefvaters, die er von den persönlichen Sachen mitgenommen hatte, bekam er diesmal Einlass, und er schlich sich gebückt vor die Theke, hinter welcher der Polizist thronte. Jack dachte kurz nach, aber wenn er die Wache ausschaltete würde der Funkkontakt abreißen, was einige Streifen zur Heimkehr bewegen würde.

Er rollte sich an der unachtsamen Wache vorbei in das Treppenhaus und begab sich leise in den ersten Stock, wo er das Büro seines Bruders suchte. Schließlich fand er den Namen, wenige Räume von dem Büro entfernt, in dem man ihn erst kürzlich verhört hatte. Für das Büro seines Bruders besaß er keine Schlüsselkarte, daher suchte er zunächst das Büro des Vaters auf, dessen Schlüssel er besaß.

So gelang es ihm mit Leichtigkeit, den verschlossenen Raum zu betreten. Sein Stiefvater war in dienstlichen Sachen sichtlich nicht anders eingestellt, als in seinen Lebensansichten, seine Schreibtischoberfläche war mehr als geordnet. Jack sah den Stapel mit aktuellen Vorgängen und den anderen, auf dem mit einem Schild BEARBEITET stand. Jack griff den letzten bearbeiteten Vorfall und blätterte kurz hindurch, nach Wörtern suchend, welche ihm ins Auge fielen. Er legte die dünne Akte zur Seite und griff nach dem Vorfall, mit dem sein Stiefvater zuletzt beschäftigt gewesen war, eine Untersuchung, die den Tod eines Mitarbeiters des Kartells aufklären sollte.

Jacks Augenlider zuckten. Die Untersuchung war nach den niedergeschriebenen Informationen gerade erst begonnen worden. Lediglich einige Namen wurden genannt, die zu befragen waren, hohe Mitglieder im Kartell. Jack kam hier nicht weiter, er steckte den Ausdruck, auf welchem die Namen geschrieben standen, ein und verließ den Raum.

Vielleicht kam er bei Vik weiter. Jack stand vor der Tür, bislang hatte er höchstens vier Minuten im Dezernat verbracht. Ein verwirrtes grausiges Lächeln überzog seinen Mund, als er eine der Waffen auf das Türschloss abfeuerte, das komplett zerstört wurde. Der Alarm wurde ausgelöst, eine Sirene schrillte.

Jack sprang herein und sah, dass Vik die Ordnung von seinem Vater geerbt hatte. Er lief hinüber zum Schreibtisch, griff sich den aktuellsten Vorfall und öffnete auf einen plötzlichen Einfall hin die Schublade von Viks Schreibtisch. Daran befand sich die Polizeipistole, die Vik während seiner Zeit als Sondereinsatzkommando-Mitglied besessen hatte, kurz nach seiner Ausbildung, einer Zeit von der er Jack häufig berichtet hatte.

Jack griff das machtvolle Modell, eine Knight V3, eine Handfeuerwaffe größeren Ausmaßes, welche normale Magazine bekam, zusätzlich jedoch sogenannte Metal Killing Bullets verschießen konnte. Kugeln mit explosiver Sprengkraft, die sich nach einem Meter Schussbahn aktivierte und dann beim Aufprall ihre Zusatzkraft löste.

Fast ehrfürchtig nahm der Junge die schwere Waffe auf, riss dass Fenster auf, und flüchtete erneut auf dem luftigen Weg, mit einem Sprung auf den Parkplatz. In naher Ferne hörte er Polizeisirenen, wie zuvor als er die Bar verlassen hatte, doch bevor die Verstärkung angelangt war, die der Wachmann beim Auslösen des Alarms gerufen hatte, war Jack entkommen.

Auf einer Parkbank in der Nähe eines angelegten Sees studierte der Junge unter dem Schein einer Laterne die Akte seines toten Bruders. Viks Fall hatte zwar nichts mit dem des Vaters zu tun, jedoch hatte Vik sich ebenfalls mit dem Kartell beschäftigt. Bei ihm ging es um den Verdacht von illegalem Drogenschmuggel und Verkauf.

Jack schaute von der Akte auf und beobachtete den Tanz der Mücken in der Abendluft. Etwas höher leuchteten die Sterne im Firmament, mehr als ein Leben entfernt, in der Unendlichkeit des Alls, weitaus mehr als ein Leben. Jack sog einen tiefen Zug des kühlen Gemisches ein, dass die Menschen zum Atmen brauchten.

Ihn interessierte es nicht weiter. Ihm war der Verstoß gegen das Drogenaufsichtsgesetz egal, für ihn zählte nur der komplette und umfassende Tod seiner neuen Familie. Er war bereit. Hier stand Viks Vermutung, dass das Kartell illegal mit Drogen handelte, und auf der Liste seines Vater standen Namen. Jack verstaute die gelesene Akte seines Bruders hinter einem Strauch, er glaubte nicht, sie noch zu brauchen, lediglich die Liste steckte er ein. Hinter zweien der Kartellmitglieder hatten sich Adressen befunden. Zu dem erstgenannten würde sich Jack nun begeben.

Jacks Hand zitterte für einen Augenblick. Er kannte den Grund nicht, aber bevor er sich Gedanken darüber machen konnte, befanden sich seine Finger wieder in Ruhe. Mit festem gezieltem Griff betätigte er den Knopf. Irgendwie war das Puzzle unwichtig. Jack musste nicht wissen, wie alles zusammen passte. Er hatte nicht vor herauszufinden was das Kartell machte. Er wollte nur alle Namen der Beteiligten kennen. Wissen ist Macht. Macht ist Tod.

In dem herrschaftlichen Haus klingelte es. Nicht die übliche Kommunikationsanlage, sondern der tiefe Gong der Türglocke. Jemand bat demzufolge um Einlass.

Der Herr des Hauses lief zur späten Stunde die Treppe herunter, er hatte sich bereits im Schlafzimmer befunden, und mit seiner Ehefrau eine nächtliche Talkshow gesehen, als er den Gong bemerkt hatte. Nur wenige würden es wagen, zu dieser späten Stunde bei ihm die Nachtruhe zu stören. Und er vermutete, dass es seine Firma war, die jegliches Recht dazu besaß.

Nervös öffnete er die Tür, wenn Bedienstete des Kartells ihn, den Aktionsleiter störten, so handelte es sich um eine wichtige Angelegenheit. Der Mann befürchtete, dass es mit der ihm in den vergangenen Tagen befohlenen Aktion zu tun hatte. Dieser Gong versprach Probleme.

Er öffnete die Tür nur im Bademantel bekleidet, den er sich schnell über den Schlafanzug geworfen hatte. Einen Kontaktmann des Kartells ließ man nicht warten. Ein heller, weißer Bademantel mit dunkelroten Borden. Der nächtliche Störenfried, der durch sein Auftreten sogar die Kinder geweckt hatte, welche nun am oberen Absatz der Treppe in Schlafanzügen mit aufgedruckten Zeichentrickhelden standen, wirkte dermaßen kalt, das den Familienvater ein Frösteln überkam. Gänsehaut überfiel ihn danach, als sein Gegenüber, welcher sich vor der Schwelle des Erwachsenendaseins befand, mit einer Handbewegung eine wuchtige Waffe hinter seinem Rücken hervorzog, und diese auf ihn richtete.

Jack Harders Bitte um Einlass war verständlich und einleuchtend formuliert, seine Geste war ausreichend. Er schritt einfach hinein, während sein gewähltes Opfer zurückwich. Die Kinder bemerkte er aus den Augenwinkeln, er sah auch die Ehefrau, welche schützend ihre Arme um die kleinen Menschen legte.

In Jack zuckte ein Gedankenblitz auf, den er schnell wieder verwarf. Seine leibliche Mutter war seit Jahren vergangen, nur sie hatte ihm jemals Liebe geschenkt, wie sie in dieser Geste verborgen war. Er schob die Emotion zurück in den Winkel seiner dunklen Seele, in die sie gehörte und konzentrierte sich auf das Hier und Jetzt.

„Das Kartell.“

Der Mann schaute ihn verblüfft an, das ansässige Familienoberhaupt wußte nicht zu handeln.

„Sie arbeiten beim Kartell.“

Jacks Bemerkung war lediglich eine Feststellung, trotzdem nickte der Mann. Angesichts des Waffenlaufes in Richtung seiner Stirn wagte er es nicht, eine Antwort zu verweigern.

„Wer tötete die beiden Polizisten samt Familie?“

Der Mann schluckte schwer. Es ging also um die letzte Aktion, doch der Eindringling gehörte nicht zum Kartell. Wer war der Junge? Seine Antwort kam zu spät. Die Knight schwenkte, und der Schuss löste sich, eine Kugel aus dem Standardmagazin wurde abgefeuert.

Unter dem Geheul der Kinder und dem schwankenden Schrei der Mutter, der die Stimme versagte, floss das Blut aus der offenen Schusswunde am Bein des Vaters. Jack hob seine Augenbrauen, seine Frage hing noch immer im Raum, und der Mann tat schnell daran, seinen Schmerz zu verdrängen und mit gepresster Stimme zu antworten.

„Ich beauftragte zwei Männer.“

„Weiter.“

Jacks Ton wirkte gelassen, als würde ihn die Situation nicht direkt angehen. Dennoch war seine Forderung bestimmend. Der Mann nannte zwei Personen, die Jack von seiner Liste her bekannt waren. Jack ließ sich nichts anmerken.

„Das Kartell.“

Kniend lag der Mann vor Jacks Füßen, der Familienvater fühlte sich erbärmlich, er versuchte sein Leben zu retten.

„Ja, alle von der Firma wollten es. Es wurde beschlossen, ich leite so etwas. Scheiße, so wird so etwas nun einmal gehandhabt.“

Jack schluckte bei der Formulierung „so etwas“. Es war so unpersönlich, unmenschlich, genau wie er sich fühlte. Jack schoss ein weiteres Mal, der Knochen des anderen Beines des Mannes wurde zerfetzt, der Junge musste beweisen, wie ernst es ihm war.

„Alle Namen."

Jack kannte die Namen von seiner Liste, alle Namen, nur zwei waren neu, er prägte sie sich ein, wie er auch die Liste auswendig gelernt hatte. Nachdem er alle Namen gehört hatte, zum Teil auch erfahren hatte, wo er die betreffenden Personen suchen musste, und nichts mehr in Erfahrung bringen konnte, erschoss er den Mann mit einer Kugel durch die Stirn. Die Ehefrau und seine Kinder hatte er zuvor fort geschickt.

Aus dem Haus war er rasch verschwunden und zu der Stelle gefahren, an der er in dieser Nacht einen derjenigen zu finden vermochte, die er suchte. In unmittelbarer Nähe dröhnte die Musik einer nächtlichen Stelle der ungezügelten Freiheit jüngerer Generationen der Gesellschaft. Eigentlich hörte er die aufputschenden Töne nicht, die ältere Menschen als unzusammenhängende Laute bezeichnen würde, aber tief in seinem Unterbewusstsein verankert, begann sein Atem sich nach dem schnellen Takt zu regulieren.

Jack näherte sich der Geräuschkulisse allerdings nicht, er kehrte ihr den Rücken. Sein Ziel war die kleine Treppe, welche zu einer Straßenunterführung hinab ging. Ihm entgegen torkelte ein vielleicht hübsches Mädchen. Er betrachtete sie aufmerksam, konnte sich in dieser Hinsicht allerdings nicht entscheiden. Sie wirkte locker und cool, extrem lässig, Züge die er bei Mädchen gerne sah.

Aber ihr Gesicht wirkte unnatürlich, ein ausdrucksloses Verziehen des Mundes, starre Augen. Sie war down, total abgestürzt. Jack lief weitere Stufen an ihr vorbei, und vernahm das szenetypische Kaufgespräch, er wußte was ablief.

Nicht das Jack sich schon einmal an solch etwas beteiligt hatte. Zwar verspürte er gegen Drogen keinerlei Abneigung, aber trotz allem hatte er bislang nie den Drang gespürt welche einzunehmen. Allein war er, wenn ihn wieder einmal depressive Stimmung überkam, entweder mit dem Motorrad gefahren, lange und weit, oder hier herumgelaufen, direkt in der Szene, zu der er nie gehörte. Hier unten wartete sein nächstes Opfer.

Nicht auf ihn, sondern auf die Bezahlung seiner gelieferten Ware von dem zweiten Mädchen, welches bald in völliger Lethargie die Treppe hinauf schwanken würde. Bezahlung diesmal in Form von einer naturbestimmten Gegenleistung. Jack trat in die Dunkelheit der Unterführung, als in dem dämmrigen Licht der Reißverschluss glitzerte, welchen der Verkäufer öffnete.

Jack spuckte teilnahmslos zu Boden, und ein weitere Punkt leuchtete in der Dunkelheit, als die Knight zündete, und ein Funken aus dem Lauf flog. Das Mädchen hielt ihr Päckchen fest umklammert, als sie von der niedersinkenden Gestalt fortging. Wie in Trance schien sie nicht verstanden zu haben, was ihrem Lieferanten zugestoßen war.

Emilio würde auch an dem heutigen Tag sicherlich keine Ruhe finden. Dieser frei herumlaufende Mörder hatte ihn die kurze Nachtruhe lang beschäftigt. Vorhin war er verständigt worden, was das Subjekt vermutlich die Nacht über alles angestellt hatte. Die Haare noch nicht komplett getrocknet, aber frisch angekleidet, im selben Stil wie am Vortag, wollte Estafar seine Wohnung gerade verlassen, als die Kommunikationsanlage Signale gab. Emilio nahm den Ruf an, es erschien kein Bild, der Anruf war lediglich verbal.

„Guten Morgen, Herr Estafar.“

Die Stimme klang merkwürdig, ein bisschen hinterhältig verzerrt, und gewiss nicht natürlich sondern mit speziellen Methoden modifiziert.

„Sie kennen mich gewiss noch von früher, als wir beide bereits bewiesen haben, wie gut wir zusammenarbeiten. Das Kartell ist nicht damit einverstanden, dass gute Bekannte unsererseits ihr Leben lassen müssen. Ich denke nicht, dass ich es Ihnen erklären muss, Emilio. Ihnen steht eine ausreichende Belohnung zu, wenn der Störfaktor endgültig ausgeschaltet wird. Endgültig!“

Emilio Estafar lächelte in die Kamera, unwichtig, dass sie nicht aktiviert war. Er wollte sich an dem Flüchtling rächen, da dieser ihn lächerlich gemacht hatte, und auf diese Weise konnte er daraus sogar einen Gewinn schöpfen.

„Ja.“

Emilio fuhr an diesem Morgen besonders gut gelaunt zur Dienststelle, um mit seiner Partnerin die Jagd fortzuführen.

„Na, Anuchita, das wird ein langer Tag.“

„Er wird nicht vor uns fliehen können, wenn er in der Stadt bleibt.“

„Aber er wird hier bleiben. Er hat eine Mordserie begonnen, und er wird sie zu Ende bringen.“

„Emilio, wenn er schuldig wäre, gibt es für ihn keinen Grund für diese Morde, oder?“

„Sanchez, scheiß egal. Zumindest wissen wir nun mit Sicherheit, dass er Morde begannen hat, selbst wenn er seine Eltern vielleicht nicht getötet hat. Wir werden ihn stoppen. Er griff einen Polizisten in einer Bar an, brach in das Revier ein, tötete einen Geschäftsmann und einen Dealer. Wir brauchen nur den Zusammenhang."

„Die letzten Fälle unserer ermordeten Kollegen habe ich mir vorhin wie abgesprochen angeschaut. Die untersuchten das Kartell. Ich denke da ist unser Zusammenhang. Es gibt Vermutungen, dass das Kartell illegale Geschäfte macht und unliebsame Widersacher liquidieren lässt. Ob es stimmt oder nicht, Jack Harder glaubt vielleicht, dass dies in diesem Fall zutrifft."

„Und die zwei Opfer?"

„Der Geschäftsmann wird in unseren Akten mit dem Kartell in Zusammenhang gebracht, diese Akten und alle enthaltenen Namen kennt Harder seit gestern Nacht. Und Namen die wir nicht kennen, hat das ermordete Kartellmitglied Harder vor seiner regelrechten Exekution genannt, wie die Frau des Opfers mir sagte, Emilio. Zuerst tat sie so, als wüsste sie die Namen nicht mehr, schließlich habe ich aber ein paar aus ihr herausbekommen. Ich hab die Namen gecheckt. Die standen in unserer Kartei, meistens wegen Drogen, Raubüberfällen oder Gewalttaten. Und die Namen hängen zusammen, alles Halberwachsene, eine Clique. Die sind seine nächsten potentiellen Opfer, wetten?'

„Gut, Sanchez. Packen wir ihn uns. Wo finden wir jetzt die, beziehungsweise er seine Opfer?"

Der Schulhof war gesäumt mit annähernd Erwachsenen und vielen jüngeren Schülern der unteren Klassen, die sich zurückhielten, aufgrund der hohen Gewaltbereitschaft der älteren. Die Schüler der höheren Stufen standen nahezu ohne Ausnahme rauchend oder Pillen einwerfend verstreut in Grüppchen, die jüngeren Schüler, die ab zehn Jahre vorhanden waren, taten dies vereinzelter. Jack schritt über den Betonboden des Pausenhofs.

Warum mussten Pausenhöfe in Schulen immer betoniert sein? Die kalte und wenig beruhigende Atmosphäre des kargen Schulbildes wurde durch den einsamen und fast verdorrten Baum nicht aufgelockert. Jack Harder hatte die Nacht über in einem Laubhaufen schlafend verbracht, in einem abgegrenzten Waldstück, die Knie angezogen und die Arme um den Oberkörper geschlungen, das Gesicht mit einem friedlichen Schein überzogen, der Traum ein Relikt alter Zeiten.

Jetzt lief er Schritt für Schritt vorwärts, sein schwarzes T-Shirt war zerknittert, dreckig und an einigen Stellen rot befleckt. Keiner sah dies. Niemand achtete auf ihn, völlige Gleichgültigkeit wurde ihm entgegengebracht. Jack steuerte auf eine Gruppe der sichtlich ältesten Schüler zu.

„Hi", dieses Wort war langgezogen und mit einer unheimlichen Betonung versehen, er erregte ihre Aufmerksamkeit. Die Jungen und Mädchen drehten sich zu ihm um. Jack starrte einen Augenblick in ihre Mitte und bemerkte aus den Winkeln seiner Augen unzählige Piercings und offen getragene Tattoos. Jack grinste breit und selbstsicher, es entsprach zwar nicht den unmittelbaren Gefühlen die er verspürte, aber es war angebracht.

„Flieh aus meinem Sichtbereich oder Dein Gesicht bekommt eine neue Form."

Jack grinste barbarisch. Aber hinter dieser Regung steckte kein Gefühl.

„Und wer wird Dir dabei helfen?"

Wütend aufbrausend suchten sie einen Halbkreis zu bilden um den störenden Jungen einzuzingeln und zu verprügeln oder schlimmeres. Es wurde ein Fest des Widerstandes, als die Knight V3, befreit aus ihrem Gefängnis in Jacks Hose vollautomatisch das Töten unter Jacks Führung übernahm. Der schulische Boden der Erziehung und Lehrvermittlung besudelt vom absoluten Zeichen der Gewalt aber auch des Lebens. Pro Patrone eine Wunde, ein Loch, ein Auslauf des Saftes. Er kam zum Ende, gerade in dem Moment als ein Wagen mit quietschenden Rädern in seinem rückwärtigen Bereich abrupt abgebremst wurde.

Nach Beenden des tosenden Schießrhythmus vernahm er das hallende Signalhorn und sprang beiseite. Hinter sich die zwei altbekannten Häscher seinerseits gelang es ihm ins Gebäude zu huschen, ohne das einer der Polizeibeamten einen sicheren Schuss abgeben konnte.

„Sie übernehmen die Sicherung des Gebäudes, lassen sie ihre Leute alles umstellen. „

„Jawohl."

Der Einsatzleiter des Sonderkommandos gab seinen untergeordneten Kämpfern ein taktisches Handzeichen, und sie waren alle bereit. Sie suchten sich gegebene Deckungsmöglichkeiten und ließen die Eingänge des Gebäudes nicht aus den Augen, die kreischenden Schülermengen ignorierend und zum Teil mit roher Gewalt zur Seite stoßend.

Emilio Estafar hatte ein Kommunikationshandgerät gezückt und brüllte lauthals in das eingebaute Mikrophon, die Jagd in sich pulsierend.

„Wir brauchen weitere Verstärkung. Die Evakuierung des Gebäudes soll sofort veranlasst werden. Und ich will einen Helikopter. Sofort!"

Die Schüler welche auf direktem Weg in Panik aus dem Schultor fliehen wollten, wurden gewaltsam von schwerbewaffneten Einsatzpolizisten abgehalten und kurz überprüft, bevor sie herausgelassen wurden. Es sollte verhindert werden, dass Jack in der Menge fliehen konnte.

„Anuchita, er ist da drin."

„Er und mehrere Schüler, die nicht zur Pause rausgegangen sind. Er besitzt zahlreiche potentielle Geiseln. Wir können nicht intervenieren."

„Ich will ihn haben."

Demonstrativ lud Emilio seine Waffe fertig und spannte den Hahn. Er setzte sich den Helm passend zu seiner schusssicheren Weste auf und ging Richtung Eingang.

„Emilio, nicht! Es gibt eine Katastrophe wenn wir ihn dort unter Druck setzen."

Doch der Polizist wollte sie nicht hören und betrat das Schulgebäude.

„Was hat ihr Kollege eigentlich vor? Ich erinnere mich an andere Einsatzmethoden in einer solchen Situation."

Anuchita Sanchez blickte nachdenklich auf den Einsatzleiter, Grübchen im Gesicht.

„Er will ihn nicht entkommen lassen."

Und still murmelte sie danach: „Koste es was es wolle."

Jack war in durchdachter Panik. Sie waren hinter ihm her und der Eingang war gesperrt. Er musste sich in Sicherheit bringen und lief durch die teils überfüllten Gänge wartender Schüler, teils wütende Rufe auslösend wenn er jemanden beiseite schlug, teils Furcht wenn sie seine Waffe sahen.

Plötzlich ertönte die Sirene des Feueralarmes und die Menge setzte sich in Bewegung, er ihr entgegen gerichtet, wissend, dass die Schüler nicht wegen Feuer aus dem Gebäude gerufen wurden. Er kam schnell in leere Bereiche, nachdem er Treppen erklommen und Flure hinter sich gelassen hatte.

Es ertönte nicht das gerufene Wort Halt. Lediglich der ohrenbetäubende und durch die Wände verstärkte Knall eines Schusses ließ bemerken, dass Emilio Estafar den Flüchtling entdeckt hatte. Die Kugel Jack Harder an der Ecke der rechten Schulter und des Halses gestreift, der Schuss hatte ihn töten sollen. Panikartig warf er sich zu Boden, nicht wissend ob und wo er getroffen war. Mit einer Kopfdrehung lugte er über seine Schulter hinweg nach hinten, dabei das bisschen Blut bemerkend, welches aus der kleinen Wunde floss.

Er sah den Polizisten, der stehend verharrte und die Waffe für einen sicheren Schuss erneut anlegte. Und er sah den Polizisten unter der Wucht des schweren Feuerlöschers zu Boden fallen, den ein junger Schüler ihm auf den Helm geschlagen hatte. Sowie Estafar ohne Helm nun tot gewesen wäre, wäre es Jack ohne den kleinen Jungen ebenfalls gegangen. Das Bürschchen grinste breit.

„Scheiß System. Ich bin Cray. Merk Dir meinen Namen. Zweite Tür rechts aus dem Fenster ist eine Feuertreppe."

Sein Lachen war schallend durch das Gebäude zu hören, als Jacks selbsternannter Retter davonlief. Jack schaute mehrere Sekunden verwirrt drein, bis er sich wieder gefangen hatte und seine Flucht, beziehungsweise die Suche nach neuer Beute fortsetzte.

„Sie sagten, ruf die Gruppe zusammen. Sie sagten, mach etwas falsch, und Du bist tot. Habe ich etwas falsch gemacht?"
Jack saß hinter dem Mann im mittleren Alter und teuren Anzug, der gerade die mobile Kommunikationseinheit in ihrer Autohalterung befestigt hatte. Jacks Stimme wirkte nahezu göttlich.
„Ich sagte nicht, mach alles richtig, und Du lebst."
Die Kugel löste sich aus dem Lauf und vereitelte weitere Gesprächsfetzen, das fremde Blut beschmutzte den Jungen lediglich äußerlich. Innerlich war er bereits besudelt. Und dunkel. Wenngleich auch von ihm ungeahnt ein Licht in weiter Zukunft für ihn leuchtete.

Sie trafen sich in der Nacht, in ihrem Firmengebäude. Hier gab es keine Lagerstätten, keine Maschinen und keine Räume für Herstellungen. Die Firma bestand aus einem Vorraum, mit einer großen Tischfläche für die Sekretärin, welche tagsüber hier ihren Platz innehatte.
Ihr gegenüber befand sich ein großer Springbrunnen, der sich jedoch nachts abgeschaltet befand. Eine große doppelflügige Tür, außer dem Eingang und den vom Brunnen verdeckten Türen zur Toilette, der einzige Weg aus dem Raum hinaus, führte in eine Art Halle.
Der vordere Raum der Halle wirkte leer, mit einem großen Läufer ausgelegt, im hinteren Teil befand sich ein großer längs gestellter Tisch, der sich perfekt für Sitzungen eignete. An den Seitenwänden gingen mehrere Türen in konstanten Abstand voneinander zu kleineren Büroräumen, von denen jedes Führungsmitglied des Kartell einen besaß.
Der Raum war hell erleuchtet, die hübschen teuren Bilder alter, längst verstorbener Künstler säumten die Wände. Offiziell handelte diese Firma mit allem, was sich mit Gewinn wieder verkaufen ließ. Sie kauften ein um wieder zu verkaufen, außerhalb der Stadt befanden sich ihre Lagerhallen.
Vielleicht stimmte diese angebliche Weise des Verdienstes sogar, aber zumindest besaßen sie noch Nebenverdienste, den das Gesetz nicht duldete. Die Stühle an dem großen Tisch waren mittlerweile von neun Personen besetzt, nacheinander waren sie eingetroffen, schweigend. Nervös schauten sie mehrfach auf ihre kostbaren Armbanduhren.
„Wo bleibt er nur? Ich habe sowieso nicht den Sinn dieser plötzlichen Zusammenkunft verstanden."
Die Tür eines der Büroräume glitt auf, und die Männer sowie eine Frau blickten zu dem Eintretenden, einen Bekannten erwartend. Doch ihre Augen erblickten einen Menschen, der ihnen ein göttliches Geschenk überbrachte,

das Geschenk ewigen Lebens. Im Himmelreich einlösbar.

Nach knappen Sekunden huschten die Augen des jungen Boten der einschlagenden Nachricht über die zermetzelten Kadaver, blutende Leichen, die verkrümmt und in der letzten Bewegung nahezu erstarrt dalagen, furchtausstoßende Augen, die keine Bilder mehr aufnahmen, klaffende Wunden und rohes offen daliegendes menschliches Fleisch, in Stücken verteilt und den Boden säumend. Fragmente ehemaligen menschlichen Lebens.

Jack Harders Pupillen waren über die Szene gewandert, nun wandte er sich ab um diesen Ort zu verlassen. Die große doppelflügige Tür schwang auf. Jack starrte geradeaus, wer war denn noch übrig? Hatte er nicht alle bestraft?

Der Polizeibeamte trat durch den geöffneten Eingang: Emilio Estafar, der den Toten in Jacks Rücken keine Beachtung schenkte. Er schaute mit gefasstem Blick auf den jungen Mann, für den er einen Haftbefehl besaß.

Jack erwiderte den Blick, allerdings waren seine Augen nicht hasserfüllt oder wirkten gar kämpferisch. Er wirkte auf seine Weise friedvoll und entspannt. Der Kampf war beendet. Jack wollte keine Waffen mehr erheben. Er warf die Knight vor sich auf den Boden, man hörte das Geräusch der aufschlagenden Waffe nicht, da sie auf den weichen, hohen Läufer fiel. Jack Harder war bereit sich in Haft nehmen zu lassen. Er würde nun mit seiner Schuld konfrontiert werden.

Emilio grinste breit, seine Pistole hatte er seit dem Eintreten auf den gesuchten Mörder ausgerichtet.

„Sie sind des Mordes an ihrer Stieffamilie unschuldig, Jack."

Jack nickte nur. Er hatte nichts dazu zu sagen.

„Das war keine Frage. Mittlerweile wissen wir das. Es waren die Leute vom Kartell, weil ihr Bruder ihnen in die Quere kam. Die machen kurzen Prozess, alle die etwas wissen konnten sollten getötet werden. Wahrscheinlich wären auch Sie dran gewesen, aber Ihre Abwesenheit hat Sie gerettet. Einer von denen, die Sie vor wenigen Stunden abgeschlachtet hatten, lebte noch.'

Ein kurzes Aufflackern in Jack Harders Augen.

„Aber nur kurz. Er wollte wahrscheinlich mit sich ins reine Kommen, was weiß ich, vielleicht war er nur zu verwirrt und plauderte es aus. Zumindest wissen wir von ihrer Unschuld. Ulkig nicht?"

Jack runzelte die Stirn, Emilio bemerkte dies.

„Ulkig, dass Sie bewiesen haben unschuldig zu sein, indem Sie sich Schuld zugezogen haben. Sehr lustig, finden Sie nicht? Nun sind Sie frei vom Mord an der Familie, aber Sie würden für die anderen von Ihnen begangenen Morde bestraft werden. Würden, wenn ich Sie nicht töten würde."

Jack starrte den Mann an, der belustigt lachte.

„Ich habe genug von Ihnen, Jack. Wirklich. Sie haben mich lächerlich gemacht, ich hasse das. Sie wären nicht der erste, den ich dafür eigenhändig bestrafe. Bei Ihnen fällt es mir nur besonders leicht, nachdem ich gesehen habe, was Sie angerichtet haben. Außerdem", er lachte erneut, „habe ich mit Geschäften für das Kartell mein Gehalt aufgebessert. Sie sind mir wirklich in die Quere gekommen."

Emilio grinste. Er brauchte die Waffe nicht auszurichten, sie zielte bereits auf den Jungen, der völlig wehrlos ausharrte. Emilio war angenehm erfreut, dass es ihm diesmal gelingen würde. Jetzt würde der Junge bezahlen, auch dafür, dass er Estafars inoffizielle Geldgeber ausgeschaltet hatte.

Jack betrachtete die Waffe in Emilios Hand, eine halbautomatische Pistole. Mindestens eine Sekunde lag zwischen jedem abzugebenen Schuss, schneller konnte man damit nicht schießen. Jack wirkte entspannt, geradezu bereit sich dem ewigen Gericht zu stellen.

Emilios Finger zuckte kontrolliert, der Junge sprang davor los, drehte sich in dem Sprung den Körper bogenhaft geformt, die Kugel traf eine Stelle seines linken Unterarmes. Jack bemerkte es im Eifer nicht. Eine Sekunde. Eine lange Zeit, manchmal vergingen Leben in Sekunden. Jack prallte hart am Boden auf, sein Gewicht federte der Läufer nicht ab, und dumpf erklang der Aufprallton.

Jack streckte seinen rechten Arm weit aus, die Sekunde war nicht vorbei, als er die Knight in Händen hielt, die Hand wenig schwenkte und den Abzug krampfhaft sehr weit durchzog. Die Knight aktivierte eine Metal Killing Bullet, welche unaufhaltsam losdonnerte und nach circa einem Meter ihre Sprengkraft einschaltete. Die Kugel drang ein und die Explosion tat ein weiteres.

Emilios Schuss verging ungezielt und traf eine der Leichen an dem großen Tisch, welche daraufhin vom Stuhl zu Boden rutschte. Emilio Estafar wurde weit nach hinten geworfen, die Brust aufgerissen, er flog von der Druckwelle durch die doppelflügige Tür. Und als er den fliesenbelegten Boden des Vorraumes erreichte, rutschte er von der kinetischen Energie getrieben ein Stück weiter, eine breite Spur des Blutes seinen Weg markierend.

Die junge Frau hörte das unnachgiebige Klopfen an ihrer Wohnungstür, und fragte sich, ob die Klingel vielleicht defekt war, oder warum der ungebetene Gast sie nicht benutzte.

Sie trat in ihrem bereits angezogenen Schlafanzug, bestehend aus einer knappen seidenen Hose und einem ebenfalls seidenen Hemd als Oberteil an die Tür und öffnete diese ohne zuvor durch den Spion nach draußen zu schauen.

Sie hatte niemals Angst vor Eindringlingen verspürt, in dieser Hinsicht war sie einfach unvorsichtig, wahrscheinlich verließ sie sich zu sehr auf ihr eigenes Können. Der Junge, den sie ausbrechen lassen hatte, und den sie und ihr Partner nicht aufgefunden hatten, stand vor ihr, die Brust bebend, weil die Lungen hektisch arbeiteten, das Gesicht mit Schwellungen gefüllt, die Augen ein wenig wässrig, die Hölle hinter sich gebracht, um inmitten dieser aufzuwachen.

Er hielt die Knight V3 in der rechten Hand, allerdings zeigte die Mündung zu Boden, der Griff wirkte schlaff und kraftlos, die Pistole diente ihm keineswegs mehr als Waffe. Sein schwarzes T-Shirt und die dunkle Jeans waren getränkt in Körpersaft, der Junge war blutbesudelt, sein eigener Lebenssaft in geringem Maße gemischt mit der roten Flüssigkeit seiner getöteten Gegner.

Er stand vor ihr, aber er sah sie nicht an, sein Blick war gesenkt, und sein Körper wankte im Takt seines Atems. In diesen Tagen war der Körper des Jungen über sich hinaus gewachsen, hatte ungeahnte Urenergien aktiviert, und den Jungen vorwärts getrieben, auf seinem Trip, den keine Drogen, sondern körpereigene Stoffe verursacht hatten.

Rache. Jetzt war die Rache vorbei, der Feldzug gewonnen, doch die Siegesfeier war bitter, denn das, worum man gekämpft hatte, war schon vor der Schlacht nicht mehr existent.

Jetzt merkte er es, spürte es in den kleinen verborgenen Herzensfragmenten seine entwichenen Seele, der alte Zustand ließ sich nicht restaurieren. Die Waffe fiel zu Boden, der willenlose Arm hatte die Hand dazu verleitet loszulassen. Die junge Frau mit den drei dichten Ohrringen im rechten Ohr, welche durch ihr Haar nicht verdeckt wurden, Anuchita Sanchez, winkte den Jungen nach langer Zeit herein, er tapste Schritt für Schritt vorwärts. Ihn betrachtend wußte sie, dass er einen Krieg gewonnen hatte, der vor dem Beginn bereits verloren war.

Die Verhandlung verlief relativ schnell und der Medienrummel war groß, wenngleich eine einstweilige Verfügung jegliche Bilder seiner Person in den Medien untersagte. Er wurde ohne ein Aufbegehren seinerseits zur Haft in den Gefängnisminen bis zum Eintreten seines Todes verurteilt. Schweigsam vernahm er das endgültige Urteil, die leblose aufgezehrte Hülle wurde von dem grimmigen Wachpersonal der Justizbehörde weggeführt. Doch dies war der Beginn seiner Geschichte. Helden müssen erst lernen Helden zu sein.

EIN NEUER HELD

Die Geschichte eines neuen Helden. Vielleicht eines Helden, wie man ihn sich nicht vorstellen kann und mag, aber ein Held. Auf seine, ihm eigene Weise.

Wie es begann …

Unter Tage. Dunkelheit. Verzweiflung. Hoffnungslose Gedanken von verlorenen Menschen. Keine Aussicht jemals wieder Licht zu sehen.

Es war die absolute Hölle für ihre unfreiwilligen Bewohner. Gefangene. Ihre gemeinsame Situation machte sie noch lange nicht zu Verbündeten. Ihr Hass war dermaßen angestaut, dass die Wut aus allen Ventilen strömte. Und das einzige Ventil waren sie selber, da sie keinen Außenkontakt besaßen. Wer hier überleben wollte, musste von Anfang an unnachgiebig sein und bleiben.

Er überlebte auch in diesem Chaos. Man hatte ihm nicht viele Chancen gelassen. Als er für die eingetreten war, denen er alles zu verdanken hatte, entschied die Justiz über ihn. Und er bekam die übliche Strafe für Mord und Selbstjustiz. Er kam in die Gefängnisminen im Ruhrgebiet. Einen Ort, an den man die Außenseiter der Gesellschaft schaffte, die eine Bedrohung darstellten. Eine Verwahrungsstelle bis zum Eintreten des natürlichen oder eines anderen Todes.

Er arbeitete. Die stupide heftige Auf- und Abbewegung eines mächtigen Hammers gegen die ewigen Wände der Stollen. Sein Gehirn hatte sich längst abgeschaltet, wie ein Power-Save-Monitor, dessen Benutzer lange Zeit keine Eingabe mehr am Rechner gemacht hatte. Er war eine Maschine ohne Innenleben. Eine Maschine mit einprogrammiertem Tagesablauf ohne vorhergesehene Programmänderung. Eine Maschine auf dem Abstellgleis. Doch irgendwann wurden Maschinen wieder benötigt.

„Also, es ist ganz offensichtlich, dass wir langsam aber sicher die Kontrolle in der Stadt verlieren. In dem besagten Teil der Stadt, den Staatsanwalt Dietrich vorhin schon ansprach, trauen sich unsere Außenpolizisten allein nicht einmal mehr in das Grenzgebiet hinein, sondern nur noch in Gruppen aus mindestens zehn, besser zwanzig Cops. Die andere Seite, jenseits des Rechts, herrscht in ihren erkämpften Gebieten. So kann und darf es nicht weitergehen. Wir brauchen bessere Waffen um gegen diese Verbrecher anzukommen. Und vor allem brauchen wir mehr Männer, die keine Angst kennen und verrückt genug sind, in dieser Vorhölle für uns zu kämpfen. Leider bekommen wir keinen Nachwuchs mehr von der Bevölkerung. Alle Werbekampagnen wirken nicht mehr. Es besteht zu viel Angst vor den Gräueltaten, denen man als Cop ausgesetzt ist. Der Beruf Polizeioffizier ist mittlerweile in der Beliebtheitsskala noch unter der Karriere bei der Müllabfuhr. Es helfen auch keine hohen Löhne mehr. Unsere Bediensteten sind allesamt mit Geld gut belohnt, trotzdem gibt es keinen mehr, der bereit ist, dafür sein Leben zu riskieren. Die privaten Sicherheitsunternehmen helfen uns auch nicht in diesem Krieg. Sie wachen über marmorne Villen und begeben sich nicht in die Hölle der City. Wir können froh sein, dass die Leute uns nicht abspringen, die wir noch haben. Ich möchte Ihnen ein neues Projekt vorschlagen, das uns Abhilfe schaffen kann. Wer kann wahnsinnige Verbrechersyndikate schlagen? Wer kann es mit Irren aufnehmen, die in unseren Straßen wehrlose Bürger abschlachten? Nur jemand der viel verrückter ist als alle diese Typen. Wir brauchen einsatzfähige Leute, die schlimmer sind als unsere Feinde. Wir brauchen jemanden, dem sein eigenes Leben zu riskieren nichts bedeutet, und der dort draußen überleben kann. Jemand der es sich nicht aussuchen kann nein zu sagen. Es ist an der Zeit ein Pilotprojekt anlaufen zu lassen, wie es in dieser Hinsicht bislang keines gegeben hat. Wir werden in einer Testphase einen Straftäter, den wir sorgfältig aus den Datenbanken herausgesucht haben, für unsere Seite rekrutieren. Dieser Mann wird in eine unserer Kampftruppen integriert, und es wird sich zeigen, ob das Projekt für die Zukunft Vorteile aufzeigt. Meine Damen und Herren, wir werden uns in dieser Angelegenheit gewiss noch einmal sprechen.“

Eine kleine, für diesen Ort ungewöhnliche Gruppe betrat die Heimat der Abgründe der Gesellschaft. Sie trugen Anzüge und wäre das gute Wachpersonal nicht ständig in Alarmbereitschaft und um sie herum gewesen, so hätten sie dieses Gefängnis nie wieder lebend verlassen.

Ein einzelner Minenarbeiter war sehr verwundert, falls man davon sprechen konnte, denn es hatte nicht den Anschein, als wenn er mitbekommen würde, was in seiner Umgebung geschah, als er von zwei schwer bewaffneten Soldaten, Angehörige des European Prison Protection Corps (EPPC), von seinen Strafarbeiten abgeholt wurde. Man begleitete ihn mit Nachdruck in den abgesicherten Trakt untertage, zu dem Gefangene nur einmal Zutritt hatten, nämlich wenn sie das erste Mal den Lift zum Schattenreich betraten. Ein Verlassen dieses Ortes der Finsternis war für die Häftlinge nicht vorgesehen. Hier endete das Leben. Auf eine sehr lange Art und Weise.

In diesem Abschnitt hatte das EPPC seine kleine Verwaltung und

Sicherheitsräume. Die richtigen Gebäude in denen die Wachen sich außer Dienst aufhielten, waren über der Erdoberfläche. Die drei Herren und die Dame des angereisten Rekrutierungsteam blickten zum Teil angewidert aber auch interessiert auf den Gefangenen vor ihnen.

Er hatte wie jeder seiner Leidensgenossen nur eine kurze Hose an, und sein Körper war mit Schmutz bedeckt. Die in der langen Haftzeit durch die Zwangsarbeit automatisch antrainierten Muskeln traten relativ deutlich hervor. Nicht dass er wie ein Bodybuilder aussah, aber er war recht kräftig gebaut.

Körperlich hätte er es mit jedem hier im Raum aufnehmen können, die Frau wettete im Geiste sogar mit allen gleichzeitig. Aber er wirkte wie ein Zombie. Seine Haut war lange nicht von Sonnenlicht berührt worden, er war blass. Sein Gesicht regte sich nicht, er hatte einen ausdruckslosen Blick. Er schien nichts wahrzunehmen. Einer ergriff das Wort.

„Einen wunderschönen guten Tag, Häftling M-1994-CXC. Wir sind von der Personalabteilung der Neu-Berliner Polizeibehörde…"

Es wurde nicht erwähnt, dass man sie unter den Cops Rekrutierungsteam nannte. Und in dem Vertrag, den der Gefangene unterschrieb, wurde nicht darauf eingegangen, dass seine Hand dabei geführt wurde, und er nicht gefragt wurde, ob er in Zukunft als Cop arbeiten wollte. Aber trotzdem war der Vertrag rechtsgültig, und er hatte Lebensdauer. Denn jemand, der mit diesem Pilotprojekt in die Geschichtsschreibung eingehen wollte, hatte nicht vor, dass man sein Pilotprojekt nach zwei Wochen wieder abblies, weil irgendwelche Politiker und Moralapostel Gefahren sahen. Dieser neue Cop konnte nicht wieder gekündigt werden, dass war rechtlich sicher, es sei denn, er würde erneut gegen ein Gesetz verstoßen.

Die nächste Woche ertrug er ohne jegliche Widerworte etliche Reinigungsverfahren, Untersuchungen und man zwang ihn zu trainieren. Unter Beobachtung übte er gezieltes Schüsse abfeuern auf einem abgelegenen Schießstand und schließlich setzte man ihn in ein Flugzeug nach Neu-Berlin. Er war rekrutiert. Und da außergewöhnliche Vorgänge außergewöhnliche Handhabung erforderten, bekam er in einen Arm einen Sensor implantiert, damit er nicht verschwinden konnte. Auch in dieser einwöchigen Zeitphase hatte er sein Schweigen nicht gebrochen, dass er seit dem Massaker an seiner Pflegefamilie begonnen hatte.

Es fröstelte leicht. Die Straßen schienen in dem Dämmerlicht des frühen Morgens noch trauriger und das Leben noch sinnloser als in den letzten Tagen voller unangenehmer Gedanken. Er hasste es, wenn er auf diese Weise fühlte, aber es kam von allein und wollte nicht wieder gehen. Er hasste sich.

Der Gebäudekomplex sah aus wie eine alte Lagerhalle, grau, karg und abweisend. Im Inneren mit allem vollgestopft was nützlich und billig war, keine Gänge, die mit Läufern ausgelegt waren, oder marmorne Treppen, sondern ein Labyrinth aus kleinen Korridoren deren Böden aus Metallgittern bestanden. Genug Freiraum um auf die unter einem Schreitenden zu spucken. Räume hingen wie kleine Kästen an den Gitterfluren, zum Teil bestanden die Wände auch aus engmaschigen Gittern, so dass man zumindest schemenhaft hineinsehen konnte.

Er hatte noch kein Wort gesprochen. Den Wachposten hatte er seinen neuen Ausweis hingehalten, und er bekam Einlass zu der Zentrale der Neu-Berliner Polizeibehörde. Man hatte schon auf ihn gewartet, und ein ständig plappernder Verwaltungsakkurater lief vor ihm her, alles erläuternd. Hier sind die Büros, hier ist das taktische Zentrum, dort geht es zu den Haftkammern, da sind die Verhörräume, da ist das Waffenlager, dort geht es zu dem Vehikelpark und den Helikoptern, da ist, dort sind, …

Bei der Waffenausteilung sollte er sich eine Waffe aussuchen, doch leider mussten er und sein geschwätziger Begleiter erfahren, dass es mit Waffen im Moment schlecht stand. Da sich die Cops in einer Art Kriegszustand befanden um ihre letzte Machtbastion zu halten, war die große Auswahl an Waffen bereits verteilt. Es blieb eine alte Automatik, ein Trommelrevolver und eine Waffe der Art, wegen deren Benutzung er ins Gefängnis gekommen war.

Die Wahl fiel ihm leicht, auch wenn die Auswahl größer und modernere Waffen vorhanden gewesen wären, hätte er die Knight V3 allen anderen Waffen vorgezogen. Er war im Geiste irgendwie mit dieser Waffe verbunden.

Sie besaß einen normalen Abschusslauf für handelsübliche Schwarzmarkt- und Polizeipatronen und die zusätzliche Mündung für Kugeln aus dem optionalen Magazin für die Metal Killing Bullets, die bereits wieder aus der Mode gekommen waren. Doch modische Einflüsse waren ihm weder bekannt, noch würde ihnen sein Interesse gelten.

Er bekam sämtliche Ausrüstung mit, die er im Einsatz benötigen würde, und es ging weiter. Seine Auswahl erfolgte mit Handzeichen, sein Mund öffnete sich dabei nicht. Sie gingen weiter durch das Labyrinth aus, dank der Drahtgitter, durchsichtigen Gängen. Er kam zu der Sturmtruppe, der er angehören sollte. Eine junge Frau saß an der Vorderseite eines länglichen Tisches und legte einen taktischen Plan fest. Und der Rest der Gruppe, circa zehn Personen beiderlei Geschlechter hörte aufmerksam zu. Bis die Besprechung durch den Fremdenführer jäh unterbrochen wurde.

„Commander Bauer, dies ist …"

Ebenso schroff wurde er von der Frau in seiner Rede gestört.

„Sein Name ist uninteressant. Er wird machen, was wir ihm sagen. Auf Wiedersehen."

Der Beamte hörte den Befehl in ihren letzten zwei Worten und verließ den Raum schnellen Schrittes durch die zahlreichen Gänge, während der Ex-Sträfling sinnlos herumstand, für kurze Zeit hasserfüllte Blicke auf sich spürend, bis er völlig ignoriert wurde, und die Besprechung ihren weiteren Verlauf nahm.

„Danach teilen wir uns, ein Trupp sichert den Rückzug und der andere dringt ein um die Sprengsätze an den taktischen Punkten zu verteilen. Auf geht's."

Er folgte ihnen. Dabei wäre es bestimmt nicht aufgefallen, wenn er nicht mitgegangen wäre. Man bestrafte ihn mit Missachtung. Jeder hier wußte, woher der neue Cop gekommen war. Niemand kannte ihn, geschweige denn seinen Namen, es reichte zu wissen, dass er aus den Strafminen kam. Das machte ihn zum absoluten Abfall, er war das Letzte. Und so fühlte er sich. Falls er etwas fühlte.

Der Helikopter hob ab und transportierte den Sturmtrupp ins Krisengebiet. Das organisierte Verbrechen hatte sich immer mehr organisiert, und ihre Zentralen zentralisiert. Das führte dazu, dass ein Gebiet langsam anfing vor Kriminalität überzuquellen. Kein Cop konnte hier allein überleben. Es hatte sich ein Gebiet herausgebildet, früher war es Schauplatz des Milieus, in Zeiten, als man noch von einer gewissen Kontrollierbarkeit sprechen konnte.

Jetzt nannte man dieses Gebiet allgemein die City, und sie war hart umkämpft. Allerdings verloren die Hüter der Ordnung immer mehr Einfluss. Nur in einzelnen Sturmtruppen räumten die Cops des Öfteren auf um die Krise nicht weiter ausarten zu lassen. Der Krieg war längst verloren.

Ein Trupp würde dieser Aufgabe jetzt nachkommen. Er saß abseits des eingespielten Teams und hing seinen Gedanken nach. Dass hieß, er blickte von seinen dunklen Ecke her auf seine Kommandantin und wußte, dass die hübsche Frau ihn hasste. Er blickte durch die Öffnung des Helikopters, durch die heftiger Wind die Kämpfer erfasste, und vor seinem geistigen Auge sah er sich springen. Aber er tat es nicht. Warum auch immer...

Die Standautomatik am Hubschrauber sicherte das Flachdach ihres kleinen Zielgebäudes mit blutigen Ausmaßen, bevor der Pilot seine Maschine kurz absetzte, damit der Einsatz beginnen konnte. Fünf ausgewählte Personen nahmen auf dem Dach Stellung, damit der Rückzug reibungslos stattfinden konnte, die anderen drangen an den toten Leibern vorbei in das Gebäude ein. Dazu trat ein Leutnant die dünne Metalltür auf, und sie durchquerten das Treppenhaus.

In jeder Etage setzte sich einer, manchmal auch zwei ab, mit dem Auftrag das Geschoß zu säubern. Da er von niemandem Anweisungen erhalten hatte, blieb der ehemalige Sträfling auf seinem Weg durch das Treppenhaus, bis nur noch er und seine Kommandantin übrig waren.

Sie öffnete vorsichtig die Tür, die zur nächsten Etage führte und sicherte mit einem Automatikgewehr kurzen Laufes den Gang ab. Er wußte nicht recht was zu tun war und schloss sich ihrer Richtung an. Leicht hinter ihr haltend bewunderte er ihren Anmut und ihre Gewandtheit, als sie leicht geduckt wie eine Katze vor ihm her schlich und bereit war jeden erkennbaren Feind sofort zu töten.

Der Gang war lang und an ihm mündeten viele Türen, doch kein Gegner war direkt zu erkennen. Er hatte einen etwas anderen Stil, was das Durchsuchen von Häusern anbelangte, eine Methode die andere für irrsinnig halten würde. Er folgte ihr wie eine außenstehende Kamera, die objektiv die Geschehnisse beobachtete, neutral und nicht dazu gehörend.

Er schritt aufrecht in der Mitte des Ganges, als würde keine Gefahr drohen. Die Knight wurde von seiner rechten Hand lose umfasst, aber sie blieb in Höhe seiner Hüfte, da er seinen Schussarm nicht angewinkelt hatte. Er hielt ihn entspannt. Seine Methode war todsicher.

Sie kam an eine Abzweigung und schaute sich nach Gegnern um, bevor sie sich zurück in den gesicherten Gang lehnte um einen Moment zu verschnaufen. Sie hatte zwar mitbekommen, dass er ihr gefolgt war, aber ihn weiter nicht beachtet um ihn spüren zu lassen, dass er nicht erwünscht war, wie er dies andauernd erfahren musste.

Allerdings hatte sie nicht gesehen, wie er dies getan hatte. Nun blickte sie zu ihm und traute ihren Augen nicht, er verharrte dort inmitten des Flures völlig frei, als wäre er in Sicherheit wie ein Baby vor der Geburt im Schoß seiner Mutter.

Er bemerkte aus den Augenwinkeln, dass sie ihn beobachtete, und auf eine besondere Art befriedigte ihn das. Er erwiderte den Blick nicht, sondern setzte sich in Richtung des ungesicherten Stücks in Bewegung. Weiterhin geradeaus auf die Wand schauend, vernahm er von links ein Geräusch.

Seine Reflexe waren so gut wie sie es vor seiner Haft gewesen waren, was ihm diese erst ermöglicht hatte. Er fiel auf die Knie und der erste Schuss peitschte über ihn hinweg auf die Seite des Ganges rechts von ihm. Ohne sich oder seine Kopf zu drehen wechselte seine Waffe von der rechten über einen kleinen Wurf in die linke Hand, richtete den Arm aus, und sein Finger presste sich gegen den Abzug.

Seine Sinne waren auf den Körper abgestimmt, er arbeitete wie eine Maschine. Er war die Maschine die sie gebraucht hatten. Dieser Körper war geschaffen worden um zu überleben. Und wenn man ihn in einen Topf mit Mördern warf, so tötete er alle Mörder um zu überleben.

Es gab unter allen Menschen dieser Welt etliche Angsthasen, viele Pazifisten und Möchtegernsoldaten. Doch sie alle versteckten sich mit ihren Ansichten und Scheinhandlungen hinter den paar Auserwählten wie er es war, den wahren Überlebenden. Geboren um nicht zu sterben, zumindest nicht jetzt und nicht hier, und das zu jedem Zeitpunkt und an jedem Ort. Vielleicht würde auch seine Flamme irgendwann einmal erlöschen, aber zuvor würde er damit unzählige anstecken.

Seine Knight warf sich wie einer der unsterblichen fliegenden Drachen mit einem Donnergrollen nach rechts und tötete weitere Gefahrenquellen. Die Kommandantin rannte an ihm vorbei nach links, während er rechts ein Gemetzel verübte. Kein Schuss traf ihn auch nur annähernd. Außer denen, die in seiner schusssicheren Weste stecken blieben. Und dem einen, der den Schutzhelm leicht ankratzte. Von diesen abgesehen. Das stoppte ihn sicher nicht. Dafür gab er ihnen einiges zurück. Plötzlich merkte er, dass jemand an seinem Rücken vorbeirannte und in seinem Helm ertönte eine weibliche attraktive Stimme, von einem leisen Rauschen unterlegt: „Evakuierung!"

Dieses Wort bedeutete Flucht und dies schnell. Er rannte seiner Kommandantin folgend zurück. Sie trafen rasch auf die anderen, und das eingespielte Team mit ihm als Außenseiter sicherte sich gegenseitig ab. Der Rückzug war wie der Einsatz effektiv, schnell und perfekt geplant. Vom Helikopter aus konnten sie die gigantische Explosion sehen. Er bemerkte es nicht, hing zurückgelehnt seinen Gedanken nach und vernahm den Hass der anderen wie Schläge gegen sein Gesicht.

Er war nun ein Cop, wenn auch kein beliebter. Er besaß das Gehalt eines Polizisten, das Abzeichen und den Ausweis. Leider besaß er keine Wohnung. Das Rekrutierungsteam hatte den Auftrag erfüllt, und es dabei belassen. Es würde erst wieder in Aktion treten, wenn das Pilotprojekt Erfolge zeigte.

Bis dahin brauchte er aber eine neue Heimat. Irgendeinen Ort an dem er schlafen konnte. Es war Dienstschluss. Und mittlerweile dunkel. Er trug eine leichte Tasche in der Hand und die Knight unter seiner schwarzen Jacke. Passend zur Jacke hatte er eine schwarze Jeans und ein schwarzes T-Shirt. Die Farbe seiner Kleidung entsprach allem, was er fühlte. Schwarz ist das Fehlen jeder Farbe. Oder besser die Aufhebung aller Lichtwellen durch Interferenz?

Er fühlte nichts. Es war zu spät eine Wohnung in einer Stadt zu finden, die er nicht kannte. Wenn er mehr darüber nachdachte, glaubte er nicht, eine Wohnung je zu finden. Eigentlich interessierte es ihn ohnehin nicht. Er gab nichts darum. Ihm war ebenso egal, wo er sterben würde, wie es ihm egal war, wo lebte. Er lebte ohnehin nicht mehr. Und dahinvegetieren konnte er überall.

Wenn er seinen Namen nennen würde, würde sich sicherlich jeder sofort an die damaligen Ereignisse erinnern. Und niemand würde einen Mörder bei sich wohnen lassen. Seine Aussichten auf ein gemütliches Heim, dass ihm Wärme schenken könnte, standen bei null.

Während er darüber nachdachte, schritt er die Häuserschluchten entlang. Plötzlich hielt er an. Ein Blick nach rechts in eine Seitengasse ließ ihn innerlich nicken und den nicht beleuchteten Seitenweg betreten. Auf dem Asphalt lag der Körper des jungen Mannes, sein Kopf ruhte auf der Sporttasche samt Inhalt, und das einzig Lebende an ihm war das schlagende Herz geschützt in seinem Brustkorb. Ist das Leben?

Diesmal fand er in dem Einsatzbesprechungsraum niemanden vor. Auch durch die Gitterwände konnte er keinen Angehörigen seines Sturmtrupps erkennen. Er gab nicht auf. Komisch eigentlich. Er hörte eine Stimme in seinem Inneren. Wir geben nicht auf.

Dass erste Mal seit drei Jahren spiegelte sich ein leises, sanftes Lächeln auf seinem Gesicht wieder. Es tat so gut. Er trat näher an eine Art metallene Pinnwand an der Nachrichten und Tagespläne mit Magneten befestigt waren.

TRAINING. Das Wort in großen Druckbuchstaben stand auf dem heutigen Tagesplan deutlich in der Spalte, die der jetzigen Zeit entsprach. Er setzte sich in Bewegung. Sein Vorteil war es, dass er unter seinem Desinteresse heischenden Blick alles aufmerksam beobachtete und deshalb seine Umgebung gut kannte.

Er kam rasch zu den Umkleideräumen in dem etliche Cops gerade das taten, wofür dieser Raum vorgesehen war. Es gab keine Trennung zwischen den Geschlechtern, und auch wenn niemand völlig entblößt war, so wurde sein Blick fast magisch angezogen. Während der Haftzeit hatte er nie eine Frau gesehen und jetzt… Er vergaß seine innere Kühle für kurze Zeit und konnte daher seinen Blick für wenige Sekunden nicht abwenden. Auch kam ihm nicht zu Bewusstsein, dass dies seiner Kommandantin aufgefallen war. Schließlich war er wieder er selbst und zog sich aus.

Die leichte Trainingsbekleidung hatte er ebenfalls in seiner umgehängten Tasche wie alle seiner Habseligkeiten, deren Anzahl nicht sonderlich groß war. Allerdings zog er diese Sachen noch nicht an, sondern schritt nackt durch die Menge zu den Duschen. Dies hatte er nötig, man brauchte nur an den Ort denken, an dem er übernachtet hatte. Er errötete keineswegs und spürte keine Befangenheit sich vor allen nackt zu zeigen.

Kein individuelles Selbstwertgefühl zu besitzen, bedeutete in seiner Konsequenz auch das Fehlen von Scham. Bei drei Jahren in den Strafminen verlor man jegliches Schamgefühl. Dafür waren die anderen um so erstaunter und etliche Augenpaare richteten sich auf ihn und verfolgten das automatische Spiel der Muskeln des robusten Körpers des Minenarbeiters bei jeder Bewegung.

Als er sich endlich fertig umgezogen hatte, war der große Umkleideraum bereits geleert, und die Trainingshalle, die er daraufhin betrat, von Polizeibeamten gesäumt.

Seine Kindheit war glücklich verlaufen. Aber sie war so kurz wie dieser Satz gewesen. Zu früh zu Ende. Seine liebevolle Mutter schenkte ihm Aufmerksamkeit und Wärme, wenige Jahre lang. Dann starb sie bei einem Flugzeugunglück, als sie von einem Besuch in England bei seinen Großeltern zurückkehren wollte.

Er trug ihren Namen. Auch das war zu seinem Schutz. Sein Vater war Mitglied des Innersten Zirkels des Europäischen Geheimdienstes, der Europian Secret Division, gewesen. Eine Art Agent, lediglich wesentlich komplexer als Nachbildungen im Fernsehen. Sein Aufgabenbereich war breit gefächert gewesen. Einer dieser Bereiche war jedoch, stets bereit zu sein, sein Leben einzusetzen um die Europäische Union zu schützen.

Sein Vater hatte den Traum eines freien, geeinten Landes mit Gerechtigkeit für alle gehabt. Er hatte im Geheimen an der Neugründung der Union nach der großen Vernichtung mitgewirkt und damit geholfen, ein neues Zeitalter einzuleiten.

Der Junge erkannte schnell, dass die Gerechtigkeit nicht völlig verwirklicht war. Nach dem Tod seiner Mutter musste sich sein Vater um ihn kümmern. Ein Kind geht vor. Vor allem das eigene, deshalb löste er sich aus dem Dienst und setzte sich zur Ruhe. Der Junge war circa sieben oder acht Jahre, als Dämonen der Alpträume zu der Ansicht kamen, dass der Vater des unschuldigen Kindes eine Gefahr für ihre weiteren Aktionen bedeuten konnte, dank des Wissens, dass er tief in seinem Kopf trug.

Der kleine Junge und sein Vater flohen vor hinterhältigen Mördern und suchten schließlich in einem verlassenen Gebäude Schutz, auf die angeforderte Hilfe vom ehemaligen Dienst des Vaters wartend. Leider hat es Hilfe manchmal so an sich, dass sie zu spät kommt.

Sie lagen hinter Kisten in einer dunklen Ecke auf der erhöhten Ebene in der Lagerhalle, sein Vater presste das zitternde, verängstigte Bündel an sich. In der Nähe hörte man laute Rufe, langsam kamen sie näher. Tränen flossen über das Gesicht des Knaben, der die donnernden Wogen des großen

Umbruchs spüren konnte. Sanft wischte der Vater mit der Hand über sein Gesicht.

Er betrachtete aufmerksam alles, was sich seinen Augen in der Trainingshalle bot, während er unschlüssig daher schritt. Zum Glück sollte es nicht langweilig werden, denn es gab einige, die ihn gerne provozierten. Nicht unbedingt ihn als Person, denn sie sahen ihn als Unperson an, aber den Dreck der Gesellschaft, den Abschaum, den Mörder. Seine Kommandantin erregte seine Aufmerksamkeit, in dem sie ihn anschrie.

„Hey Du! Ich meine Dich mit dem bescheuerten Gesichtsausdruck. Du bist es doch wohl gewöhnt, dass man Dich so ruft, oder etwa nicht? Komm her. Beeil' Dich, dass ist ein Befehl. Hast Du etwa Angst? Armer kleiner Junge."

Sein Vater blickte durch die Kälte der Schwärze der Nacht in seine Augen. Obwohl man nichts sehen konnte, würde er diesen starren, letzten Blick nie vergessen.

„Ich liebe Dich. Und ich liebte Deine Mutter. Jack, Du musst etwas wissen. Wir zwei teilen mehr als unser Blut und unser Erbe. Auf unsere Weise sind wir unsterblich. Auf unsere Weise. Wir sind für den Kampf geboren, gezüchtet. Ich wollte nie wieder kämpfen, nur noch für Dich sorgen. Doch das geht nicht, es wird uns nie gelingen. Trotzdem werden wir immer in diese Richtung streben. Aber der Kampf holt uns ein, mit der Zeit, er ist schneller als wir. Ich brachte Dir nur wenig bei, aber ich weiß, dass Überleben steckt in Dir, ein gewaltiger Wille. Selbst wenn Du mit Dir Schluss gemacht hast und nicht weiter willst, der Wille wird da sein, und Du wirst nicht vom Leben scheiden können. Wir leben ewig. Bis es einen größeren Willen geben wird, als den Überlebenswillen. Diese Zeit wird kommen. Und mit ihr das Ende. Du wirst allein sein, Jack. Du musst kämpfen, um Dein Leben kämpfen. Lass Dich nie unterkriegen. Jack. Bitte."
Wasser tropfte zu Boden.

„Ich befehle Ihnen gegen mich zu kämpfen. Ich werde auch nicht zu hart sein, in Ihrer ersten Trainingsstunde. Nehmen Sie sich den Stock."
Er zögerte und schaute auf sie. Schon traf ihn ein schwerer Hieb.

„Auch wenn der Kampf unser Leben bestimmt, lass ihn erst in Dich eindringen, wenn es an der Zeit ist. Kämpfe nie zum Training und nie gegen einen Freund. Du darfst Dir Stärke antrainieren und Geschwindigkeit als auch Zielvermögen. Aber trainiere nie den Kampf. Du hast die Urinstinkte in Dir, wie ich sie von meinem Vater bekam. Sie werden Dich lenken im Kampf, Du wirst nicht handeln, sondern es geht von allein. Reflexe sind tödlich. Deshalb kämpfe nur, wenn Du die Bereitschaft hast Deinen Gegner zu töten, sonst nie."

„Feige Sau. Traust Dich nicht. Wahrscheinlich kannst Du gar nicht kämpfen. Tötest wohl lieber von hinten, ohne Risiko?"

„Meine Zeit ist gekommen, Jack. Mein Überlebenswille ist gewichen, und ich danke Gott dafür. Du hast mich nie beten sehen, nicht war Jack? Es gibt eine Zeit, in der Du nicht glauben darfst. Lass Dein Leben nicht durch einen Übergriff lenken. Aber jetzt kann ich endlich danken. Ich danke Gott. Er hat die Qualen eines unstillbaren Lebenswillens von mir genommen, gegen eine noch stärkere Liebe als je zuvor. Der Schutzinstinkt wird mich nun lenken und meine Liebe zu Dir, Jack. Ich hätte alles dafür gegeben, wenn meine Zeit bereits früher gekommen wäre, und ich Deiner Mutter hätte helfen können. Leider war dem nicht so. Jack, so traurig es für Dich sein wird, vertraue mir, dies ist der glücklichste Moment in meinem Leben, und ich wünsche Dir ebenfalls einen solchen Moment, hoffentlich unteren anderen Umständen. Ich liebe Dich Jack."
Es war die Apokalypse eines Kindes. Das Ende einer Kindheit. Der gewaltsame Ausbruch aus dem Schutz. Der vorgezeichnete Weg begann.

Sie prügelte auf ihn ein, schwang den Stab um ihn zu verletzen. Er wehrte sich nicht, machte nicht einmal Anstalten. Schließlich ließ ihr energisches Temperament nach, und sie gönnte ihm Ruhe. Der einseitige Kampf war vorbei. Sein Körper besaß ein paar blaue Flecken mehr, gut war, dass ihn die lange Zeit mit Schmerzen dagegen immun gemacht hatte.
Er betrachtete Schmerzen lediglich als Mitteilung der Sinnesorgane, dass eine Abnormität festgestellt wurde. Nichts Bemerkenswertes. Er richtete seinen geschundenen Körper auf und atmete ruhig ein und aus, immer im Takt. Sie blickte ihn an, nicht wissend, woran sie war und suchte Augenkontakt, doch seine Pupillen waren auf den Boden gerichtet. Alle in der Trainingshalle beobachteten das Geschehen aufmerksam.

Sein Vater gab ihm einen letzten liebevollen Kuss um sich danach aufzurichten und die Waffe zu entsichern. Er war bereit. Er hatte dem Leben abgeschworen und seinem Sohn innerlich für heute Schutz gelobt. Er stürzte auf die Brüstung zu, von der man von dieser höheren Ebene auf die untere schauen konnte. Noch bevor er die unter ihm liegende Fläche voll mit den Sinnen erfasst hatte, feuerte er seine Waffe los. Das

Mordkommando war eingedrungen und wollte alle Mitwisser und eventuelle Zeugen ausrotten. Man schoss auf ihn, doch er wußte nicht einmal ob man ihn bereits getroffen hatte. Blitzschnell richtete sich der Lauf aus und zog der Finger am Abzugshahn. Der Tod flog aus dem Schaft.

Die stählernen Treppen rechts und links von ihm wurden von jeweils einem bezahlten Killer benutzt, sie kamen um ihn auszuschalten. Als er die Brüstung hinunterfiel, wirbelte er ein allerletztes Mal herum und tötete die zwei, die sich der oberen Ebene hatten nähern wollen. Sein Leben für seinen Sohn. Sein glücklichster Moment.

Als er dank der Massenanziehungskraft auftraf, brach sein Rückrat und mehr als neunzig Prozent der anderen Knochen. Er starb schnell. Ob der Aufprall oder die vielen Schüsse ausschlaggebend waren, ließ sich nicht mehr sagen. Einer war noch übrig, der Vater hatte es nicht geschafft, aber er würde es nie erfahren. Der Mann im schwarzen langen Ledermantel näherte sich dem gekrümmten Leichnam eines tapferen Mannes. Die Mündung der Pistole mit extra langem Lauf war auf den Kopf des Toten gerichtet, denn der Mörder traute der Himmelfahrt nicht, solange er sich nicht davon überzeugt hatte.

Seine volle Konzentration galt dem größten Gegner seiner letzten Jahre, dem ehemaligen Kommandanten einer taktischen Eingreiftruppe des Europäischen Sicherheitsdienstes, wobei er den kleinen Schatten übersah, der leise und vorsichtig die Treppe hinter ihm herunter schritt und an einem blutüberströmten Körper verharrte um eine der Waffen zu ergreifen, die seinen Vater tödlich verletzt hatten.

Trotz seines Alters und der Unerfahrenheit zögerte er keinen Moment sein eigenes Leben zu schützen, und nach einem durch die Weite der Halle zigfach verstärktem schmetternden Hall sackte die Gefahr für den Jungen, die sein Vater nicht mehr hatte beseitigen können, ebenfalls nach unten, und das Blut der Feinde vermengte sich unter den Augen des in dem Moment um Jahre gealterten Kindes.

„Haltet ihn!"

Ein Flüchtling aus den Arrestzellen hatte seinen Ausweg durch die Umkleide gesucht und wurde immer mehr in Richtung der Trainierenden abgedrängt, so dass er nun in den Pulk voller Cops lief. Sein Kopf schwenkte nervös hin und her und ohne zu wissen was zu tun war, näherte er sich der Kommandantin des bejahrten Jungen.

Der Ex-Sträfling blickte auf den fliehenden Gefangenen und trat ihm entgegen. Instinktiv verliefen die Handlungen des vor kurzem eingezogenen Cops. Eine schnelle Drehung seines Körpers ließ ihn den darauf folgenden Tritt extrem kraftvoll ausführen.

Während der Gefangene sich langsam wieder erhob, griff der neue Cop nach dem Stock am Boden, den er kurz zuvor gemieden hatte, und der Stab kreiste in seiner Hand. Der erwachsene Junge vollführte Bewegungen mit dem langen Stück Holz, die nur ein Profi beherrschte, und der Gefangene wurde nach allen Regeln der Kunst außer Gefecht gesetzt, wobei ihm zwei Rippen, ein Oberarm- und ein Unterarmknochen gebrochen wurden. Dabei hatte sich der neue Polizeibeamte beherrscht.

Während des weiteren Trainings, nachdem zwei Wachen den Verletzten davon gebracht hatten, forderte ihn niemand mehr heraus, und es gab keinen weiteren Kampf mehr für ihn. Er war für den Rest der Trainingseinheiten nur noch Beobachter. Gemiedener Beobachter.

Sie befanden sich vor dem nächsten Einsatz. Eine Bar im Randbezirk war der Zielort. Sie galt als Ort für kriminelle Subjekte, einer der vielen Treffpunkte zwischen der inneren City des Verbrechens und der „normalen" Welt. Und sie sollten nun hier aufräumen. Sie waren bereit.

Er fühlte sich ausgestoßen und weggeworfen. Nichts Neues also in seinem emotionslosen Leben. Gähnendes Leere, vernichtendes Nichts. Eine Stimme an seinem Ohr.

„Du wirst das erledigen. Hey, hörst Du mich? Hey!"
Ein Schlag gegen seine Schulter mit dem Lauf ihres Gewehres richtete seine Aufmerksamkeit auf die junge Kommandantin. Sein Blick verlor die halluzinative Fesselung der Neonleuchtreklamen und klärte sich. Von der Welt seiner inneren Realität gelangte er in die äußere Irrealität der menschlichen Barrieren die ihn einengten.

Sein Geist reflektierte die noch im Ohr hallenden letzten Worte der Frau und setzte sie sinngemäß zusammen. Gleichzeitig dazu bildeten sich Metapher vor dem inneren Auge, Kurzfilme welche die assoziierten Erlebnisse darstellten.

Seine Kaumuskeln zuckten unbewusst ein wenig, als er ohne sie anzusehen nickte. Sie betraten die Bar mit insgesamt sechs Cops. Sie alle waren gut bewaffnet. Trotzdem wussten sie, dass erneut ihr Leben auf dem Spiel stand. Dem Spiel zwischen Himmel und Hölle. Ein Spiel, das manche Schicksal, andere Vorherbestimmung und wenige Wahnsinn nannten.

Er hatte diese wahnsinnige Welt zu lieben gelernt. Auf eine Art und Weise, die sie ihm verwehrte. Ein Paradox, welches seine Seele von innen auseinander zerrte. Er lernte diese Ungereimtheit der Naturgesetze anzunehmen und nach ihnen zu leben. Er lebte im Chaos. Überlebte.

Die Bar war verhältnismäßig leer. Sein Blick verklärte sich erneut leicht, als er die zehn Stufen (etwas in ihm zählte mit, als wenn Bits automatisch gesetzt würden) hinab stieg. Stille hatte sich niedergeschlagen, und er schritt durch eine Woge des Schweigens, als er langsam zur Theke ging. Seinen Kopf leicht schräg gestellt, erwiderte er den starren Blick des leicht bekleideten muskulösen Wirtes und seine Stimme bildete kratzend, als wenn er sie lange nicht benutzt hatte, einige Sätze. Er sprach sie leise aus, wie jemand, der Kommunikation nicht gewöhnt war.

„Neu-Berliner Polizei Division Sturmtruppe. Dies ist eine Razzia. Mein Name ist Jack Harder."

Die Stimmung war merklich dunkler geworden, während er sprach. Bei seinen letzten zwei Worten gelangte sie jedoch an ihr absolutes Minimum. Dieser Name weckte alte Erinnerungen an Nachrichten, vor allem in Kreisen wie diesen. Dieser Name hatte bereits vor langer Zeit für Diskussion gesorgt. Sowohl Gesprächsstoff für die legale wie auch für die illegale Seite der Gesellschaft. Und er kam dabei bei beiden Seiten schlecht weg.

Bei den Cops, da er ihren sauberen Ruf in den Schmutz gezogen hatte, und bei den Kriminellen, da er gegen sie vorgegangen war. Und der Rest der Gesellschaft, die Grauzone hasste ihn wegen der offenkundigen Brutalität die er verteilt hatte, und für die er in die Gefängnisminen gegangen war. Bis jetzt hatte ihn nur niemand erkannt, da kein Bild in der Presse aufgetaucht war, dass ihn gut erkennbar gezeigt hatte.

„Der Kerl ist Harder?"

„Kim, ist das Harder, der Harder?"

Vereinzelte, verwunderte Fragen wurden bei der Abteilung Sturmtruppe geäußert, während die allgemeine Verwirrung langsam umschwang und schließlich in einem plötzlichen Ausruf, niemand wußte von wem, in Chaos verfiel.

„Hard Jack!"

Rechts von Jack spürte der Ex-Sträfling eine hektische Bewegung und seine Instinkte signalisierten ihm Gefahr. Seine Hand zuckte und die Knight bäumte sich auf. Während Harder weiter die Augen des Schankwirts in einem lautlosen Duell durchbohrte, half ihm die Knight Sanktionen auf den angreifenden Kriminellen von rechts auszuüben.

Blutüberströmt sackte der Körper Harders Feindes auf die dreckigen hölzernen Boden, der nun vielleicht endlich einmal geputzt werden würde. Der Hall des Schusses wirkte wie ein Stoppalarm und es kehrte für einen Moment wieder Ruhe ein.

Jack verzog keine Miene, als er kurz gelangweilt Luft einholte. Seine Knight befand sich sicher in der rechten Hand, parallel zu seinem Bein, wie ein Hund der nach dem Apportieren „bei Fuß" kommt. Verlegen schaute der

Wirt auf den ungeputzten Boden hinter der Theke und wischte mit einem kleinen Staublappen herum, ohne irgendwelche Auswirkungen.

Gerade als die hübsche Kommandantin glaubte, die Lage sei wieder unter Kontrolle, stürmte von links ein zwei Meter Mann auf Jack zu. Die Größten fallen am schnellsten. Harders Gesetz. Sein freier Arm streckte sich und die auf diese Weise verlängerte Faust bohrte sich in ein fremdes, unbekanntes Gesicht und zertrümmerte das Nasenbein der übermütigen Person.

Ein nur kurzzeitig später beginnender hoher Tritt, der über die Theke hinwegging, verhinderte, dass der eben noch so verlegen aussehende Bierausschenker nun ganz dreist eine Pumpgun aus einem versteckten Fach seiner Seite der Theke ziehen konnte. Er hatte die Situation auf seine Weise entschärft. Auf die Weise eines Ex-Sträflings. Hard Jack war zurück, wie ihn die Medien damals genannt hatten.

Als man ihn fand, tat man nicht viel für den kleinen Jack, dessen Vater soviel für sein Land gegeben hatte. Letztlich sogar sein Leben, wenn auch eher für seinen Sohn. Der Vater hatte keine Familie mehr. Die der Mutter war nicht zu erreichen. Eine Menge Geheimniskrämerei fand statt. Das Kind würde alles vergessen. Es brauchte nur Zeit.

Man steckte ihn in ein Heim. Ein psychisch gestörtes Kind. Davon gab es zu viele. Man hatte nicht die Zeit und das Geld, sich um alle zu kümmern. Er vereinsamte. Im Bericht über den Waisen Jack Harder stand unter Bemerkungen, dass er nicht sehr kontaktfreudig war und viele andere erziehungswissenschaftliche und weitere kluge Sätze.

Reden statt Handeln. Schreiben statt helfen. Für den kleinen Jungen wurde es immer später, viel zu spät. Kein Kind konnte ihn leiden, sie hänselten und verletzten ihn seelisch. Körperlich rührten sie ihn nicht an. Vermutlich weil er allen aus dem Wege ging und Streitigkeiten letztlich wehrlos ertrug.

Bis eines Tages ein neues Kind in sein Heim kam. Damals war er circa zwölf Jahre alt, ebenso wie der Neue. Der andere Junge trug den Namen James LaRousseau, sein Vater war ein französischer Handelskaufmann, der den Jungen schließlich abschob, da er nie verstand mit ihm umzugehen. Zeitweise wurde ihm sein eigener Sohn zu unheimlich. James war ein ziemlich zerstörerischer Charakter.

Anders als der scheue und zurückgezogene Jack, der sensibel in sich selbst Schutz suchte, ging James offen mit seiner Umwelt um und gestaltete sie nach seinem Wunsch. Die erste Nacht nach seiner Ankunft war noch nicht vergangen, als er einem Heimbesucher bereits zwei Rippen und den Arm gebrochen hatte (offiziell war es ein Unfall) und Schutzgeld von vier Personen bekam.

Am zweiten Tag zahlten fünf weitere. An Jack hatte er sich bis dahin noch nicht vergriffen. Nachdem er sowohl bedeutend jüngere als auch ältere verprügelt hatte und alle Angst vor ihm besaßen, bekam er im Gemeinschaftsraum während der Freizeit der Heimbewohner schließlich Lust auf ein zwei Jahre älteres, hübsches Mädchen.

Niemand half ihr, zuviel Angst hatte sich breitgemacht vor dem Dämonen in diesem Jungen. Einigen Kindern hatte er bereits mit Glasscherben Hautteile abgezogen. Das Mädchen wurde mit einer nicht unbedeutenden Armkraft auf das Plüschsofa gepresst und eine Hand begann sie zu würgen um sie ruhig zu stellen, während die andere die Aufgabe des Hosenöffnens erledigen sollte.

Dieser Augenblick würde niemals wieder die Köpfe der beiden tief miteinander verwurzelten Jungen verlassen, denn es war der Augenblick in dem Jack den Raum betrat. Und er besaß keinerlei Angst. Und verlor plötzlich seine Scheu.

Von Instinkten geleitet stürzte er los und es entbrannte ein Kampf, schlimmer als auf Leben und Tod. Zwei stabile Holztische wurden zerschlagen, als der eine vom anderen darauf geworfen wurde. Eine Fensterscheibe zersplitterte aufgrund eines fliegenden Stuhles, und beide Jungen wurden von einem Haufen Scherben zerschnitten. Der Kampf endete mit etlichen Schnittwunden, einem Raum voller Blut, vier blauen Augen, unzähligen Prellungen und zwei gebrochen Armen, einer gebrochenen und zwei geprellten Rippen. Alle Brüche befanden sich jedoch nur auf James Seite der trotz allem den Kampf nicht beendete.

Das verwunderte Publikum zog zwei Schlüsse aus dem Überlebenskampf. Zum Einen war der junge Jack weniger harmlos als sie gedacht hatten, und in Zukunft unterließen sie es ihn zu ärgern, und zum Anderen verspürten sie mit Sicherheit das Gefühl, dass sie, wären sie ein Teil des Kampfes gewesen, jetzt ihren Gott sehen würden, statt die aufgebrachten Heimvorsteher. Und an diesem Tag hatten sich zwei Feinde getroffen, oder besser gesagt waren zum ersten Mal richtig aneinander geraten, die für einander geboren waren. Zwei Erzfeinde. Zwei Überlebende.

Die restliche Zeit im Heim verbrachten sie in einer friedlichen Koexistenz. Dass heißt, sie gerieten einander nie wieder in die Quere. James verletzte gewisse Bereiche und Prinzipien nicht mehr, und Jack zog sich erneut zurück in sein inneres Exil. In beiden saß der tiefe Schock einen ebenbürtigen Gegner gefunden zu haben

Auch wenn Jack nach der Schwere der Verletzungen gewonnen hatte, sehnte er sich einen weiteren Kampf nicht herbei. Er wußte, dass er, trotz seines Könnens, bei diesem Gegenüber nur Glück gehabt hatte. Es machte ihm Angst.

Schließlich wurde Jack adoptiert. Nicht als Wunschkind, dafür war er zu alt. Eigentlich war er Teil eines Projektes. Höher gestellte Polizisten hatten einen Verband gegründet, der Jugendlichen helfen sollte, vor dem sozialen Abstieg bewahrt zu werden, und um ihnen eine Chance im Leben zu geben. Er kam in eine echte Polizeibeamtenfamilie.

Er bekam durch die Adoption einen sechs Jahre älteren Bruder, der ebenfalls Cop war, sowie eine Schwester. Jack fühlte sich freundschaftlich aufgenommen und endlich auch wieder geliebt und geachtet als Mensch. Beeindruckt von seinem Adoptivvater, nahm er ihn als Vorbild an und ging ebenfalls mit sechzehn zur Polizei und wurde Anwärter.

Er lebte den Idealen seiner Pflegefamilie hinterher. Dann geschah das Unfassbare. Sein Adoptivvater (innerlich musste er ihn so nennen um seinem wahren Vater den gebürtigen Respekt zu zollen), den die Kollegen nach der Adoption immer leicht verachtet hatten, für den schlechten Jungen den er freiwillig in seine Familie integriert hatte, fiel einem Racheakt eines Syndikates zum Opfer.

Ebenso die weitere Familie, auch die des bereits verheirateten neuen Bruders von Jack. Nur der Bruder selbst überlebte knapp um sich später das Leben zu nehmen, dass für ihn durch diesen Schicksalsschlag beendet worden war. Jack hatte zum zweiten Mal eine, seine Familie verloren.

Er übernahm die Rache nach Vendetta. Er begann eine kurze aber äußerst effektive Blutfehde in dem er eine ganze Syndikat-Familie ausrottete. Er tötete die Leibwächter, alle bezahlten Killer, die blutdürstigen Geldeintreiber, die Dealer, die Drogenlieferer und die Familienvorsteher, er tötete sie alle. Nur niemanden der unschuldig war. Die anderen starben. Und sie alle wussten, weshalb sie starben, soviel Zeit ließ er ihnen.

Er hatte seine Pflicht getan. Dies war der Grund weshalb er in die Gefängnisminen kam. Die Medien hatten ihr Übriges getan, er wurde angeprangert. Niemand nahm sich Zeit ihn zu verstehen und auf ihn einzugehen. Er fühlte sich wieder allein. Er hatte nicht gewusst und wußte nicht, dass es damals auch viele, sehr viele gegeben hatte, die auf der Seite des jungen Mannes Jack Harder gestanden hatten und ihm die Daumen drückten und seine Handlungsweise nicht verurteilten.

Zum Beispiel die Cops, die nicht aus dem damaligen Ort stammten. Polizisten, die den direkten Kampf an der Front kannten, in einer Welt die man an die Kriminalität verloren hatte. Und die wussten, wie wichtig es war, einen Partner im Dienst zu haben, der einen mit allen Mitteln schützte.

Er hatte nichts davon mitbekommen, dass die Cops aus Neu-Berlin Verständnis aufbrachten und eingestanden, vielleicht ähnlich gehandelt zu hätten. Er spürte nur den kalten Stein der Minenschächte, die raue Wirklichkeit in der er gelebt hatte.

Sein Spind war mit einem quietschenden Unterton aufgeglitten und erlaubte nun den Einblick auf Jacks Tasche. Er griff danach, sein nackter Oberkörper erbebte leicht, als sein Arm das kalte Metall des Schrankes berührte. Die Rückfahrt war ohne Worte vonstatten gegangen, Harder hatte aber gemerkt, dass seine Kollegen viel sagende Blicke ausgetauscht hatten.

„Jack Harder…"

Sie sprach ihn mit seinem Namen an, diese freundliche Stimme mit dem kalten Unterton, den er diesmal nicht heraus hören konnte. Er fand jetzt Wärme vor, es tat so gut.

„wir heißen Sie bei uns willkommen. Sie… Sie… sind ab jetzt ein richtiges Mitglied unserer Mannschaft. Es tut… es tut uns leid, wie wir Sie behandelt haben. Harder, Sie sollten wissen, dass wir hier Sie verstanden haben, und dass es uns leid tut, das … das mit ihrer Familie."

Jacks Kopf fiel gegen seinen Spind, wo er jäh mit einem lauten Wumms durch die metallene Wand gebremst wurde. Ein seit vielen Jahren ausgetrockneter Fluss bekam eine neue, frische Quelle und das Wasser lief an seinen Wangen herab.

„Nun kommen Sie schon Harder. Keiner meiner Leute pennt auf der Straße. Cops haben ein gesichertes Umfeld zu besitzen, verstanden? Ich lasse das nicht durchgehen, kapiert?"

Commander Bauer zog ihre Magnetkarte durch den dafür vorgesehenen Schlitz und ein Handabdruck ihrerseits tat ein Weiteres, woraufhin die Tür seitlich aufschwang. Sie hatte ihm recht deutlich gemacht, dass er nicht mehr einfach ohne Schlafplatz seinen Dienst versehen konnte. Und angesichts der Tatsache, dass es schien, als besserte sich sein Ansehen, wollte er sich ein Verweigern ihrer Anordnung nicht erlauben. Bevor er sich am nächsten Tag nach einer Wohnung umsehen sollte, schlief er diese Nacht auf ihrer Couch, so hatte sie es ihm angeboten, beziehungsweise befohlen.

Sie machte sein Bett fertig, dass aus einer weichen Decke und vielen Kissen bestand. Einen besseren Schlafplatz hatte er lange nicht gesehen. Sie bat ihm noch schnell ein wenig Obst an, bevor sie entschuldigend ins Badezimmer zum Duschen entschwand. Hungrig verschlang er einen Apfel, dann den zweiten und einen dritten. Aufmerksam bewachte ihn der Schäferhund seiner Kommandantin, den diese zuvor beschwichtigt hatte, diesem Fremden nichts zu tun.

Mit einem großen Badetuch bekleidet betrat sie später das Wohnzimmer um Jack mündlich dazu zu bewegen sich zu baden, es würde ihm sicherlich gut tun. Er bemerkte etwas in ihren Augen, das er mit Hilfe seiner dumpfen Erinnerungen als freundlichen Blick bezeichnen würde. Sie schien Schuldgefühle zu verspüren, dass sie ihm soviel Hass entgegengebracht hatte, so dass sie nun besonders liebenswürdig war und Rücksicht nahm.

Jack nahm das nette Angebot an und betrat das Badezimmer, welches sie ihm überließ und in dem schon ein heißes Bad vorbereitet war. Lediglich seine Halsmuskeln spannten sich kurz an, als sein Körper in das extrem heiße Wasser eintauchte, er hätte besser etwas warten sollen.

Doch der Schmerz tat ihm nicht weh, kein physischer Schmerz tat ihm weh, und sein Körper gewöhnte sich dank der Schocktherapie schnell an die Temperatur. Sie überließ ihn sich selbst, und aufgrund der vielen Dinge, die ihm in den letzten Tagen passiert waren, und die man mit ihm gemacht hatte, siegte seine Erschöpfung, als er sich nicht mehr dagegen aufbäumte, und er schlief ein.

Nach einer Stunde und einer nicht erwähnenswerten Anzahl von Minuten und Sekunden kniete sie leise neben dem Schlafenden nieder, selbst in einen leichten Schlafanzug gehüllt und weckte ihn mit einem Kniff in die Wange auf. Er schrak auf, aber blickte sie sanft an. Es schien als hätte er einen schönen Traum gehabt.

Wer ihn kannte, doch wer war das schon, wußte, dass es diesmal einfach nur kein schlechter gewesen war. Nachdem sie sich einige Sekunden in die Augen geschaut hatten, sie auf eine Reaktion von ihm wartend, und er noch immer kurz im Traum gefangen, fing sein Körper an zu zittern, da das Wasser im Laufe der Zeit stark abgekühlt war.

Sie sagte nur „Schnell" zu ihm, als sie dies bemerkte, und er verließ der Badewanne ruckartig. Das große Badetuch, welches sie bereits in Händen hielt, schwang um ihn, und sie hüllte ihn ein. Bibbernd und vor Wasser triefend stand er vor ihr und wußte nicht was zu tun war.

Er wandte seinen Blick nicht ab von ihr. Sie spürte, dass er auf seine Art hilflos war, und sie die Initiative ergreifen musste, wenn sie die Spannung zwischen ihnen richtig deutete. Sie nahm sich ein weiteres kleineres Handtuch und trocknete damit seine Haare. Schließlich ließ sie dieses Tuch fallen und zog in zu sich heran um ihn streichelnd zu umarmen. Dabei bemerkte sie eine leichte Verkrampftheit.

„Was ist? Hey", und ein ganz sanft gesprochenes, „Jack."

Und schließlich wußte sie, was er hatte.

„Hast Du etwa noch nie mit einer Frau ... oder einem Mädchen ... geschlafen?"

Nach den Pausen sprach sie nur weiter, da sie immer noch keine Reaktion seinerseits bemerkte. Sie wunderte sich nicht darüber, da er bis jetzt sowieso noch nicht mit ihr gesprochen hatte. Bei ihren Worten streichelte sie ihn um ihn zu lockern, und was die praktische Seite ausmachte seinen unterkühlten Körper aufzuwärmen. Er ließ sich gehen und antwortete.

„Nein ... wann auch? In den Minen sind keine Frauen..."

Als er ihren erschrockenen Gesichtsausdruck sah, sprach er schnell weiter: „Nein, dass auch nicht."

Sie unterbrach ihn, in dem sie einen Finger über seine Lippen legte und ihn küsste.

Jack gab es auf, eine Wohnung zu suchen, und auch Kimsys Schäferhund gewöhnte sich an ihn.

Zwei Jahre später heirateten die beiden zur Freude des gesamten Polizeireviers, das gemerkt hatte, wie loyal Jack war. Häufig rettete er einem der ihren das Leben. Und da es niemanden gab der so gut wie er überleben konnte, bekam er immer die Jobs angedreht, die garantiert in einem Blutakt endeten. So kam es, dass er auf den HighScore-Listen der Cops an der Spitze stand, er hatte in ganz Europa die höchste Abschussrate. Dies und die früheren Zeitungsberichte, in denen er bereits so bezeichnet worden war, führte zu seinem Spitznamen – Hard Jack.

Wenngleich auch der Politiker, der das Pilotprojekt angeführt hatte, mittlerweile abgewählt und das Projekt selber abgesetzt worden war, und somit nie weitere Straftäter rekrutiert wurden, blieb der unkündbare Jack im Dienst.

Sein Vertrag mit der Polizei sagte aus, dass er unkündbar war, solange er nicht gegen die Europäischen Gesetze verstoßen würde. Da gab es allerdings eine gesellschaftliche Klausel. Jack war mittlerweile in die Undercoverabteilung versetzt worden, und seit den terroristischen Attentaten auf einige Politiker und mächtige Industrielle zur Zeit der Vatikankrise waren für diese Sonderabteilung eigene Gesetze geschaffen worden. Sie bedeuteten zu einem sehr großen Teil Handlungsfreiheit für die Polizisten, solange ihre Vorgehensweise mit ihrem Auftrag begründet werden konnte. Und Jack, der von seinen Kollegen und seinem direkten Vorgesetzten, die er allesamt als Freunde ansah, und die es auch waren, unterstützt wurde, fiel es nicht schwer Begründungen zu finden.

Zu dem völligen Glück des zeitweise nahezu seelenlos gewesenen Mannes, bekam er das erfreulichste Geschenk der Natur an ihn und Kimsy, ihre gemeinsame Tochter Yade.

Bis die Gegenwart sie einholte.

Die düstere Kulisse einer neonüberfluteten Straßenschlucht bot das richtige Bild für die Geschäfte, die hier getätigt wurden. Es ging um Drogen und Sex. Eventuell auch in der anderen Reihenfolge. Wer hier nicht bezahlen konnte, gehörte nicht hierher, es sei denn, er wäre auf der Seite derer, die das Geld kassierten.

Die zum Teil hübschen, manchmal aber auch eher abstoßend wirkenden Frauen versuchten, trotz der abendlichen Kälte besonders attraktiv ein paar Meter hin und her zu schlendern, vereinzelt rauchten sie lässig.

Ein schlacksiger Kerl, an der Schwelle zwischen Kindlichkeit und Erwachsenendasein angelangt, lief zwischen ihnen den Gehsteig entlang und schaute aus den Augenwinkeln, während er versuchte ruhig auszusehen. Schließlich bemerkte er auch den knapp Dreißigjährigen, der auf einen der käuflichen Engel einprügelte und verschwand schnell um nicht in etwas Gefährliches hineingezogen zu werden.

Die brutalen und unnötigen Schläge dienten zur Bewältigung von Frust und der Einschüchterung seiner anderen Bediensteten. Die Frau schrie vor Schmerzen.

Es war lediglich ein kleiner pfeifender Luftzug, dann ein abruptes Abbremsen des Laufes. Ein neuer Mann in diesem Viertel hatte seine gekürzte Pumpgun an den Kopf des Schlägers gehalten und lächelte ihn nun an. Ein nervöser Piepslaut war das einzige, was dessen Mund entfleuchte.

Die Frau taumelte nach hinten als der Schlagschwall nachließ und blickte mit unverhohlener Faszination des Entsetzens auf die sich ihr nun als Beobachterin darbietende Situation. Die Kugel löste sich nach einem Zucken des Fingers und der Neue hatte sich integriert. Nun gehörte er dazu, ganz am Ende der Nahrungskette.

Die Leiche hatte keinen Kopf mehr, es wäre eine ganze Kompanie von Spezialisten nötig gewesen um die Heimat des Gehirns in allen Einzelteilen wieder zusammenzusetzen, und dieser Haufen hätte mehrere Monate dafür gebraucht. Allen in der Nähe, die nun schnell wegschauten, war sofort deutlich geworden, dass dieser Mann ein Profi war. Die schluchzende Frau, das vorherige Opfer des Erschossenen, wurde jetzt eingehüllt in einen weichen teuren Stoffmantel, während der neue Mann sie beruhigte.

„Scheiße, Fabers Sturmtruppe sitzt tief in der Scheiße! Sie sind umzingelt!"

Der aufgeregte Funker wußte genau was er dort verkündet hatte, den baldigen Tod einiger Kollegen. Jack reagierte. Immer in Bereitschaft trotz Pause sprang er auf.

„Stell nen Heli bereit... Ihr drei kommt mit!", rief er mitten im Lauf.

Der Hubschrauber stieg donnernd in die Lüfte, und der Pilot richtete ein Stoßgebet an den Himmel, er betete für seine Kollegen, so wie diese es für ihn tun würden. Harder betete nicht, er lud seine Waffe für die Kollegen. Es ging nun um Schnelligkeit und um den Verzicht des eigenen

Selbsterhaltungstriebes. Die vier Schwerbewaffneten würden als Verstärkung in den Tod springen. Jack sprang als erster.

Man sah dem bemantelten Mann gleich an, dass er nicht hierher gehörte. Er war ein Mitglied der Oberschicht und nicht jemand, der freiwillig ein Gebäude der Polizei betrat. Trotzdem war er ohne Zwang hier. Freiwillig. Ohne Waffen. Diesmal. Nicht wie am Abend zuvor als er eine gewaltige Waffe getragen hatte. Doch das wußte hier niemand.

Er ging an den Schalter im Eingangsbereich. Ohne diese Prozedur kam kein Unbekannter in das Gebäude, und sie alle wurden auf Waffen gescannt. Der elegant wirkende und nette Mann bekam schnell Einlass.

Recht zielstrebig, als wenn er den Weg zwar nicht selber kannte, jedoch aufmerksam zugehört hatte, als dieser ihm beschrieben worden war, ging er in Richtung des Bereitschaftsraumes. Der Angestellte am Eingang hatte ihm gesagt, dass er den Polizisten, den er suchte wahrscheinlich dort finden würde, wenn dieser nicht ihm Einsatz war.

Keiner in diesem Raum kam ihm bekannt vor, als er aufmerksam die Gesichter musterte, die ihn im Bereitschaftsraum interessiert anblickten. Mit einer freundlichen Stimme hob er charmant zu einer Frage an.

„Entschuldigen Sie bitte, könnte mir einer von Ihnen sagen, wo ich den Polizeibeamten Jack Harder finde? Ich wäre Ihnen sehr dankbar."

Eine Frau mit kurzen, blonden Haaren erhob sich und bewegte sich schwungvoll auf ihn zu. Sie hatte den Rang einer Kommandantin. Ihr Name war, nach dem Gesetz, dass jeder Ehepartner seinen Geburtsnamen behalten durfte, Bauer, Kimsy Bauer.

„Mein Mann ist im Moment nicht zu sprechen. Dürfte ich erfahren, wer Sie sind?"

Sie hatte schon immer mehr Gefühl für Diplomatie gehabt als Jack. Sie war für ihn die ideale Ergänzung. Als er die ersten zwei Worte vernommen hatte und ihre Schönheit aus der Nähe betrachtete, entwickelte sich in Sekunden ein Plan, der noch viel genialer war als sein vorheriger. Und bekanntlich sind Genies eng mit dem Wahnsinn verbunden. Ein Lächeln umspielte seine Lippen.

„Ich bin ein alter Freund ihres Mannes, aus unserer Jugendzeit. Mein Name ist James, James LaRousseau. Es ist mir eine Ehre Sie kennen zu lernen. Ich hätte niemals gedacht eine so wunderschöne Frau hier zu sehen. Jack scheint nun vom Glück verwöhnt zu werden, leider hatten wir es früher nicht so gut."

Mit natürlicher Selbstverständlichkeit ergriff der attraktive Mann ihre Hand und berührte sie sanft mit den Lippen. Verwundert versuchte sie ihn einzuordnen. Jack redete nie gern über die Vergangenheit.

„Wann könnte ich Jack denn sehen? Hoffentlich kommt er bald wieder."

„Es tut mir sehr leid, aber dass kann niemand genau sagen."

„Es macht mir nichts aus zu warten. Zu lange habe ich bereits auf ein Wiedersehen gewartet. Ich bleibe einfach hier, wenn ich niemanden störe."

Sie blickte in seine glitzernden Augen und musste sich eingestehen, dass er auf eine objektive Art anziehend auf sie wirkte.

„Ich habe jetzt frei. Vielleicht können wir gemeinsam auf Jack warten und Sie erzählen mir mehr über die gemeinsame Zeit?"

„Ich würde Sie liebend gerne zum Essen ausführen, als geliebte Frau meines besten Freundes. Natürlich nur, wenn Sie auch Lust dazu hätten. Ich verspreche Ihnen, Sie würden es nicht bereuen, und es wird Ihnen bestimmt nicht langweilig werden. Ich kann Ihnen viel über Ihren Mann berichten, was er Ihnen sicherlich vorenthalten hat", lächelte er schalkhaft.

Sie willigte lachend ein.

Jack rollte sich herum und schoss ein weiteres Magazin leer. Es herrschte Krieg in dieser Straße, und sie mussten es schaffen ihren Jungs den Rücken frei zu halten um den Rückzug zu sichern. Dieser Kampf ging bereits über eine halbe Stunde, und er schien kein Ende zu nehmen, obwohl ein paar der eingeschlossenen Cops verletzt waren und dringend ärztliche Hilfe benötigten.

Jacks Kugeln hatten bereits zahlreiche Gegner durchbohrt, und er fand Zutritt zu dem Zielgebäude. Die drei anderen Jungs des Rettungstruppes schlugen sich auf der Rückseite durch. Mehr waren leider zu dem Zeitpunkt des Rettungsrufes nicht verfügbar gewesen, und zu viele zu einem Ort abzuziehen war verboten. Ausserdem war Platz in den Helikoptern begrenzt und sie hatten den letzten freien zugeteilt bekommen.

Die vier wussten, dass sie gegen die Zeit anrannten. Sie hatten mit dem Hubschrauberpiloten vereinbart ihnen eine Stunde zu geben, bei Ablauf der Zeit würde er versuchen sie an einem vereinbarten Treffpunkt abzuholen. Wären sie nicht da, würde er alleine heimkehren, da diese Gegend selbst für Helikopter nicht sicher war. Jack gab alles um das Limit einzuhalten. Sie schafften es.

„Wir haben drei verdammte Verluste! Drei! Scheiße!"

„Du hast diesmal ja sogar Gefangene gemacht, Jack", meinte sein Vorgesetzter mit einem Seitenblick auf den Nachbarraum, in dem zwei arrogante Profidealer befragt wurden, um den wütenden Cop abzulenken.

„Du machst Fortschritte."

„Ich habe niemanden festgenommen. Das waren Meier und Bucher."

„Und ich dachte Du wärest krank. Aber so ist ja alles beim Alten", wurde

Harder beschwichtigt.

„Nichts ist beim Alten. Wir haben drei tote Cops. Drei entsetzte Familien. Insgesamt fünf vaterlose Kinder. Was Sternhardt anbelangt sogar eine Waise. Wir haben zwei nervlich zerstörte Frauen. Nichts ist beim Alten."

Harders Stimme blieb monoton während er sprach.

Im Nebenraum wurden zwei Arrogante immer arroganter. Durch die Gitterwände vernahm man deutlich die dummen Sprüche, die sich die Verhörleiter antun mussten.

„Wir müssen gar nichts sagen. Außerdem haben wir einen Anwalt, den wollen wir erst mal sprechen. Dummer Bulle."

Noch blieb Jack ruhig, bis…

„Ihr bescheuerten Cops. Wir werden uns draußen wieder sehen und dann werd' ich Euch alle umlegen. Wie die von vorhin, die dreckigen Säcke. Ihr hättet hören sollen, wie sie geschrieen und gewimmert…"

Jack hörte es in seinem Inneren klicken. Niemand durfte die Ehre von Toten beschmutzen, von sehr guten Kollegen die ihren Dienst getan hatten um andere zu schützen. Hier wurden sie in den Dreck gezogen, von Leuten die schlimmer waren als alles auf dieser Welt. Und auch noch die Lebenden bedroht.

Jack schritt los. Er wandte sich im Gang in einer fast rechtwinkligen Drehung und riss den Gefangenen, den er nie im Leben mitgenommen hätte, von dem unbequemen Stuhl hoch und warf ihn an die gegenüberliegende Wand.

„Hey, nicht so grob. Und nun? Was willst Du schon machen? Mich erschießen? Das wollten die hilflosen Bündel auch, die vor mir lagen. Ich habe diese räudigen Hunde abgeknallt, sie sogar erlöst von ihrer minderen Existenz als Bullen. Du bist ein Bulle, Du darfst mir nichts tun."

Dieses Schwein blieb so unheimlich lässig und selbstsicher. Jack hasste ihn. Er zog die Waffe aus dem Halfter, welches sich über seinem todschwarzen T-Shirt befand und richtete den Lauf aus.

„Du darfst mir nichts tun…" Die Stimmlage schwand von Überheblichkeit zu einem Jammern.

Hard Jack konnte schneller abdrücken als der Tote an der Gitterwand seinen letzten Satz beenden.

„Niemand beleidigt hier einen Cop. Und niemand tötet ungestraft einen Cop."

Der andere Gefangene war in Tränen ausgebrochen und leidete an Zitterkrämpfen. Er war unfähig ein weiteres Wort herauszubringen und starr vor Angst. Jack blickte ihn wortlos an und sicherte die Knight.

„Sie sind eine bemerkenswerte Frau. Leider ist es bereits sehr spät geworden, ich habe noch Verpflichtungen denen ich nachkommen muss. Ich hoffe, wir werden uns wieder sehen. Bitte erwähnen Sie Jack gegenüber nichts von mir, ich möchte ihn zu gerne überraschen. Au revoir, Madame."

Jack kam total erschöpft vom Dienst nach Hause. Ausgelaugt von dem Frust Freunde verloren zu haben. Seelisch verkrampft aufgrund der entsetzen Augen die sich starr in seine gebohrt hatten, in ewigen Todeskrampf verfallen, Freunde und Kollegen seinerseits. Die Leichen hatten sie nicht einmal retten können, wichtiger war das Überleben der Übergebliebenen. Heute Abend war Jack kein guter Gesprächspartner, besser gesagt, er redete kein Wort. Kimsy kannte solche Tage an ihm und beschäftigte sich meist mit anderen Dingen, wenn sie auftraten. Dieses Mal musste sie an einen besseren Gesprächspartner denken, James LaRousseau.

„Jack, wir haben für Dich einen Sonderauftrag. Im roten Sektor geht etwas vor sich, dass wir unbedingt näher untersucht haben müssen. Ständig kommen Meldungen über erschossene Dealer und Zuhälter rein. Da räumt jemand ganz groß auf, und uns Cops verrät niemand etwas. Normalerweise interessiert es uns zwar nicht, wenn die sich gegenseitig umlegen, aber diesmal scheint eine Person für alle Morde verantwortlich zu sein. Da will jemand die Macht an sich reißen, und das interessiert uns sehr wohl. Geh da bitte Undercover rein und hör Dich um. Du bist unser bester verdeckter Cop, und falls dort ein Mörder frei herumläuft, will ich nur jemanden reinschicken, der sich wehren kann. OK, Jack? Es dauert einige Tage, dann weißt Du bestimmt genug. Am besten wir fangen sofort an, wir haben schon eine Geschichte für Dich ausgearbeitet. Verabschiede Dich von Kimsy, dann geht's los."
Harder verstand die Wichtigkeit der Situation und machte sich auf den Weg.

Mit genug Speed in seinen Taschen um eine stattliche Summe Geld zu ergattern, machte sich Jack daran, neue Verbindungen zu knüpfen, natürlich unter einem Pseudonym. Er gab sich als neuer Dealer aus und versuchte alles, dass der Mörder auf ihn aufmerksam werden konnte, da sich der Killer bestimmt ihn seinem Herrschaftsbereich verletzt fühlen würde. Doch die ersten Tage des Auftrags über passierte ihm nichts außergewöhnliches. Außer, dass er mehrere Leute verprügeln musste, und dass ein Straßenjunge ihm bereitwillig aus freien Stücken folgte, nachdem Jack ihn vor Schlägern beschützt hatte.

Kimsy musste den charmanten James zu ihrem Bedauern erneut vertrösten

Jack zu sehen, der allerdings nicht allzu betroffen wirkte. Sie war ihm mehr als Ersatz genug. Die beiden gingen gemeinsam essen, und er holte sie täglich von der Arbeit ab. Und sie begann ihn zu mögen.

„Hör gut zu, du Wichser! Wir haben eine Menge mehr vereinbart, als ich hier in der Hand halte. Entweder ich krieg ganz schnell den Rest, oder…"
Jack Harder, alias Dirk Hachinger wurde mitten im Satz unterbrochen.
„Oder was?"
Die drei Untergebenen des vermeintlichen Käufers lachten lauthals, keiner dachte an etwas Böses. Es war üblich Preise in dieser Gegend zu unterbieten. Harder reagierte schnell. Sein Gegenüber kam nicht mehr dazu mitzulachen, Jacks Kugel bohrte sich in seine Kniescheibe. Er zeigte der Unterwelt auch in seiner neuen Rolle deutlich, dass man ihn nicht unterschätzen durfte, und er bereit war, sich aggressiv durchzusetzen.
„Scheiße!"
Vorerst war es lediglich Einschüchterung gewesen, doch jetzt versuchten die anderen einen Vergeltungsschlag, und Jack durfte nicht zögern, wenn er leben wollte. Die Knight mähte sämtliche Feinde im Automatikmodus nieder, es reichte den Lauf zu justieren und den Abzug zu ziehen.

Als der Kellner das Fenster öffnete, kam ein sanfter Windzug in das exquisite Restaurant. Sich streng nach den komplexen realen Naturgesetzen bewegend, beschrieb der Luftstoß eine leichte Krümmung und näherte sich spiralförmig einem bestimmten Tisch, in dem er ihn umkreiste. In der romantischen Umgebung eines kerzenbeschienenen menschenleeren Raumes, außer ihnen und ihrem persönlichen Kellner, der allerdings gerade gegangen war, trafen sich ihre Blicke, und Kimsy wurde von ihm gefesselt. Er zog sie geradezu magisch an. Er war so anders als der Mann, den sie geheiratet hatte.
James war freier als Jack, war in seinem Inneren nicht so gefesselt und konnte leichter mit Menschen umgehen. Er spürte nicht die Scheu, die Jack jedem Fremden entgegenbrachte, vielleicht hatte er ein größeres Selbstbewusstsein. Jack versteckte sich, sowie sein wahres Ich, aus einem Schutzbedürfnis heraus. James war anders. Kimsy mochte ihn. Er griff nach ihrer Hand.

Je mehr er sich daran machte, herrschende Teile dieser Unterwelt auszuschalten, desto mehr merkten die armseligen Gestalten der Gosse, dass er die Kraft hatte sie zu beschützen, und dass sie deshalb auf seiner Seite stehen konnten. Sie beantworteten schließlich immer öfter seine Fragen, leider brachte ihn zuerst nichts weiter. Nach tagelanger Arbeit sehnte Jack sich nach seiner Familie, die er in guten Händen wusste.

Kimsy unter seinen Kollegen, die Aufgaben bei den Cops erfüllten sie ganz. Und seine kleine Tochter, die, wenn Kimsy nicht daheim war, bei ihrer Tagesmutter, einer sehr guten Freundin des Paares, spielte.

Er hauchte ihr einen lebensspendenden Kuss auf ihre süßen Lippen, ihre Schranken waren schon lange gebrochen. Sie liebte ihn.

Jack hatte schließlich die Gelegenheit den Hinweis zu erlangen, den er lange gesucht hatte. Und dieser Hinweis erschreckte ihn und rüttelte alte Erinnerungen wach.

„Hier Dirk. Ich hoffe, dass hilft Dir. Der Kerl war ein Arschloch", säuselte die gut gebaute Prostituierte um ihn gnädig zu stimmen, „Du wirst uns beschützen, nicht war?"

Er streichelte sie durch ihr weiches Haar und lächelte. Es war ein bedauerndes Lächeln. Nicht weil er etwas von ihr wollte, sondern weil er ihr nichts geben konnte, nicht das neue Leben, das sie dringend benötigte. Sie hatte keine Chance ihren Weg aus der persönlichen Verdammnis zu beschreiten. Er hasste es nicht helfen zu können. Sein Job war erledigt, er kehrte zurück zu dem Ort, an dem er seine geliebte Frau das erste Mal gesehen hatte.

„Na Chef, ich habe hier ein Foto von unserem schießwütigen Killer. Und ich kenne ihn. Das verheißt leider nichts Gutes. Dieser Kerl ist ein Teufel", erläuterte Jack Harder seinem Vorgesetzten die Ergebnisse der verdeckten Ermittlung. Bis jetzt hatte er zu seinem Bedauern keine Gelegenheit gefunden, Kimsy aufzusuchen. Er hatte sie auch auf dem Weg hierher nicht in der Dienststelle bemerkt.

„Wie heißt er?"

„Es ist eine lange Zeit her, aber ich kenne ihn. James LaRousseau. Ich wuchs mit ihm auf, damals im Heim. Er ist extrem gefährlich. Er ist stets freundlich und schmeichelnd, aber er tötet wie eine Schlange, schnell und effektiv. Er ist einer der geborenen Mörder. Das Foto ist zwar nicht besonders scharf, aber ich erkenne seine charakteristischen Gesichtszüge. Leider wird uns das wahrscheinlich vor Gericht nicht reichen. Aber wer hat schon vor, bis zum Gericht zu gehen."

„Gut, Jack. Ich denke über die weiteren Schritte nach."

Nach dem aufschlussreichen Gespräch mit dem Einsatzleiter begab sich Jack zielstrebig in den Bereitschaftsraum um seine Frau wieder in die erschöpften Arme des lange Zeit schlaflosen Körpers zu nehmen. Er fand sie nicht vor.

„Suchst Du Kimsy, Jack?"

Herausgerissen aus seinen Gedanken die zwischen Sehnsucht, Liebe und Traurigkeit taumelten, schreckte Harder auf und seine Aufmerksamkeit richtete sich auf Chris, einen guten Freund mit dem Jack bereits viel erlebt hatte, und dem er näher gekommen war.

„Ja, Chris. Ich kann sie hier nicht finden. Ist sie schon nach Hause?"

„Hier ist sie nicht, aber ich glaube auch nicht, dass sie zu Hause sein wird. Wir dachten eigentlich, Dein Auftrag benötigte noch einige Tage."

„Was hat das jetzt mit Kimsy zu tun?", fragte Harder mit einem Stirnrunzeln.

„Sie hat sich ein paar Tage frei genommen."

Chris beobachtete Jack aufmerksam auf Reaktion hin. Der junge Neu-Berliner kannte seinen nachdenklichen Partner lange genug um zu wissen, dass man bei ihm vorsichtig sein musste um sein Inneres nicht zu verletzen.

„Da war ein alter Bekannter von Dir, Jack, anscheinend ein guter Freund. Da Du nicht da warst, musste er mit Kim vorlieb nehmen. Sie hat sich also frei genommen, wahrscheinlich um ihm die Stadt zu zeigen."

Kontrollierte Panik machte sich in Jack Harder breit. Er war unschlüssig, was er von dem Gehörtem denken sollte. Er besaß keine alten guten Freunde.

„Wie viele Tage wollte sie…?" Jack brach im Satz ab und ließ ihn ins Leere verlaufen. Er starrte Chris fragend an.

„Schon vor drei Tagen hat sie angefangen, und der Urlaub dauert noch einige Tage. Ich glaube sie ist mit diesem James sogar weggefahren."

Jack fühlte sich, als hätte man ihm den Boden unter den Füßen weggerissen. Es war, als beraubte man ihn seiner Existenzgrundlage. Er brachte kratzend und tonlos nur ein Wort über seine Lippen.

„James?"

„James, James LaRousseau, Dein alter Freund."

Nach langer Zeit des Hasserfüllten-in-die-Luft-Starrens hatte Jack über die Telekommunikationseinheiten Verbindung nach Hause gesucht, aber niemand antwortete. Er konnte nicht in Erfahrung bringen wo Kimsy sich aufhielt. Verzweifelt saß er mit Chris im Bereitschaftsraum und grübelte hoffnungslos. Wo konnte sie nur sein? Da er aufgrund der Gedanken die ihn quälten nicht der beste Gesprächspartner war, schaltete Chris die Fernsehleinwand an und zappte sich durch die Kanäle. Plötzlich kam der Moment der unerwarteten Erleuchtung. Chris erblickte ein bekanntes Gesicht und Jack, welcher zu Boden starrte, hörte eine alte, gewohnte

Stimme, die sich leicht verändert hatte.

„Meine sehr verehrten Damen und Herren. Ich bitte Sie, danken Sie nicht mir. Ich habe zu danken, Gott und aller Welt, dass ich damit beschenkt wurde, die Möglichkeit zu besitzen Gutes zu tun. Es hat mir unglaublich viel bedeutet diesen Waisenkindern mit der LaRousseau Stiftung ein neues Heim bieten zu können, wie ich es auch bekommen habe, als ich so nötig ein zu Hause gebraucht hatte."

Erschreckt fuhr Harder aus seinen Gedanken und sein Blick wurde an die Leinwand gefesselt. An einen Mann im langen dunklen Mantel, neben dem eine junge, hübsche und geliebte Frau stand.

„Sehr geehrte Gäste, genug der Worte, denn ich war schon immer der Meinung, dass Taten mehr als Worte zählen. Hiermit eröffne ich das LaRousseau Heim für Waisen."

Jacks anfängliches Entsetzen wandelte sich in schiere, übermenschliche Panik, als durch die im Bereitschaftsraum installierten Lautsprecher des Fernsehers deutlich ein Schuss zu vernehmen war, und der Bürgermeister rechts hinter Harders altem Freund James zu Boden fiel. Durch den Fernseher konnte man deutlich die Hölle sehen, die auf diesem Platz vor dem neuen Waisenhaus ausbrach. Die vielen Besucher, die sich die Eröffnung hatten anschauen wollen, unter ihnen viele Familien mit kleinen Kindern, versuchten sich in Sicherheit zu bringen und vergaßen dabei alles um sie herum. Das Gebiet, das der Fernsehbildschirm nun zeigte, glich einem Kriegsschauplatz. Und Jack Harder hatte die traurige Gewissheit, dass sich seine Frau mit seinem alten gefährlichsten Feind dort befand. Er sprang auf und rannte los, Chris dicht hinter sich wissend.

Der Pilot des Kampfhubschraubers war Engländer. Er ließ den Helikopter durch die Straßenschluchten donnern und fragte sich, was die zwei Cops im hinteren Teil der Maschine dachten, ausrichten zu können. An ihrem Zielort befanden sich nicht ausschließlich Kriminelle, die man mit Kugeln ummähen konnte, sondern unschuldige Menschen, die ohne nachzudenken leben wollten.

Der Selbsterhaltungstrieb ließ sie andere Menschen vergessen und niedertrampeln. Dazwischen befanden sich eine handvoll Heckenschützen, die es auf hochrangige Politiker abgesehen hatten. Der Pilot wusste nicht, dass dieses Schauspiel gut vorbereitet worden war, und zwar von einer Person, der die Politiker eigentlich egal waren, der jedoch bei dieser Aktion zwei Fliegen mit einer Klappe geschlagen hatte.

James LaRousseau legte schützend einen Arm um die junge Frau, die helfend hatte eingreifen wollen und schüttelte sanft den Kopf, als sie ihn anblickte.

„Ich würde auf Ewig verdammt sein, wenn Dir etwas geschehen würde. Ich werde Dich hier schnell wegbringen."

„Aber der Bürgermeister…"

„Wie Du siehst kümmern sich seine Leibwächter um ihn. Der entfesselten Menschenmenge kann niemand helfen, und glaub mir, wenn wir noch länger hier bleiben, bieten wir eine gute Zielscheibe. Ich wette es waren diese Verbrecher, die mir die Briefe geschickt haben."

„Briefe?"

„Sie wollten mich töten, weil ich meine Projekte zur Verbesserung der Situation der ärmeren Schichten gegen ihren Willen verwirklichen wollte. Wahrscheinlich hatten sie Angst vor der geplanten Antidrogenkampagne."

„Wenn Du ihr eigentliches Ziel bist, sollten wir uns besser schnell zurückziehen. Ich werde Dich bewachen."

„Danke Kimsy."

„Er ist verdammt."

„Beruhige Dich Jack."

„Scheiße, verdammte Scheiße. Er hat Kimsy. Nur der Satan weiß, was er ihr und mir antun will. Ich werde ihm sein Gehirn wegblasen."

Der Helikopter verringerte seine Geschwindigkeit und kreiste über der aufgebrachten, tobenden Menschenmenge. Es herrschten vereinzelte Straßenkämpfe, die sich durch Straßengangs gebildet hatten, die ihre große Chance sahen. James La Rousseau hatte etwas Gewaltiges inszeniert, eine Hölle, durch die er Jack laufen lassen wollte, ein Spießrutenlauf.

Jack schaute durch die geöffnete Seitenwand des Flugobjektes und blickte in das blutige Feld. Er ergriff das Seil, welches an der Winde befestigt war, und sprang. Chris machte es seinem wahren Freund auf der anderen Seite nach. Sie hingen nun etwa zehn Meter unter dem Helikopter und zwanzig über dem Boden, und sie trugen die komplette Kampfausrüstung. Jacks Augen hingen kurz an Chris, bis er schließlich herunterblickte und in das Mikro brüllte.

„Let me jump down in the fighting area."

„No chance. Too dangerous. Will fly to an empty square."

„I said let me jump down in the fighting area you're bumfucking asshole."

„No!"

„Deal."

Harder machte den Griff, der ihn schon oft am Leben gehalten hatte. Während der Helikopter langsam schwenkte um sich wieder zu entfernen, da der Pilot Angst hatte, dass man auf ihn schießen würde, wenn er den

Hubschrauber nieder tauchen lassen würde, richtete Harder die Knight aus.

Chris ahnte das Folgende und machte sich bereit zum Absprung. Das Zielen war extrem schwer unter diesen außergewöhnlichen Bedingungen, aber wie nicht anders erwartet schaffte Hard Jack es.

Die Metal Killing Bullet entfernte sich von ihrem Herrn und brach aus. Diese wenigen Zusatzpatronen befanden sich in einem gesonderten Abteil der Knight und trugen eine explosive kleine Sprengladung, die sich circa einen Meter nach Austritt aus dem Lauf scharf stellte.

Die Kugel zerfetzte den Motor des Heckrotors in einer Explosion, deren Geräusch im Lärm des anderen Rotorenmotors unterging. Die Lenkeinheit des Hubschraubers war effektiv vernichtet worden, und die Maschine drehte sich zügellos um seine Hochachse.

„Shit!"

Langsam senkte sich der Kampfhubschrauber und etwa fünf Meter über dem Boden sprangen die zwei Cops ab.

Automatisch hatten die meisten beim Anblick des sich nieder senkenden Helikopters platz gemacht, sofern dies ging, und anderswo Deckung gesucht. Chris und Jack griffen die wenigen Verletzten und Hilflosen und schleppten oder zogen sie zur Seite. Ein kleiner improvisierte Landeplatz war frei geworden. Und der zum Glück aller sehr gute Pilot schaffte die gezwungene Landung, während er seine Fluggäste auf das Abscheulichste verfluchte.

Jacks Augen suchten kurz die Umgebung ab. Die Situation hatte sich mittlerweile stark verändert, im Vergleich zu der Szene in der Fernsehsendung. Der Platz war merklich freier geworden, dafür war der Asphaltboden mit vereinzelten blutigen Leichen gesäumt.

An den Rändern des Platzes brachen zahlreiche Personen in die anliegenden Geschäfte ein, die Gunst des Zeitpunktes nutzend. Die Verkehrszugänge zu diesem Platz waren durch die fliehende Menschenmenge verstopft und es würde einige Zeit dauern, bis die Bodeneinheiten hierher durchgebrochen waren.

Die bereits hier stationierten Polizisten versuchten den Verletzten zu helfen und die Randalierer aufzuhalten, wenn sie nicht bei dem Abtransport der Politiker halfen. Die zwei Partner stapften über die regungslosen Körper in Richtung des Rednerpultes.

Sie fanden keine Spur, weder von James LaRousseau, den Jack auf seine Abschussliste gesetzt hatte, noch von seiner geliebten Frau.

Jacks Hass war grenzenlos. Hass auf wen? Auf fast alles. Auf seinen Feind, sowieso. Auf sich selbst. Er hatte Kimsy nie viel über sich berichtet, das hatte sie auch in diese Gefahr gebracht. Er schloss seine Wohnungstür auf, für den heutigen Tag hatte er seine Arbeit beendet.

Er wusste nicht, wo er nach ihr suchen sollte, was er überhaupt tun konnte. Kimsy liebte ihn doch, oder? Er hatte Zweifel. Vielleicht liebte sie ihn, ihren Mann nicht mehr, vielleicht fand sie James so faszinierend, dass sie ihm verfallen war. Er kannte James und wusste, dass LaRousseau eine charakteristische Art an sich hatte, der sich niemand entziehen konnte, der nicht die Wahrheit dahinter kannte.

Wenn es wirklich das Böse auf der Welt gab, dann war James LaRousseau derjenige, der alle Auflagen erfüllte um es zu verkörpern.

Jack war ebenfalls ein Mörder. Er vernichtete das Leben von Schuldigen. Er kämpfte gegen Verbrecher und erschoss sie. Teils stand er damit gegen das Gesetz. Trotzdem spürte er deutlich, dass dort etwas war, das ihn von James unterschied. Er konnte es nicht genau benennen, aber es war da. James LaRousseau mordete jeden, schuldig oder unschuldig. Jack tat es einfach nur, James befriedigte es. Jack tat es einfach nur, James machte es Spaß andere zu verletzen, auf jede Art. Jack tat es einfach nur. Weil es sein musste. Dachte er zumindest. Um andere zu schützen.

Ob es dennoch richtig war, mag dahingestellt sein. Aber zumindest waren seine Beweggründe mit seinem Gewissen zu vereinen, während das Gewissen seines alten Feindes abgestorben war, falls es jemals gelebt hatte.

Sophia kam ihm entgegen und begrüßte den Mann ihrer Freundin. Sie war hier immer für Yade als Kindermädchen da, wenn Jack und Kimsy sie benötigten. Sie lächelte ihn an und wollte gerade anfangen zu erzählen, welche wunderlichen Sachen die Kleine heute alles angestellt hatte, als sie Jacks ausgelaugten Blick bemerkte. In seinem schwarzen T-Shirt, nie frierend, mit dem umgebundenen Waffenhalfter und darin seine Knight, wirkte er dennoch keineswegs gefährlich, sondern diesmal nur tief verletzt.

„Was ist passiert Jack?“

Er blickte sie mit toten Augen an, und es schien ihr als erblicke sie die verstorbene Seele des Guten. Ein Paradox, früher hätte sie nie überirdisches Gute mit diesem Mann verbunden, der manchmal extrem gefühlskalt erschien, obwohl er immer freundlich zu ihr war.

„Hat Kimsy Dich hergeholt?“

„Ja, sie sagte mir, dass Du einen Auftrag hast, und es ungewiss ist, wann Du wiederkommst, und dass sie für einige Tage weg muss. Übrigens, auf dem Tisch liegt ein Paket für Dich, es lag vor der Tür.“

Harder blickte nur kurz in Richtung des großen Wohnzimmertisches, an dem einst ein gedemütigter, innerlich verwester junger-alter Mann gesessen hatte, vor einigen Jahren, als Kimsy begonnen hatte ihn für immer zu lieben. Die Ewigkeit in dieser Liebe begann zu wanken, und Jack spürte deutlich die Vorbeben.

„Danke Sophia. Bitte nimm Yade mit zu Dir. Pass gut auf sie auf. Wenn irgendetwas sein sollte, ruf die Zentrale an und lass Dir Chris geben, Du kennst ihn ja. Wenn er nicht da ist frage nach Richard Speier. Und pack bitte nicht lange, es muss schnell gehen."

„Was ist los, Jack?"

„Nichts Sophia."

Dies war gelogen. Andererseits auch wieder nicht. Denn nichts war genau das, was er in sich fühlte. Innere Leere und eine Ausgezehrtheit wie sie schon lange Zeit nicht mehr sein inneres Ich belästigt hatte.

Die tödliche Bestandslosigkeit sammelte sich um in einem Bündel zur gefährlichsten Waffe der Welt zu werden.

Jack hatte schon vor vielen Gegnern gestanden. Und auch ohne seine Knight und andere Hilfsmittel hatte er sich verteidigen können, in jedem Todeskampf. Man hatte ihn einmal gefragt, wie er diese Höllenritte zwischen Leben und Tod gewann, oft waren seine Gegner ihm körperlich deutlich überlegen. Jack hatte es ihnen erklärt. Er gewann dank der inneren Leere, die er bei einem wahren Kampf spürte.

Diese bemächtigte sich seiner, und die Instinkte bekamen freien Lauf. Exzessive Gewalt. Ein Ausbruch sämtlicher Energie in einem gewaltigen, ursprünglichem Toben der Sinne. Er verstand unter exzessiver Gewalt überleben.

Es bedeutete sich frei von allem zu machen und einem Gesetz folgen, das sich seit Jahrtausenden in unseren Genen versteckt. Einfach töten. Einfach gewinnen. Einfach überleben. Es einfach nur tun. Niemals zögern.

Wissen was als nächstes geschah. Antizipieren. Sophia verließ die Wohnung mit seiner kleinen Tochter Yade, der er schnell noch einen Kuss auf die rechte Wange gab. Die Kleine lächelte ihn an, und unbemerkt von der Welt machte er heimlich ein Kreuzzeichen über sie. Warum wusste er nicht. Er war nicht religiös, denn Religion war gefährlich. Zu oft hatte er bereits gesehen, wie zerstörerisch diese heilige Macht werden konnte. Zu viele hatte er gesehen, welche die Religion ausgenutzt hatten, und zu viele andere, die auf sie hereingefallen waren. Doch er würde nicht darauf hereinfallen. In dieser Beziehung schottete er sich ab.

Vielleicht lag es auch an seiner inneren Leere, die ihn sein Leben lang gefüllt hatte. Dank der Leere war niemals Platz für Glauben da gewesen. Manchmal wehte allerdings ein Lufthauch durch seine Schleuse.

Die Wohnungstür schloss sich mit einem knackenden Geräusch, und Kimsys geliebter Hund bellte auf dem Flur, während er Sophia nachfolgte. Jack blickte auf das in braunes Packpapier gebundene Paket. Es schien golden zu glänzen, wahrscheinlich eine optische Täuschung, physikalisch leicht zu erklären.

Jack wusste, dass die Naturgesetze stets Gültigkeit hatten, dass alles erklärbar war, eventuell fehlte momentan lediglich die Erklärung und würde erst von der Wissenschaft nachgeliefert werden. Und damit hatte er Recht. Oft genug hatte ihn diese Denkweise aus dem Wahnsinn einer Sekte befreit, unter deren grausamer Oberherrschaft er manchmal Undercover hatte arbeiten müssen.

Er näherte sich langsam dem Paket. Etwas ängstlich wäre er gewesen, hätte er überhaupt etwas gespürt. Oder hatte er Angst davor, was ihn über Kimsy erwartete?

Er kniete vor dem Wohnzimmertisch nieder und ergriff zittrig das Päckchen. Das braune Papier ließ sich leicht entfernen, und er erblickte einen Datenträger ohne Beschriftung und eine handgeschriebene Notiz.

Geliebter Freund, geliebter Bruder.

Ja, Jack, Du bist wie ein Bruder für mich. Wir zwei standen schon immer unter einem goldenen Stern, eine glorreiche Zukunft reckte sich uns entgegen. Nun bin ich bereit diese Zukunft zu ergreifen, und Brüder teilen schließlich alles, nicht wahr? Wenn ich ehrlich bin, habe ich allerdings keine Lust mit Dir zu teilen, denn Du hast mich im Stich gelassen, allein unter diesen langweiligen, hilflosen Knaben und Mädchen. Du hast die Familienbande gebrochen, die wir mit dem ersten blutigen Kampf geschlossen hatten. Seien wir einmal ehrlich Jack, wir zwei sind die größten und gewaltigsten Gegensätze dieser Welt. Und dennoch hat niemand mehr Gemeinsamkeiten zu Dir als ich, und dies gilt ebenso umgekehrt. Allerdings bist Du von uns beiden der schlechtere. Und für diese hübsche, junge, nette und charmante Frau, die ich kennen gelernt habe, bist Du noch lange nicht reif genug. Dazu musst Du erst erzogen werden, und glaube mir, Du wirst von mir erzogen werden. Trotzdem wirst Du niemals der richtige für Kimsy sein. Du wirst sie nie wieder sprechen dürfen oder berühren. Ich kann ihr alles geben, was sie braucht, und sie wird mich einige Zeit glücklich machen. Danke Dir für dieses Geschenk. Ich würde Dich gerne einmal wieder sehen, lieber Jack. Du mich auch? Bei meinem letzten Szenario ging unser Wiedersehen ja leider in der Menge unter. Es hat nichtsdestotrotz Spaß gemacht. Du bist in der letzten Zeit doch einem netten Job nachgegangen, nicht wahr? Du solltest vielleicht dort weitermachen,

Dein Dich liebender James!
P.S.: Viel Freude beim Anschauen der glücklichen Kimsy.

Jack ließ den Brief zu Boden fallen, er flatterte ein wenig. Der Datenträger glitt mit Leichtigkeit in die automatische Einzugsvorrichtung und Jack ließ sich auf der Couch nieder. Er machte einen kurzen Griff nach der Fernbedienung und startete das Abspielen, das Fürchterlichste ahnend. Direkt bevor er das vertraute Knacken der Lautsprecher hörte, dass aufgrund eines wahrscheinlichen geringfügigen Defektes immer kurz nach dem Einschalten ertönte, schloss er die Augenlider für einen Moment und dachte an Kimsy und Gott.

Ihr Schreien war ohrenbetäubend. Doch es war nicht der vielleicht weniger schlimm gewesene Schmerzensschrei, sondern ein lustvolles Aufstöhnen. Die nackten Leiber rollten eng umschlungen auf dem Bett und rieben sich aneinander. In energischen Stößen gab er ihr die ersehnten Freudensmomente und fügte dem entsetzten Zuschauer mit jeder kleinen Bewegung grenzenlose Schmerzen zu.

Kimsy bäumte sich auf, wehrte sich nicht. James liebte sie, körperlich. Sie vereinten sich. Jack starrte angewidert auf den Bildschirm und verstand nicht. Als letztes sah er den Blick aus den Augenwinkeln, den James LaRousseau in die Kameralinse warf. Jack schaltete ab. Und er starb.

Ein großer Teil seiner Seele verstarb mit einem Herzschlag. Jack Harder, der unbeugsame Schutzwall seiner Freunde gab auf. Sie hatte sich ihm gefügt. Sie liebte einen anderen, seinen Feind. Es war zu Ende. Stundenlang saß er da, einsam und allein, es dämmerte. Schließlich kam ihn der Brief in den Sinn: „sie wird mich einige Zeit glücklich machen."

Einige Zeit. Er benutzte sie nur, sie vertraute ihm. James LaRousseau tat dies alles nur, um seinen alten Feind zu vernichten, ihm weh zu tun und zu gewinnen, und weil es angenehm war.

Jack Harder war auf seine Weise ein ehrenvoller Mann. Er glaubte an die Wahrheit von Versprechen, er hielt seine. Er erinnerte sich an einem Schwur, er wollte ewig zu ihr stehen. Er hatte einen tiefen Eid geleistet, geschworen sie zu beschützen. Er fand erneut innere Stärke, aus einem Versprechen heraus, das er einst gegeben hatte. Einem Versprechen an sie, sie zu behüten, so weit sie seiner bedurfte, und einem heiligen Schwur seinem Schöpfer gegenüber, auf seine Familie aufzupassen und den Bund zu bewahren. Er hatte Verpflichtungen und durfte sich nicht gehen lassen.

Außerdem wollte er einfach nicht darüber nachdenken, was er gerade gesehen hatte. Jeder Gedankenblitz daran hatte die Macht ihn zu vernichten. Er suchte es zu verdrängen, beiseite zu schieben. Jetzt wollte er erst die Situation ändern, darüber würde er später resignieren.

Hard Jacks Knight flog aus ihrer Sicherung und zerfetzte den Fernseher, was eine energiereiche Reaktion zur Folge hatte. Die zweite Metal Killing Bullet bohrte sich durch die geschlossene Klappe des Videotape-Eingabefaches und ihre explosive Kraft wurde entfächert. Kein Beweisstückchen der perversen Heimvorstellung blieb übrig. Jack rüstete sich für diesen ultimativen Endzeitkampf, dem jüngsten Gericht der Überlebenden, dem Blutgericht.

Der Wachhabende an der Empfangshalle staunte nicht schlecht, dass Jack am heutigen Tag erneut zum Polizeirevier kam, der legalen Kampfbasis einer schwer angeschlagenen Truppe im Angesicht der mittlerweile stark ausgerüsteten Kriminellen. Jack bewegte sich zielgerichtet in die Waffenkammer und rüstete sich voll aus, was den Leiter der Waffenkammer angesichts seines Gegenübers nicht überraschte. Jack zog sich die leicht gepanzerte Einsatzweste über, steckte den Helm in eine Sporttasche sowie etliche Patronen und komplette Ersatzmagazine, Handgranaten und weiteres oft gebrauchtes Ausrüstungsmaterial. Harder war nur ungern auf Sachen schlecht vorbereitet. Diesmal würde dieser Kampf grausamer als alles bisherige, diesmal durfte sich ihm nicht nur niemand in den Weg stellen, sondern auch nicht an den Rand seines Weges. Diesmal war es persönlich.

„Zieht ihm die Haut ab und legt ihn in Salz. Und nun langweilt mich nicht weiter."
Er musste noch so viel organisieren, und man wagte es, ihn zu stören. Wie frevelhaft. Dieser verdammte Informant interessierte ihn nicht im Geringsten, Kleinigkeiten durften ihn nicht tangieren. Er hatte einen instinktiven Killer auf seine eigene Spur gesetzt. Er präsentierte sich selbst als eine Beute. Aber er war nicht ausschließlich Beute, er war auch Jäger. Und Spielleiter, sein Spiel.
Er hatte alles geplant. Und jetzt war es an der Zeit. Und dies war der richtige Platz. Eine alte gigantische Fabrikhalle, ein geeigneter Spielplatz für komplette Armeen, ausreichend für zwei unmenschliche Soldaten wie sie es waren, Krieger des Lebens.
Und der störrische Informant wollte um seinen lächerlichen Lohn feilschen. James feilschte nicht. Menschen wie er rechneten nicht in Geldeinheiten, sondern in Blut und Leichen. Seine gut ausgebildeten Söldner schafften das zappelnde Bündel weg, welches den grausamen Tod eigentlich nicht abwarten wollte, aber keine Gelegenheit bekam sich effektiv zu wehren.
„Wir werden, dass heißt Ihr werdet heute einige Gelegenheit bekommen, jagt auf meinen alten Bekannten zu machen. Und Ihr werdet dabei sehr viel verdienen, sofern Ihr mir seinen Kopf bringt. Und das meine ich wörtlich.

Ihr habt schon eine Menge Geld von mir erhalten und wisst, dass Ihr Euch auf mich verlassen könnt, wenn ich mich auf Euch verlassen kann."

„Jack, wo willst Du hin?"
„An den Rand der Hölle. Und dann in großen Sprüngen weiter."
„Es ist ihretwegen, nicht wahr?"
„Chris, ich danke Dir für Deine Hilfe, die Du mir immer anbietest. Aber diesmal muss ich allein kämpfen."
„Aber wir sind ein gutes Team."
„Das ist etwas anderes. Er ist mein Feind. Mein Todfeind. Er, James LaRousseau, und ich sind Freunde aus der Hölle."
„Und was macht er, Dein Freund?"
„Mein Freund lebt, tötet und gedeiht."
„Er erinnert mich an Dich, Hard Jack."
„Gegensätze sind sich oft ähnlich, Chris. Sehr oft. Denn je weiter Dinge auseinander liegen, desto näher sind sie von einem anderen Standpunkt aus gesehen, denkst Du Dir alles in einer Kreisbahn. Entfernst Du Dich von jemanden, wirst Du ihm irgendwann wieder begegnen. Ich muss es tun. Und er hat diesmal die besseren Karten. Er hat Kimsy."
„Vielleicht kann sie sich befreien."
„Befreien wovon? Sie liebt ihn Chris."
„Nein! Nein, Jack."
„Doch. Ich weiß es. Aber sie kennt ihn nicht. Nicht den James LaRousseau den ich kenne, und ich habe Angst davor, dass sie ihn kennenlernt. Auch wenn ich verlieren werde, ich werde…"
„Keine Angst, Jack. In diesem Spiel bist du der Held. Jack wird überleben, Du wirst überleben."
„Und die Bösen werden sterben."
Es war kein heiteres Lachen, das in dem düsteren Raum mit den kargen Metallgittern als Wänden erklang, aber es war ein Fortschritt.

Jack schritt scheinbar gedankenverloren durch die dichten Straßenpfade des roten Bezirks, an dessen Rand er von einem stark angetrunkenen Taxifahrer abgesetzt worden war. Er hatte Glück gehabt. Ein nüchterner Fahrer wäre gewiss nicht so weit in diese verruchte Gegend gefahren.
Dann hätte er mehr laufen müssen. Wenn er es so betrachtete, wäre dies nicht schlimm gewesen, es hätte ihm immerhin ohrenschmerzendes Gedudel erspart, dass der Betrunkene lallend Musik genannt hatte.
Jack hatte diese Gegend in den letzten Tagen ganz gut kennengelernt, und er war ebenfalls bekannt. Zwar als ein Drogendealer, aber dass war egal. Hauptsache er fand erneut die richtigen Kontakte. Und das tat er. Wie eine

Spur der er folgen sollte, bekam er die Informationen.

Sehr offensichtlich war die Tatsache, dass jemand geplant hatte, dass Jack ihn fand. Hare, oder auch der den Menschen hier bekannten Drogendealer, hörte, dass sich ein Mann, der auf die Beschreibung LaRousseaus passte, in einem alten Lagerhaus versteckte. Die letzte Information die er benötigte, bekam er von einer freundlichen Prostituierten, die ihm genau beschrieb, wo er die Lagerhalle vorfinden würde. Während sie ihm den Weg erläuterte, streichelte sie ihm sanft über sein Gesicht und fragte zärtlich nach, warum er so bedrückt aussah. Ihre hübschen, sehr jungen Augen leuchteten im Dunkeln und schillerten in einem lieblichen Licht.

Der ausgelaugte, in den Wurzeln seiner Seele zerstörte Mann benötigte diese Quelle neuer Kraft. Er begleitete sie die kurze Strecke zu ihrer Arbeitswohnung und auf eine kindliche, aber dennoch genau bedachte und oft geübte Art und Weise baute sie ihn auf.

Ein Blick auf die Uhr hatte ihm gesagt, dass es besser war mit dem Einsatz zu warten, sonst wäre er leicht gesehen worden. Es war nun zwei Uhr morgens und stockfinstere Nacht. Nicht einmal der Mond schien, als er das halberwachsene Mädchen neben sich ein letztes Mal liebkoste und sie dann nach der Bezahlung verließ.

Auf der schlecht beleuchteten Straße setzte er sich auf das nächste Motorrad, die genaue Bezeichnung der Maschine kannte er nicht, er schloss die Zündung kurz und war schnell am Kriegsschauplatz angelangt.

Die gigantische Fabrikhalle mit riesigem Lager wirkte extrem düster. Kein Licht, nicht einmal das glühende Ende einer Zigarette war zu erkennen. Die ganze Fabrik war anscheinend schon seit langer Zeit stillgelegt. James musste eine Menge Geld haben und seine Weste war offiziell rein, sonst hätte er nicht eine Waisenstiftung aufmachen können, bei deren Eröffnung sogar der Bürgermeister anwesend war.

James hatte ausgesorgt, aber Jack war sich ganz sicher, dass er das nicht auf legale Weise geschafft hatte. Dazu hatte bestimmt Literweise roter Saft fließen müssen, der Lebensquell, der in einem Abgrund versickert. James hatte garantiert genug Geld, hier ein großartiges Szenario inszenieren zu können. Und er hatte es bestimmt genutzt.

Jack verschaffte sich Zutritt zu der großen Betonfläche um den Gebäudekomplex herum und schritt vorsichtig näher heran. Seine linke Hand griff kurz an den Gürtel den er trug und aktivierte einen hochempfindlichen Sensor, der ihn gut bewachen würde.

Dieser diente zur Registrierung und Alarmmeldung, wenn Jack von einem Infarotsichtgerät oder automatischen Zielhilfen anvisiert wurde. Außerdem ortete er Lebewesen anhand von Wärmewirkung in der Umgebung. Es hatte ihm bereits oft sein Leben gerettet, leider gab es diese unabkömmliche Hilfe noch nicht sehr lange.

Seine rechte Hand tat währenddessen ohne Pause ihren Dienst, die Knight tragend, und auf seinen Wunsch hin auszuschwenken, den Lauf justierend. Er war angespannt wie eine Sehne, allzeit bereit und trotzdem dermaßen locker. Unbeschadet erreichte er die Gebäudefront und suchte nach einem weniger gefährlich wirkenden Eingang.

Er fand geräuschlos Einlass durch ein kleines geöffnetes Toilettenfenster und hatte das ungute Gefühl, dass seine Handlungsweise vorprogrammiert war. Doch egal was für ein Spiel es war, es war James Spiel. Und Jack musste es spielen, für Kimsy, auch wenn die Regeln erforderten, dass er mit dem Teufel tanzte.

Jack trat die Tür auf und hatte das zweifelhafte Vergnügen eine Damentoilette von innen zu sehen. Sogar in diesen Fabriken für Schwerstarbeiter hatte man Toiletten extra für Frauen anlegen müssen, die Gleichberechtigungsgesetze hatten das gefordert. Eine gewisse Zeit lang verlief die Gleichberechtigung dann zu stark in eine Richtung. Es dauerte bis sie sich zu einem wirklich sinnvollen Endstand eingependelt hatte, als weniger die das sagen bekamen, die unter Minderwertigkeitskomplexen litten, an Stelle von denen, die wahre Probleme im Ansatz erkannten und sie logisch und realitätsnah bewältigten.

Jack blickte kurz in den Spiegel und lächelte. Die Aufmerksamkeit seines Auges richtete sich über einen Spiegel auf das Foto, das eine Szene des Filmes zeigte, und an der dreckigen Wand klebte. Ekelerregt wandte er sich ab und lief rasch aufs Waschbecken zu, mehr ein Reflex als eine beabsichtigte Handlung.

Er beugte sich tief, und das Erbrochene lief bestialisch stinkend aus seinem weit geöffneten Mund, ein Brechreiz mündete im nächsten. Schließlich konnte er sich beherrschen und wandte sich neuen Aufgaben zu, der Durchsuchung dieses großen Sarges.

Vorsichtig lief Harder durch die langen Gänge, die Waffe im Anschlag. Er fragte sich, wo die Gegner waren, ob er falsch war? Nein, da war schließlich das Foto von seiner Kim und James. Schließlich erreichte er eine große Empore aus Stahl und blickte über die Brüstung auf ein gewaltiges Wasserbecken. Dies war nachträglich angelegt worden, keine Fabrik besaß eine Schwimmhalle von Natur aus, oder?

Circa zehn Meter über dem großen Wasserbecken, das einem Schwimmbad ähnelte, verlief ein schmaler Steg. An den Längsseiten des Beckens waren zwei Türme vorhanden, die zu dem Steg führten. Auf der Mitte des Steges konnte Jack ein Bündel in der Größe eines kleinen Kindes im Dämmerlicht ausmachen, und er war sich sicher, dass dies sein nächster Anhaltspunkt sein sollte.

Er suchte rasch die Umgebung nach Fallen ab, konnte jedoch nichts entdecken. Ebenso warnte der Sensor ihn nicht. Jack kletterte an einigen Rohren die Galerie hinunter. Zwischendurch musste er auf Schläuche wechseln, da die Rohrleitungen nicht bis zum Boden reichten, aber er meisterte die Situation ohne Probleme.

Harder hatte die Qual der Wahl, und er entschied sich für den rechten Turm, da dieser ihm am nächsten schien.

Er stieg die Sprossen der angebrachten Leiter empor und kam seinem Etappenziel immer näher. Vorsichtig untersuchte er den scheinbar improvisiert angelegten Steg und machte er einen Schritt darauf.

Ein Blick in die Tiefe, und sein Innerstes begann sich gegen jede weitere Bewegung zu wehren. Er hasste Wasser. Kimsy wollte oft mit ihm schwimmen gehen, und jedesmal hatte sie ihn mit Engelszungen bereden müssen, mit ihr in dem Fluss, zu dem sie so gerne fuhr, zu baden.

Wenn sie eng bei ihm geblieben war, verlor er den Großteil seiner Angst, aber wirklich getraut hatte er dem Nass, und sich in Beziehung mit Wasser, nie. Er selbst wußte nicht, woher seine Angst kam. Er konnte sich nicht mehr daran erinnern, wie seine Mutter vor langer Zeit in einen Fluss gefallen war, und sein Vater sie daraus rettete, während der kleine Knabe sich alle Flüssigkeit aus dem Leib heulte, dabei fast mehr Wasser verlierend, als im Fluss strömte.

Jack zwang sich über den geländerlosen Steg weiterzugehen. Die Willenskraft besiegte die höllische Angst, so, als wenn Kimsy vor ihm stehen und ihn immer weiter hinein rufen würde. Er ihr folgend, weil er ihrem Wunsch so gerne nachkommen wollte. Schritt für Schritt. Atemzug um Atemzug.

Jack Harder gelangte an das gebündelten Paket und beugte sich nieder. Bevor er seine Aufmerksamkeit auf den seltsamen Sack richtete, wandte er sich herum und blickte in seine Umgebung. Die seltsame metallene Brücke, welche aus vielen Metallplatten bestand, federte noch nach. Harder traute ihr immer weniger. Seine Hand umfasste den Sack und fühlte nach dem Inhalt. Es fühlte sich weich und sehr kühl an. Irgendwie komisch. Länglich und …

Ruhig und voller Gelassenheit zog er den gehäuteten Arm heraus, der gepökeltem Fleisch ähnelte. Viel Unterschied gab es nicht, der Arm, den Hard Jack vor sich hatte, war auf Salz gelegt worden. Barbarisch. Entsetzlich. Pervers. Nein, eigentlich normal. Wenn man James LaRousseau kannte.

Die Armbanduhr glitzerte leicht dank dem weit entfernten Licht einer vereinzelten Straßenlampe, welches durch die milchigen Scheiben am oberen Teil einer Wand fiel. Der Sensor schrillte leise, Jack fuhr hoch. Es gab laute, dumpfe Schlaggeräusche, als sich die Lichtmaschine langsam nach und nach aktivierte. Jack wollte sich zuerst um seinem Feind kümmern, der ihm durch den Sensor angekündigt wurde, aber plötzlich spürte er das zunehmende Vibrieren des wackeligen Bodens. Er sprang auf und rannte.

Die süße Kimsy. Er hatte mit ihr viele Erinnerungen über den jungen Jack ausgetauscht und dabei einiges erfahren, dass er benutzen konnte. James Gesicht überflog ein Lächeln, als er sich ausmalte, was er mit der Information anfangen konnte, dass Jack Harder Angst vor Wasser hatte, panische Angst ...

Jack rannte um sein Leben. Verzweifelt sah er dabei, trotz des ständigen Auf- und Abwankens wie die Brücke, auf der er sich von vornherein so unsicher gefühlt hatte, langsam, Metallplatte für Metallplatte, vom Rand angefangen immer weiter zu ihm hin, einstürzte.

Jack verfluchte alles was ihm bekannt war und wußte nicht mehr weiter. Er vernahm hinter sich Schüsse näher peitschen. Die auf Metall prasselnden Kugel waren mit Absicht leicht versetzt zu ihm abgefeuert worden um ihn zu quälen und vorwärts zu treiben: in eine ausweglose Situation, ins kalte Nass, um dort den dann sicher hilflosen Jack auszuschalten.

Jack rannte um sein Leben. Der Metallsteg bestand aus dünnen Metallrohren, die an beiden Rändern des Steges entlang reichten, und darauf gelegten metallenen Scheiben, die sich, durch einen nicht erkennbaren Mechanismus, der Reihe nach von außen angefangen, lösten und nach freiem Fall im Wasser versanken. Jack befand sich kurz vor der ständig größer werdenden und sich vor ihm auftuenden Lücke. Er sprang.

Eine letzte Kugel streifte seinen Fuß, und seine linke Hand packte reaktionsschnell zu. Er hatte sich gezwungen genau auf alles zu achten. Sein Unterbewusstsein fügte alle Informationen zusammen, die die Sinne ergatterten, während sein Körper handelte. Er hing an einem Rohr, ein unsicheres Unterfangen. Die Pendelbewegungen wurden immer stärker, durch eine ständige Energiezufuhr in das nicht abgeschottete physikalische System: Resonanzkatastrophe. Die rechte Hand ließ sich von dem kalten Stahl der Waffe lenken, und die Knight suchte sich ihr Ziel.

Hard Jack war wieder neugeboren, zehn Meter über einer dunklen Wasseroberfläche, an einem Rohr hängend, dass bald nachgeben würde, feuerte er seine Lieblingshandfeuerwaffe instinktiv ab, zweimal. Die Metal Killing Bullets fanden ihren, von Hard Jack vorgegebenen, Weg. Sie kreuzten die Flugbahn einer in die andere Richtung fliegenden Patrone lediglich knapp, und Jack schrie lauthals auf, als ihn dieses verhältnismäßig harmlose, schwache Geschoß erreichte.

Während er von zu vielen auf ihn wirkenden Kräften beeinflusst den Halt verlor, und seinen Sturz in die Tiefe antrat, das Rohr sich aus der Verankerung löste und ihm folgte, beendeten seine zwei ohne Ausnahme tödlichen Patronen mit eingebautem Explosivarsenal ihren Wettlauf mit der Zeit, der Lebenszeit eines Menschen.

In einem kaum nachvollziehbaren Distanzvorsprung bohrte sich die erste in ihr unwilliges, gegen diesen stählernen Angreifer wehrloses Opfer und entfesselte ihre Kraft. Als der Söldner seinen letzten Gedanken zu Ende dachte, traf das nächste unbarmherzige Fluggeschoss ein.

Jacks Sensor schrillte während des Fallens seines Trägers aufgrund der hohen freiwerdenden Wärme der nahen Explosion laut auf, bevor Harder in das Nass eintauchte. Er zappelte in der Kälte herum und beeilte sich wieder Luft schnappen zu können. Panik machte sich in ihm breit, da er die Oberfläche nicht erkennen konnte.

Seine Beine gaben alles, pumpten den Körper durch die lebensnehmende Flüssigkeit nach oben. Sein linker Arm half dabei, der rechte behütete die Knight, würde sie fallen, wäre er wehrlos. Und wehrlose Menschen hatten keine Möglichkeit sich am Leben zu klammern. Es war ihm, als hätte er einen Lichtschimmer gesehen, und seine getrübten Sinne sagten ihm, dass seine Lungen platzen würden.

Er reckte den linken Arm und fühlte Luft, Freiheit. Sein linke Hand war bereits über dem Wasserspiegel. Er wollte springen, aber da war nichts an dem er sich abstoßen konnte. Da traf ihn ein Schlag. Das Rohr war direkt über ihm gewesen. Schwer angeschlagen trudelte Hard Jack herum, er verlor den Überblick, die Orientierung. Er schwamm nach oben, die Knight im Griff. Es veränderte sich nichts.

War es die richtige Richtung? War es oben? Er drehte sich. Versuchte alles. Wo war er? Wohin musste er? Der Sensor war bereits verloren, dass eindringende Wasser hatte die sinnvolle Anordnung seiner Schaltkreise aufgehoben. Vielleicht funktionierte er wieder, wenn er Gelegenheit bekam zu trocknen. Eine ebensolche Möglichkeit benötigte der Benutzer dieses Sensors.

Jacks Muskeln ließen nach, sein Mund öffnete sich, ein Reflex nach Luft zu schnappen. Aber da gab es keine erquickende Luft, nur die quälende klare Brühe, die auf manche Menschen erfrischend wirkte. Nicht auf Jack. In einem gewaltigen Akt brach er aus dem kühlen Tod und erreichte wieder das Leben, er verließ den langen Tunnel mit dem freundlichen Licht am Ende. Er hatte keine Zeit für den Himmel. Er musste noch einen Reisenden für eine kurze Zeit in der Hölle finden, für eine Ewigkeit. Und eine Frau für die Endlichkeit. Für das Leben.

Jack schwamm an den Beckenrand und zwang sich den Puls wieder langsam schlagen zu lassen. Er zog sich in die Trockenheit und verharrte einen Moment. Jack musste sich sammeln und die nie überwundenen Ängste wieder in ihre Kammer am Ende der Seele verdammen.

„Hallo Jack."

Es war die gelassene, charmante Stimme eines menschlichen Teufels.

„Wie ich sehe, hast Du Dich bereits frisch gemacht. Wie geht es Dir, mon bon ami?"

„Fick Dich."

Jack wollte sich aufrichten und den einzigen Menschen vernichten, den er im Augenblick wirklich hasste.

„Leg Deine Knight weg, Jack. Du hast doch eine altmodische Knight als Waffe, oder? Wirf sie beiseite. Wir werden gegeneinander kämpfen, aber ich bestimme die Wahl der Waffen."

Es war gegen Jacks Prinzipien. Feinde wurden ausgerottet, Fragen später gestellt. Zum Schutz der Familie. Keine Schuldigen durften weiterleben, sie würden sich rächen, ihn vernichten oder schlimmer, Menschen, die er liebte. Diesmal war es leider, und dafür verfluchte er sogar den Schöpfer an den er nicht glaubte, anders.

„Du erinnerst Dich noch an Kimsy?"

Jack schleuderte die Knight beiseite. Er stand auf, tropfend und blickte auf seinen alten, neuen, ständigen Feind. Es war lange her.

Die zwei Jungen blickten sich ein letztes Mal in die Augen. Der junge Jack zeigte keine Regung, nicht weiter verwunderlich, hatte er schließlich niemals wieder seit dem Tod seines Vater das Gesicht verzogen, weder vor Trauer oder Freude, noch vor Schmerz. James Pupillen waren schwärzer als die Nacht ohne Mond und symbolisierten den Hass der die beiden kettete. Zwischen ihnen befand sich ein stählernes Band, härter als jedes physikalische Material, ein Band der Feindschaft, das sie zusammenhalten würde, und welches über sie herrschte. Es war in ihren Genen, aber das wussten sie nicht.

James LaRousseau trug einen langen Mantel, farblos wie seine Seele, das Licht aufsaugend. Er hatte normal langes Haar, sehr kontraststark zu dem fast kahl rasierten Cop mit der Millimeterfrisur, dessen schwarzes T-Shirt feucht an der robusten Brustmuskulatur klebte. Es war ein eindeutiges Bild.

Der gute Mann mit dem weichen Gesicht und dem netten Aussehen, und der böse mit den kantigen Charakterzügen, wirkend, wie ein Schläger aus dem tiefsten Straßen der Slums. Und dank der Brühe ebenso stinkend. James LaRousseau hielt ein glitzerndes langes Samurai-Schwert in seinen Händen, ein handgeschliffenes Katana, und schwenkte es leicht.

„Wir sind Blutsbrüder, Jack. Dein Blut ist mein Blut. Zwischen uns wirkt eine Kraft, stärker als alles messbare. Wir sind vereint."

„Fick Dich."

Hard Jack antwortete stets gelassen und mit dem monotonen Unterton einer Maschine, einem Sprache generierenden Computerchip.

„Nimm das Schwert."

Jacks Pupillen richteten sich auf den kargen Fliesenboden, auf dem sich an seiner Stelle eine Pfütze gebildet hatte, die sich deutlich im Licht der großen Industriescheinwerfer ausmachen ließ. Er erblickte einen langen Bihänder, ein machtvolles Zweihandschwert.

„Ich dachte mir, das entspräche Deinem Stil. Eine grobe Waffe, die viel Können im Umgang mit ihr erfordert. Jemand der sie beherrscht, bis in das letzte Detail, kann damit feinfühlig töten, ganz Deine Art."

Jack beugte sich nieder und ergriff den Knauf, während er seine Aufmerksamkeit immer auf LaRousseau richtete. Das Schwert steckte in keiner Scheide, es war frei und wild.

„Diese Waffe ist wie Deine Knight. Ich suchte sie für Dich aus. Liefere mir einen guten Kampf. Möchtest Du noch etwas sagen, Jack?"

Die zwei blickten sich starr entgegen, James lächelnd und Jack wie ein Toter. Tote sind nahe bei Gott.

„Scheiß Franzose."

Beide grinsten sich an, wie Seelenverwandte, die spürten, was der andere fühlte und dachte, und die auf eine besondere Weise einen Witz gemacht hatten, den kein Außenstehender verstehen konnte. Sogar Jacks Unterlippen hatten sich bewegt. Gott liebt alle Menschen.

James erhob sein Katana zum Gruß, und Jack fiel sein bester Freund ein. Er hatte ihn in Sicherheit verwahrt, Chris befand sich in seinem Spind mit Handschellen gezähmt und mit Betäubungspfeilen fürs erste in sanfte Träume geschickt.

Jacks Schwert kreiste. Er drehte es geschickt mit seinen Handgelenken. Sein Vater hatte recht gehabt. Es war angeboren: Waffen waren für ihn nur erweiterte Organe seines Körpers. Er beherrschte das Schwert, und James wunderte sich erneut, wie außergewöhnlich sein Feind war, so außergewöhnlich wie er selber.

Stahl fuhr auf Stahl, Metall rieb sich an Metall und Funken machten ihren Tanz mit der Luft. Niemand, der nicht schon einmal in den Tod in Gestalt eine geschärften Klinge, mikroskopisch zugespitzt, geblickt hatte, kann sich diese Szene vorstellen. Tödliche Millimeter. Schlag auf Schlag.

Hiebe abwehrend schwebten die Kämpfer, die sich den Tod anvertrauten, nahezu über den glatten Boden, und Hard Jack spürte den Duft des Risikos, den leichten Luftzug des mörderischen Kicks.

Ein Streich des Katanas streifte ihn und verletzte ihn am Arm. Als er den stechenden Schmerz vernahm, ihn jedoch wie gewohnt lediglich als Mitteilung seiner Nerven ansah, dass sich ein Körperteil nicht in normalem Zustand befand und insofern einfach ignorierte, bemerkte Jack erst, dass sich an seinem linken Unterschenkel eine leichte Schusswunde befand.

Die Kugel, die vorhin an den Metal Killing Bullets vorbei geflogen war, war die Ursache. Vermutlich nur ein Streifschuss, Jack wurde dadurch nicht behindert. Das ehrenwerte Ritterschwert mähte sich der traditionellen Samuraiwaffe entgegen. Jack gelang es den geübten James mit übermenschlicher Kraft zurückzudrängen. Normalerweise würde das Katana immer gewinnen. Aufgrund der Wucht dauerte es nach einem Schlag mit dem Bihänder zu lange, es wieder auszurichten. Ein Todesstoß mit dem Katana war in so einem Moment ein Leichtes. Aber solange Jack traf und James damit schwer machte eine Gegenattacke zu starten, war Kimsys Ehemann noch nicht dem Tod geweiht.

Das Schwirren des, die Luft durchbohrenden, Stahls nahm zu und die klingenden Geräusche wirkten wie Peitschenhiebe, sie trieben die Krieger an. Harders Bihänder raste mit einer ungebremsten Wucht herab, die nicht aufhaltbar war. James war ein schlechter Schwertkämpfer. Der gnadenlose Neu-Berliner Cop mit lebenslangem Vertrag schlug LaRousseau die Waffe aus den Händen und holte in einem Schwung weit über die Schulter aus um es zu Ende zu bringen.

„Stop!"

Er hielt inne. Sein Feind rief ihn zur Räson.

„Fick Dich."

Er wollte weitermachen.

„Kimsy!"

Hard Jack gehorchte. Sein Schwert fiel.

„Du willst nicht, dass sie verletzt wird? Komm meinen Befehlen zügiger nach. Sie wäre mit Dir niemals wahrlich glücklich geworden. Ich werde sie befriedigen, ein wenig."

Der Verlierer des Kampfes lächelte süffisant.

„Natürlich nur bis sie aufhört mich zu befriedigen. Aber das wird sich einige Jahre hinziehen. Wenn Du mich jetzt tötest, wird sie sterben. Sie hätte nur Sekunden länger als ich zu leben. Denk nicht einmal an schlechte Ideen. Sie befindet sich nicht hier, nicht einmal mehr in Berlin. C'est la vie, mon frère. Sie weiß nicht einmal, was wir tun. Ich wollte ihr zartes Gemüt nicht damit belasten, dass ich ihren unfähigen ehemaligen Freund aus ihrem Leben scheiden lassen werde. Es ist das beste für sie. Sie wird nie erfahren, wie unehrenhaft Du gestorben bist, so wie Du elendig gelebt hast. Du hast nie in diese Welt gehört, Jack. Ich befehle Dir, Dich jetzt töten zu lassen. Natürlich hast Du die Wahl, aber wenn Du Dich wehrst, wird sie qualvoll verenden. Willst Du ein einziges Mal etwas Heldenhaftes im Leben tun, so stirb für sie. Das ist das Einzige was Du tun kannst, außer ein noch elenderes Leben ohne sie, auch wenn Du dann die Gewissheit hättest, das ich nicht mehr da wäre. Die Frage ist, ob Du nur an Dich selber denkst. Wenn Du dies tust, wirst Du sie lieber tot sehen, als an meiner Seite und Dich allein. War es aber wahre Liebe, dann handelst Du nach den Gesichtspunkten, was für sie das beste ist, und das ist ohne Einschränkung Leben, glückliches Leben, wenn auch an meiner Seite. Vergiss nicht, sie liebt mich und wäre bei mir glücklich. Wie entscheidest Du Dich?"

Jack Harder starrte diesen bösen Erzengel an, sich fragend, wie ein Mensch nur dermaßen bestialisch agieren konnte.

„Ich liebe sie."

Er erinnerte sich an ein Prinzip, welches über allem stand. Ein Axiom, dass ihn stets verborgen gelenkt hatte. Etwas Unerklärliches, Unfassbares, Irreales, aber Vorhandenes. Für ihn war es die Erkenntnis. Er würde sich hingeben.

„Leg Dich auf den Rücken, Jack. Tré bon. Streck Deine Arme aus und lass sie auf den Fliesen, selbst wenn es ein wenig kühl ist. Du solltest wirklich etwas über Dein T-Shirt anziehen. Zum Glück hast Du diese Probleme bald nicht mehr. Kommt her, Jungs."

Jack bemerkte überrascht, dass sich den Beiden in dieser absurden Situation vier Personen näherten. Sie besaßen jeder ein Jefferson Back Rifle, ein absolut endgültiges Werkzeug für Mörder, berühmt für den sagenhaften Rückschlag. Sie nahmen eine X-Formation an und standen um Harder herum, die Waffe angelegt und bereit.

„Jack, Du warst ein guter, sehr guter Spielgefährte. Jedes Spiel ist einmal zu Ende. Und ich bin der geborene Gewinner. Du musst Dich im Leben nicht ewig bedauern und alles rückhaltlos annehmen, man muss das Leben nach eigenem Willen gestalten. Ich habe niemals etwas getan, dass dem widersprach, was ich wollte. Jeden meiner Wünsche habe ich erfüllt. Vor allem mit dem heutigen Tag, der Nacht der Nächte. Ich möchte nicht wissen, welche unvorstellbare Energiemenge mit Deinem plötzlichen Nichtexistieren frei wird und in die Unendlichkeit geht. Natürlich nur unter der Bedingung, dass man so dumm ist an Esoterik zu glauben. Oder so schlau andere das Glauben zu machen. Das bringt mich auf gute neue Geschäftsidee. Ich lebe unter einem glücklichen Stern. Möge er auch Dir leuchten, bei Deinem langen Weg zurück zum Ursprung. Wie traurig muss ein Mensch wie Du sein, der keine Religion für sich gewählt hat. Warum glaubst Du nicht?"

Jack antwortete nicht. James übernahm dies mit leicht verstellter besonders dumpfer Stimme für ihn, und führte nun ein Zwiegespräch, Jack imitierend: „Ich glaube an den Kreislauf der Dinge. Energie wird umgewandelt, es war immer und wird immer sein. Alles schafft sich selbst, denn bei Zerstörung wird Energie frei die Neues schafft. Keine Religion ist nötig dies zu erklären. Wir sind auf ewig ein Teil von allem. Nur die Energie formiert sich neu. Es wird eine Zeit geben, an der es beweisbar ist."

James lachte. Dann meinte er mit seiner normalen melodischen Stimme: „Daran glaubt Du, Jack?"

Und er antwortete auch darauf selbst: „Nicht glauben. Wissen. Mit der Klarheit eines lachenden Kindes, das weiß was Freude ist. Es wird eine Zeit geben in der keine Religion von Nöten sein wird, eine Zeit der Freiheit. Kein Flucht in den Sinn, sondern der Sinn selbst wird zum Weg werden. Keine gradliniger Straße, sondern ein Weg mit vielen Abzweigungen, die alle zum Ziel führen. Man muss sich nicht festlegen, aber die Richtung wahren."

James lachte, er hatte bewiesen, wie viel er bereits dank Kimsy über seinen Feind wusste. Er schloss seinen Dialog somit ab: „Du hast zu viele Bücher der von Schattenbergs über Religion gelesen. Viel Glück, Jack. Und ich hoffe für Dich, dass der alte Kinderglaube der Menschen gilt, so abstrakt und so lächerlich zurückgeblieben er ist. Im Stunde des Todes ist dies der beste Glaube. Au revoir, Jack, mon ami. Ihr findet Euer Geld an der vereinbarten Stelle und jetzt macht Euren Job."

Jack hörte die Schritte eines fröhlichen und nachdenklichen Mannes, der sich entfernte. Sekunden wirkten wie Stunden. Die Finger der Männer zogen sich mehr und mehr zusammen, und die vier Fingerkuppen pressten sich an die vier Abzugshähne.

James LaRousseau näherte sich dem Helikopter, dessen Rotoren sich bereits kraftvoll drehten, der Pilot bereitete die Maschine für den Start vor.

Laut und deutlich waren die vier Geschossaustritte zu hören, die Echos in den Fabrikhallen überlagerten sich zigfach. Ein dünnes Lächeln zeichnete sich auf James Gesicht ab und eine kleine Träne lief über seine Wange. Schade, dass das interessante Spiel vorbei war. Er hätte es nicht mit ansehen können, wie Jack Körper systematisch durch die großkalibrigen Einschüsse vernichtet wurde. Dazu verband ihn zu viel mit dem anormalen Mann. Ein kleines Gedankenfünkchen in seinem Kopf wusste, dass er nicht dafür bestimmt war, bei Jack Harders Tod anwesend zu sein.

Der Helikopter hob sich in die Lüfte, und während er von einem Windstoß nach dem anderen geschüttelt wurde, dachte James daran, dass er seine Söldner bezahlen musste. Ein Griff in seinen Mantel, an der darunter angebrachten nachträglich leicht gekürzten Pumpgun vorbei, und ein Druck des Zeigefingers auf einen Sensorknopf einer hochentwickelten Fernsteuerung löste dies zufriedenstellend.

Das Innere des Fabrikgebäude wurde fast nach außen gekehrt, lediglich die Wänden hielten es unsanft auf. Obwohl sie ein wenig nachgaben, hielten sie im Großen und Ganzen. Hätte James sich bemüht nachzuschauen, hätte er die Rauchschwaden erkennen können, und die Flammen die überall loderten.

Mit trainierten, weitsichtigen Augen hätte er unter Umständen sogar Jack gesehen, der in sicherer Entfernung zu den brennenden Hallen aufrecht dastand, in der rechten Hand die Knight, sie ausrichtend, und in der linken Hand einen seiner Peiniger am Haarschopf gepackt, der bewusstlos den Boden säumte.

Harder hatte ihn hinter sich her geschleift. Einen Gedankenblitz vor der Vernichtung des Hubschrauber durch die zuverlässigen Metal Killing Bullets fiel ihm die Frau ein, für die er leiden wollte und gelitten hatte. Er schoss nicht. Die Knight senkte sich, und er schloss die Augen. Jack brauchte dringend eine Pause.

„Wie sind Sie aus dem Brand entkommen? Antworten Sie!", befragte ein Cop den Söldner.

„Schon wieder? Ich hab es dreimal gesagt."

„Dann erzählst Du es ein viertes Mal."

„Dieses verfluchte Schwein. Niemand hätte entkommen können. Er war schon tot, obwohl er noch atmete. Er hatte doch keine Chance, wir mussten nur noch abdrücken …"

„Und dann?"

„Dann, dann", der Söldner presste es in einem Anfall von Hass aus sich heraus, „dann reagierte er blitzschnell, ich habe so etwas nie zuvor gesehen, keiner ahnte das. Wir waren nicht einmal mehr den Bruchteil eines Momentes davon entfernt, die Abzüge ganz durchgezogen zu haben, da tat er es. Er riss beide Arme und Beine hoch, gleichzeitig, wir bekamen es nicht einmal richtig mit. Die Schüsse lösten sich, die anderen drei waren sofort tot. Mein Schuss ging in Bachmanns Brust, sein gesamter Brustkorb, die Rippen flogen durch die Gegend. Ihr könnt froh sein, dass das Feuer alles vernichtet, sonst hättet ihr lange suchen können, bis ihr die anderen wieder zusammen gehabt hättet. Ich hatte Schwein, verdammtes. Sein linker Arm war irgendwie verletzt, ich glaube eine Schnittwunde aus dem Schwertkampf. Er kriegte ihn nicht rechtzeitig hoch genug. Mir wurde nur das Bein am Rand verletzt, trotzdem waren die Schmerzen dieses scheiß Geschosses stark genug, dass ich gleich in meine süßen Träume fiel. Die Back Rifles sind zu empfehlen, besonders die, die wir benutzt haben, die Jefferson Back Rifle, ich spreche aus Erfahrung. Dieser Cop ist ein Monster, verdammt. Gelobt sei Gott, dass ich noch lebe …"

„Jetzt erzähle mal mehr über Deinen Auftraggeber."

„Jetzt bin ich müde."

„Erzähl!"

„Ich bin verletzt. Ich brauche einen Arzt."

„Du hattest einen Arzt. Außerdem hast Du schon zu viel Schmerzmittel drin. Wohin ist Dein Auftraggeber?"

„Ich habe aber immer Schmerzanfälle. Bringt mir den Arzt!"

„Nein, erst erzählst Du!"

Zuerst kam ein Schwall schnell ausgestoßener Worte, die Jack weder verstand, noch verstehen wollte, danach erst redete Chris in einer Sprache weiter, die Harder etwas sagte.

„Warum hast Du mich eingesperrt?"

„Du hättest Dich eingemischt."

„Ich hätte Dir geholfen."

„Ich lebe noch."

„Es hätte besser ausgehen können."

„Und wie? Ich habe überlebt, Kimsy lebt."

„Ja, und dieses französische Arschloch lebt."

„Wäre er jetzt tot, würde auch Kimsy bald sterben."

„Verdammt Jack, und was tun wir jetzt?"

„Die Sterne stehen nicht mehr schlecht. Er ist in der Überzeugung abgereist, dass ich aus dieser Welt schied und wird sich nun bei Kimsy befinden. Ich muss erfahren, wohin er geflogen ist."

„Die Radarüberwachung hat keine Auskünfte. Entweder war der Himmel heute zu voll, oder dieser LaRousseau hat ne Menge dafür ausgegeben sein Verkehrsmittel ortungssicher zu machen."

„Wahrscheinlich letzteres. Also ist die einzige Möglichkeit dieser Gefangene."

„Ein Gefangener, den Du gemacht hast, Jack. Für Kimsy würdest Du wirklich alles tun nicht?"

Es war befreiend, lachen zu können.

„Meinst Du, dass er den Zielort des Helikopters kennt?"

„James hat die Kerle nicht umbringen wollen, weil er sie nicht auszahlen wollte. Er hat genug Geld. Er schaffte Zeugen aus dem Weg, die eine Zurückverfolgung möglich machen würden. Keine Spuren. Eine Devise, ein Prinzip, an das ich mich bei meinen Undercoverjobs auch halte. Um mich zu schützen. Er will sich schützen. Er hat vorgebeugt, dass einer von denen auspacken würde. Offiziell ist er der gute Junge. Einer von denen, die mit Bürgermeistern dinieren. Nicht einer von uns, Chris. Und der Kerl dort weiß, wo ich ihn finde. Wir kriegen es heraus."

„Warte noch, Kuhn befragt ihn."

„Er macht es nicht effektiv genug."

Jack wollte sich in Richtung des Verhörraumes in Bewegung setzen, als ihm sich eine Frau im mittleren Alter näherte und ihm am Arm festhielt.

„Herr Harder, ich dulde keine weiteren Alleingänge mehr."

Jack blickte der dunkelhaarigen Staatsanwältin in die meergrünen Augen, die ihn nicht erweichten.

„Oh, Frau Staatsanwältin. Hätte ich nicht einen vollen Terminkalender würde ich mit Ihnen zu Abendessen, oder besser, mit einem Blick auf die Uhr, einen Nachtschmaus unternehmen. Leider, leider. Alle Zeitplätze belegt. Verschieben wir es auf ein andermal. Zu traurig, dass ich diese wunderschönen Augen enttäuschen musste."

Einige herumstehende Kollegen grinsten. Die Staatsanwältin fauchte im Stillen, und Jack glitzerte sie feindselig an.

„Ich lasse mir das nicht bieten. Und Sie denken daran, dass Sie im Team arbeiten. Außerdem habe ich gehört, Sie verdächtigen den ehrenwerten Herrn LaRousseau abscheulicher Taten?"

„Ich verdächtige ihn nicht nur. Ich werde ihn dafür in seine Einzelteile zerhacken und im Meer verteilen, die Fische werden ihren Spaß haben, und ich drauf spucken. Kurz vor seinem Tod wird er sich wünschen, Selbstmord begehen zu dürfen. Er hat nicht nur ein Verbrechen begangen, er hat sich mit meiner Familie angelegt. Das ist persönlich. Wenn Sie wollen, bringe ich das Teil von ihm, auf das Sie so scharf sind, für Sie mit."

Der letzte Satz war der ausschlaggebende Auslöser für die schallende Ohrfeige, die er sich einfing.

„Das war es wert. Ich gehe jetzt, ich habe ein bestialisches Rendezvous, mit einem kleinen Lebensstrangdurchtrenner, der beten wird reden zu dürfen: über seine Mutter, seinen Vater, sein Leben und alles was ich wissen will."

Jack hielt sich nicht weiter auf, er machte auf dem Absatz kehrt und betrat den Verhörraum, eine sprachlose Vertreterin der Anklage mit den Gedanken zurücklassend, dass dieser Mann niemals ein Zeuge der Gegenseite sein durfte.

Dass Jack Harder außergewöhnlich war, hatte sie spätesten daran gelernt, dass sie niemals Verbrecher vor Gericht bringen konnte, mit denen er sich beschäftigt hatte, anders als bei seinen Kollegen. Dabei musste man beachten, dass er die besonderen Aufträge zugeordnet bekam. Die, welche seine Handlungsweise erforderten, die Handlungsweise für die man ihn einst rekrutiert hatte. Trotzdem sah die Staatsanwältin, die wieder normale Zustände etablieren wollte, nicht gern.

Zum zweiten Mal in der heutigen Nacht schleifte er den Gefangenen hinter sich her, abgesehen davon, dass dieser diesmal nicht bewusstlos war, sondern fleißig zappelte. Jack warf ihn mit Wucht aus dem Eingang der Polizeidirektion. Bevor der abgewrackte Kerl sich ganz aufrichten konnte, prügelte er erneut auf ihn ein. Dies geschah unter den Augen der netten Frau im Staatsdienst, die ihn mit Worten, die er nicht wahrnahm, hindern und zur Räson rufen wollte. Dann quetschte er den Gefangenen durch das geöffnete Fenster eines gerade angelangten Polizeistreifenwagens.

Jack sprang über die Motorhaube auf die Fahrerseite und löste den Polizisten ab, der allein Streife gefahren war. Als der Gefangene, nicht ganz wissend, was ihm geschehen sollte, sich richtig gedreht hatte und aussteigen wollte, wurde er von Harder mit der Handfeuerwaffe eines anderen belehrt. Harder startete den Wagen in neuer Rekordzeit und fuhr allen davon. Der Frau mit den anziehenden Augen gelang es nicht mehr, ihm durch das Fenster zuzurufen, er sollte stoppen. Er wäre dem sowieso nicht nachgekommen.

„Schnall Dich an!"

Harder schaffte es mit den Knien lenkend, sich mit links selber anzuschnallen und weiterhin den Gefangenen im Schach zu halten, der seinem Befehl nicht zu gehorchen schien. Harder hatte den Wagen auf die große Hauptstraße vor der Wache gebracht, es war gerade wenig Verkehrsdichte und somit bestand die Möglichkeit die Geschwindigkeit in gewissen Grenzen auszufahren.

Seine linke Hand klammerte sich am Lenkrad fest und riss es herum. Die Reifen quietschten und der Wagen bretterte einige Mittelleitplanken nieder, als der Polizeiwagen auf die dreispurige Gegenfahrbahn zu raste. Der Söldner mischte einen panikvollen Aufschrei mit dem Versuch sich anzugurten.

„Wohin ist LaRousseau geflogen?"

Die Scheinwerfer der schnell nahekommenden Fahrzeuge blitzten so laut auf, wie Hammerschläge gegen das Gehirn.

„Mehr will ich nicht wissen. Und weniger erst recht nicht."

Der Fahrer eines entgegenkommenden Fahrzeuges schien es nicht für nötig zu befinden, auszuweichen, wie die Fahrzeuge zuvor. Er hatte schließlich nichts falsch gemacht, sondern dieser Geisterfahrer, und wenn es dreimal ein Bulle war, hier hatte der Kerl nicht zu fahren. Der Abstand verringerte sich auf bedrohliche Meter.

„Ich kann es nicht sagen. Scheiße, pass auf."

Erst an der Schwelle einer Katastrophe, machte die Knight einen neunzig Grad großen Schwenk und die Metall Killing Bullet zertrümmerte auf ihrem Flug die Windschutzscheibe. Wie jede diese Spezialpatronen aktivierte sich ihr Explosionsmechanismus erst nach einem kurzen Sicherheitsabstand, und dies war deutlich hinter der Windschutzscheibe.

Was auch immer sie nun treffen würde, der Aufprall würde ihre verborgene Kraft entfesseln. Es handelte sich um den rechten Vorderreifens des Wagens, dessen Fahrer Harder in die Quere gekommen war. Das angeschossene Fahrzeug brach zum Fahrbahnrand aus und raste gegen eine Lärmschutzwand.

Der Gefangene hatte verstanden, wie wahnsinnig sein Wächter war, und die Worte sprudelten aus ihm heraus. Dabei war nur ein Wort, dass Jack etwas bedeutete, Kiel. Und daraus folgte, dass Harder wieder zielorientiert handeln konnte, auf der Spur derjenigen, die er liebte.

Fest umschlungen tanzte Kimsy mit ihrem neuen Geliebten unter dem Sternenhimmel, romantisch vereint, mit den Gedanken abseits der Vergangenheit.

„Jack, was hast Du herausbekommen."

„Nichts, Chris, er hat nichts gesagt."

„Jack, der Kerl ist zusammengebrochen und hat geheult vor Angst. Wenn Du nicht von ganz oben Deckung bekommen würdest, weil man Dich im Krieg dort draußen braucht, hätte die Staatsanwältin Deinen Arsch heute Abend lächelnd im Untersuchungsgefängnis angeschaut. Und Du willst mir sagen, er hat trotz der offensichtlich gelittenen Höllenqualen nicht geredet."

„Genau. Ich hatte einen langen Tag hinter mir. Und wenn ich an Kimsy denke, und dass sie fort von mir ist, ist mir ebenfalls zum Weinen zumute. Scheiße Chris, ich liebe sie."

„Ich weiß, Jack."

„Bitte kümmere Dich um alles. Sobald Du etwas Neues erfährst, ruf mich an, bitte. Ich werd mich Zuhause ausruhen und über alles nachdenken."

„Okay, für Dich tu ich alles. Obwohl ich Feierabend habe. Aber ich kann ja im Bereitschaftsraum schlafen."

„Danke."

„Aber ich helfe Dir nur, wenn Du mir versprichst, nicht einfach irgendwo Dein Leben zu verlieren, ohne dass ich Bescheid weiß."

„Versprochen. Ich werde Dich anrufen, wenn meine Zeit zum Sterben kommt, Chris, versprochen."

„Hallo, Hubert."
„Oh Gott, der Schrecken aller Flieger."
„Du sollst keine Gotteslästerung betreiben, Hubert. Außerdem, hat es sich etwa schon herumgesprochen?"
„Ja, Jack, dass kann man wohl behaupten. Der Pilot hasst Dich, Du hast seine geliebte Maschine zerstört."
„Geliebt? Es gibt wertvollere Dinge, die geliebt werden. Er hätte auf mich hören sollen. Hubert, ich möchte Dich um etwas bitten."
„Jack, Jack. Aber kein Problem, Du hast mir oft genug das Leben gerettet, ich helfe Dir gern. Schieß los."
„Nein, Hubert. Ich möchte nicht, dass Du es deshalb tust. Nicht weil Du mir etwas schuldig bist. Das bist Du nämlich nicht. Hör mir erst zu, dann entscheide Dich. Ich brauche schnellstens einen Flug nach Kiel."
„Kiel? Wann?"
„Sofort."
„Steig ein."
„Danke."

Er betrat dieses marmorne Gebäude, dass innen tatsächlich noch edler ausgestattet war, als man es von außen wahrnahm. Jack war mit einem Taxi vom Polizeilandeplatz hierher gelangt, die Sonne war erst kürzlich aufgestiegen. Im Gebäude bemerkte man nichts vom Morgengrauen. Jack trat in seinem Standardkampfanzug, eine enge Jeans, ein dunkles T-Shirt und einem Umhängebeutel mit allen wichtigen Utensilien, zu dem mondän gekleideten Diener hinter der exquisiten Theke. Jack Harder wurde abschätzend gemustert.
„Hier bekommen nur Clubmitglieder Einlaß."
Jack lächelte. Er zog seine rechte Hand aus der Hosentasche und reichte seinem Gegenüber einen zerknüllten Geldschein aus den Beständen der Undercover Anti-Drogen Einheit.
„Entschuldigung, dass ich Sie nicht gleich erkannt habe. Dort entlang geht es zu den Kabinen, in denen Sie Ihre Habe ablegen können."
Jack nickte dieser plötzlich sehr hilfsbereiten Person zum Abschied zu und schlenderte den Gang entlang. Er betrat eine der Umkleiden, die wie das ganze Gebäude aus marmornen Fliesen und exklusiven Holz bestand. Harders Augen schwenkten einmal umher, danach setzte sich sein Weg fort. Er war immer noch bekleidet. Auf Spielereien hatte er einfach keine Lust.

In der Halle, die er betrat, befand sich ein geräumiges Schwimmbad in dem zwei angeblich sportliche Herren ihre Bahnen zogen und sich eine Blondine planschend vergnügte. Um den Rand des Becken hatten sich verstreut Paare gesellt. Auch denen schien es gut zu gehen. Alle Anwesenden verbrachten hier nackt ihre Freizeit, und Jack spürte, dass er hier ein Außenseiter war. Ein Störfaktor, aber etwas anderes hatte er nicht erwartet. Jack nahm vor dem Wasserbecken Aufstellung und blickte in die Runde, viele Augenpaare auf sich schauend spürend. Der Beutel, den er trug, baumelte von seiner Schulter herab.

„Kennt hier jemand James LaRousseau?"

Wie Jack es erwartet hatte, bekam er hier keine freundliche Antwort, ganz im Gegenteil. Drei menschliche Kleiderschränke aus Fleisch und im Innern Blut, wie sich noch herausstellen sollte, setzen sich aus ihrem Versteck im Schatten der Hallenecken in Bewegung.

„Ich habe eine Frage gestellt."

Hard Jack bemerkte, wie einer der tierähnlichen Wächter einen Griff in sein Jackett vornehmen wollte. Sein Instinkt stufte die sich darbietende Situation sofort als gefährlich ein, woraufhin Jack sich selbst in Alarmmodus versetzte.

Die Hand zuckte in die längst geöffnete Umhängetasche und befreite die Knight. Jack ließ sie sich austoben und durchlöcherte die drei störenden Muskelberge mit dem Automatikabteil seiner Lieblingswaffe, nachdem er, wenn auch bei einem nur aus den Augenwinkeln, bemerkt hatte, dass sie ihre Pistolen auf ihn richteten.

Die erste Gefahr war gebannt, vor Schrecken jammernde Frauen und Männer machten einen hohen Geräuschpegel, der sich nach einem Abfeuern einer Metal Killing Bullet in eine entfernte Wand und der anschließenden kleinen Explosion langsam legte, und in leises Gewimmer überging.

„Ich möchte lediglich mit jemanden sprechen, der James LaRousseau näher kennt."

„Hau ab, Du Großschnauze. Hier wird niemand mit Dir sprechen."

Das war einer von denen, die sich aufgrund ihres Status stets sicher fühlten. Er wußte, dass unwichtige Personen oft getötet wurden. So wie die Sicherheitsleute dieses Ortes der Leibeslust für hochrangige Politiker und kriminelle Anführer, von dem Jack erfahren hatte, da sein ehemaliger Gefangener hier von LaRousseau angeheuert worden war.

Unwichtige waren ersetzbar. Aber Menschen die an den Hebeln der Macht saßen geschah nichts. Der Mann war sich da so sicher. Aber Jack kannte den Status dieses Mannes nicht, und er legte auch keinen erhöhten Wert darauf.

Sein Arm streckte sich, während sein Finger sich zusammenzog. Dem arroganten großen Boss von irgendwas fuhr eine Patrone aus dem normalen

Magazin der Knight in eine Kniescheibe, und der Mann, der sich im Wasser aufhielt kam stark ins Trudeln. Der andere Schwimmer bewahrte kühlen Kopf und kam ihm schnell zu Hilfe. In der Ferne hörte man Polizeisirenen.

Jack resignierte kurz traurig. Ja, es war immer noch so. Wenn die hohen Tiere Hilfe benötigten, egal auf welcher Seite sie standen, so wurde ihnen geholfen. Er machte einen Schwenk und hielt den gefährlichen Schlund seiner Waffe einem Mann im mittleren Alter an der Kopf, der auf einer jungen Frau lag. Vor Jack Auftritt waren sie bereits eng ineinander verschlungen, jetzt jedoch nur noch, da er sich aus Angst nicht bewegen konnte.

„Wer kennt James LaRousseau näher?"

Es wirkte, Jack hatte hier einigen Respekt erlangen. Ein Zeigefinger deutete ihm den Weg. Die Sirenen waren laut zu vernehmen. Jack ging zielstrebig. Der schwammige Mann versuchte trotz seiner erhöhten Masse zu entfliehen. Er sprang in einen Tunnel, der fußhoch mit Wasser aufgefüllt war und über eine Biegung in einen anderen Raum führte. Jack erwischte ihn in dieser Biegung.

„Wo finde ich LaRousseau?"

„Wer das verrät, ist ein toter Mann."

„Zwischen tot und tot gibt es keinen Unterschied, und zu Grausamkeiten genug bin ich ebenso in der Lage. Wenn Du intelligent bist, weißt Du, was ich meine."

„Hör mir zu, Du bekommst alles von mir. Willst Du Drogen? Du kannst kiloweise vom angesagtesten Zeug von mir haben, oder alles andere, was Du begehrst."

„Wo finde ich ihn?"

„Er wird Dich töten."

„Antworte."

„Er liegt mit seinem Schiff auf dem offenen Meer. Wo genau es liegt, weiß ich nicht."

„Das reicht mir nicht. Sage mir, wie ich ihn finden kann."

„Ich weiß es nicht."

„Dann nenn mir jemanden, der es weiß. Und spiel nicht auf Zeit, ich weiß, dass die Cops bald kommen. Aber davor leg ich Dich um."

„Ein kleiner Dealer unter am Hafen versorgt ihn mit Informationen. Ziegler. Lebt in einem Wohnwagen direkt am Hafen, ist nicht zu übersehen."

„Wenn Du gelogen hast, komme ich zurück und töte Dich."

Jack stapfte weiter den Gang entlang durch das schlüpfrige Wasser ins Ungewisse.

„Ich werde Jack das melden, und er wird Dir alle Körperteile wegätzen lassen, und Dir noch viel Schlimmeres antun."

Jack überkam im Lauf dieses Gefühl, und er wußte, dass er nicht nachlässig werden durfte. So hart es auch war, er musste das durchziehen um die Unschuldigen zu schützen. Die Knight vernichtete das Leben des dicken Mannes bevor dieser seinen Mund wieder geschlossen hatte.

Er überwand seine Angst ein weiteres Mal und tauchte wenige Meter durch klares Wasser, wonach er im Freien wieder auftauchte. Ein Freibad. Blitzschnell erkannte er in Gestalt einer Regenrinne eine Fluchtgelegenheit. Er kletterte auf das Dach des Gebäudes, in dem er eben wertvolle Informationen bekommen hatte. Von da entkam er über andere Dächer vor der Polizei, die mittlerweile das lustvolle Hallenbad stürmte.

Auf Anraten eines Gastpolizisten aus Berlin, der gute Gründe nannte, wurden alle Anwesenden in Haft genommen und ihnen fürs erste jeder Kontakt mit der Welt außerhalb ihrer Zelle verboten. Die offizielle Begründung lautete, dass man verhindern wollte, dass sie in einen geheimen Polizeieinsatz eingriffen. Chris hatte seinem Freund ein weiteres Mal Rückendeckung gegeben. Er hoffte, dass Jack weiterkam, der nichts von dieser Aktion wußte.

Damit Jack keinen Ärger bekommen konnte, hatten sein Vorgesetzter und Chris Jack, nachdem sie von seiner Abwesenheit erfahren hatten, dazu eingeteilt den gesuchten Kriminellen James LaRousseau Undercover aufzuspüren. Damit war Jack von offizieller Seite her abgesichert und wenn der Auftrag erledigt war, konnte niemand ihm etwas vorwerfen. Undercoverarbeit bedeuteten zu einem sehr großen dehnbaren Teil gesetzesfreie Ausübung des harten Jobs.

Es dunkelte bereits wieder, als Jack seinen Platz in einem kleinen Café am Hafen verließ und den Standort des Wohnwagens aufsuchte, den er am Nachmittag ausgemacht hatte. Er hatte vor, Ziegler einen Besuch abzustatten. Lautes Geschrei drang aus den dünnen Wänden des fahrenden Wohnheimes.

Jack blickte umher und sah vereinzelt Lichtscheine aus einem Spalt am Rand der Fenstervorhänge herauskommen. Er betrachtete die Tür und überlegte, wie weit er gehen würde. Die Antwort war ihm so klar, die Gewissheit so eindringlich wie nie etwas zuvor. Für die Frau die er liebte, unglaublich stark liebte, dass er selber seine Gefühle nicht fassen konnte, war er bereit für alles, bereit alles zu tun.

Er hatte oft alles getan, in Gedanken an seine Familie, sein Schutzinstinkt niemals wieder jemanden zu verlieren. Diesmal war das Gefühl stärker. Sie war direkt bedroht. Von der einzigen Person, deren Verlust ihm nichts bedeutet hätte. Er wollte alles tun. Ein Tritt, schnell und kräftig ausgeführt, riss ein Loch in die Holzplatte und warf sie hinein in den Wohnwagen. Jack vergeudete keine Zeit und stieg über die kleinen Trümmerteile.

Er hatte ein Fest der Liebe unterbrochen, jedoch keine wahre, unfassbare Liebe, sondern lediglich etwas körperliches. In einem leichten Rauschzustand verfangen, wahrscheinlich nicht nur von der herrschenden Ekstase, sondern auch von richtigen Drogen, blickten Jack zwei vernebelte Augenpaare an. Der männliche Part dieses Paares sprang wie eine Raubkatze in einer sehr schnellen instinktmäßigen Flucht mit lautem Klirren der Glasscheiben aus dem Fenster des Wohnwagens.

Jack machte drei eilige Schritte aufs Bett zu und drehte sich zum Fenster für eine freie Schusslinie. Eine Kugel des Standardmagazins der Knight zischte sich ihren Weg bahnend durch die kalte nächtliche Hafenluft und bohrte sich in das Fleisch eines Unterschenkels. Jack konnte sich sicher sein, dass sein Informant nicht weit kommen konnte.

Er blickte auf die Frau, die reglos im Bett saß, und die ihn anstarrte. Sie schien erstmal auftauen zu müssen, bevor sie in der Lage war zu handeln. Jack trat zu ihr und mit einem Griff fesselte er ihre rechte Hand an das metallene Bettgestell, während er aus den Augenwinkeln herumliegende Spritzen und benutzte Gummis bemerkte. Ein jämmerliches Leben, dachte er bei sich.

Er hatte kein besseres gekannt. Zumindest nicht nach dem Gemetzel an seiner ersten und dann an seiner zweiten Familie. Bis er seine Frau kennengelernt hatte. Und seine dritte Familie bekam. Alle guten Dinge sind drei. Jack kannte diesen Spruch, diese alte Bauernweisheit, und hatte ihn schätzen gelernt.

Er rannte dem langsam flüchtenden Informanten hinterher, indem er der dünnen Blutspur folgte. Zumindest wenn er einen seiner zahlreichen freien Tage hatte, und mit seiner Tochter spielen durfte und wollte, und mit Kim und Yade in einen schönen Park fuhr, wußte er was Glück war.

Er mit Kimsy vor der Idylle eines Märchenschlosses, und Yade, die vor den Füßen einer großen Maus stand und den Mann in dem Kostüm mit dem Humor eines Kindes auslachte. Hier hatten sie ihre Hochzeitsnacht verlebt, und hierhin waren sie später immer wieder einmal mit Yade hergekommen und viel Spaß gehabt. Hier und anderswo. Es musste weitergehen.

Jack folgte dem Flüchtling durch die aufgebrochene Tür eines Containerhafenbüros und stand dem nackten Mann nun Auge in Auge gegenüber. Dieser wollte schnell aus einer weiteren Zimmertür entwischen.

Harder sprang über einen Schreibtisch und ergriff die Schulter seines jetzigen, eigentlich sekundären Ziels, auf dem Weg zu Kimsy. Er knallte den Kopf des Mannes auf das rechts von der Tür mit geöffneter Klappe stehende Kopiergerät einer japanischen Marke. Das Gerät setzte sich in Gang, als einer der beiden versehentlich den Kopierknopf berührte und sorgte dafür, dass Jacks Opfer vorübergehend erblindete.

„Kennst Du James LaRousseau?"

Das Bündel, welches Jack festhielt, zappelte leicht. Nicht nur aus Angst, sondern mehr aus dem Grund, dass es versuchen wollte zu entfliehen.

„Ich sagte James LaRousseau!"

„Nein."

„Lüg mich nicht an. Wenn Du ihn nicht kennst, bist Du für mich ohne Wert, und ich knall Dich ab."

„Du bist kein Cop?"

„Ich bin nicht wegen der Drogen hier, aber merk' Dir, dass ich die Fragen stelle. Also?"

„Ich kenne ihn. Klar, jeder kennt hier diesen Namenseit seit er vor wenigen Monaten ankam. Er kauft jeden, und wer sich nicht kaufen lässt, ist tot."

„Du wirst mich zu ihm führen."

„Ich weiß nicht, wo er ist."

„Du sagtest, Du kennst ihn."

„Natürlich kenn' ich ihn, aber trotzdem weiß ich nicht, wo er sich befindet. Du bist tot, Mann. Jeder, der sich mit ihm anlegt ist tot, ich schwörs. Vielleicht bin ich es sogar, der Dich umlegen darf. Ich werde öfters für etwas in der Art eingesetzt."

„Du weißt nicht, wo ich ihn finden kann? Lüg nicht!"

„Ehrlich nicht."

„Du bist doch Ziegler, oder?"

Ein hämisches, krächzendes Lachen mischte sich zu den mechanischen Geräuschen des Kopierers.

„Bist Du bescheuert! Die Kleine, das war Ziegler. Bist Du ..."

Die folgenden Seiten, die der Kopierer ausspuckte, zeigten ein zerfetztes Gesicht. Bis die Blätter komplett in Schwarz herauskamen, da dies ein Schwarzweißkopiergerät war, und Blut sehr dunkel ist.

Die junge abgewrackte Frau zitterte ängstlich, als er ihren Wohnort wieder betrat. Er trat zu dem halbwegs gutgebauten schutzlosen Körper, um den sich die Dealerin das Bettlaken gebunden hatte. Er durchsuchte die Umgebung schnell nach möglichen Waffen und nahm ein Sprungmesser an sich. Danach schloss er die Fesselung seiner gesuchten Person auf.

Sie befanden auf hoher See, in einem unsicheren Schlauchboot, und Jack wurde es sehr übel. Sie sah es ihm an, als sie ihm ins Gesicht blickte und lächelte satanisch. Ihr Trip hatte dank des Schocks, den sein Auftauchen verursacht hatte, und dank der frischen Seeluft nachgelassen.

Sie war hier geboren, das war ihr Element. Sie hatte das Schlauchboot bislang durch die nebeligem, wässrige Umgebung gelenkt. Doch nun schaltete sie den Motor aus, und Jack hatte das Gefühl, dass ihr kleines Schiffchen viel stärker von den Wellen erfasst wurde.

Ein Reiz überkam ihn, und er erbrach sich, die Waffe immer fest in der Hand. Sie bewegte sich langsam näher zu ihm heran, er spie immer noch alles aus, obwohl sein Magen längst leer sein musste. Vorsichtig ergriffen ihre Hände den kantigen Kopf, und sie strich ihm über Haar.

Er beherrschte sich gewaltsam und blickte auf. Sie lächelte ihn an, doch er wußte, dass sie nur darauf wartete, ihn in einem Schwächemoment zu den Wassergöttern zu werfen. Trotzdem spürte er, dass er auf ihre Hilfe angewiesen war.

„Wie weit ist es?"

„Für Dich zu weit. Du hältst das nie im Leben durch."

Er starrte wie ein verwundetes, Hilfe suchendes Tier in ihre Augen, als er ein Nebelhorn in ihrer Nähe vernahm. Jack wurde nur von einem Drang gesteuert. Er handelte schnell und vergaß alles, was ihn quälte.

Er riss seine Waffe hoch, und sie gab ihm gleichzeitig einen Stoß. Rückwärts näherte er sich unwillentlich dem Meer, aber er schaffte es, sie mit sich zu ziehen. Im eiskalten Wasser zappelnd, klammerten sich beide an den jeweiligen anderen um sich selbst zu helfen, und um gleichzeitig ihren Feind das Leben zu nehmen. Mit der Frau Unterwasser kämpfend, verlor Jack seine stets benötigte Knight.

Sie schwamm ab jetzt für immer auf dem Grund der lebensspendenden und nehmenden Flüssigkeit. Beide Kämpfer kamen nach Luft schnappend für einen kurzen Augenblick an die Wasseroberfläche, und Jack handelte frei von den menschlichen Gesetzen, geleitet von einem immer während Naturgesetz.

Seine Halsmuskeln spannten sich an, als er den Kopf nach hinten warf, und viel Bewegungsenergie wurde in Deformationsenergie umgewandelt, als Harders Stirn gegen ihre Nase prallt. Sie bewegte sich nicht mehr und verschwand in den Tiefen.

Jack schwamm mit zwei Schwimmzügen zu dem gummierten Boot und zog sich ängstlich festklammernd in vorübergehende Sicherheit. Erneut tönte das Nebelhorn, und Jack zündete den Motor, wie er es zuvor bei Ziegler gesehen hatte, bevor ihm richtig schlecht wurde. Er lenkte das Schlauchboot in die Richtung, aus der er den Laut gehört hatte.

Nach kurzer Zeit, die ihm dennoch lang vorkam, erblickte er ein großes Schiff. Es glich einem alten Frachtschiff, wirkte allerdings renoviert. Durch den Nebel konnte er nur wenig erkennen, aber da war der Umriss eines

Mannes am Rumpf, der einen Patroulliengang zu machen schien, und es schienen sich zwei Helikopter an Bord zu befinden.

Jack stellte schnell den Motor aus. Er sah in knapper Entfernung eine Ankerkette, die das Schiff fest auf Position hielt. Seine Augen überflogen erneut das Schiff, und er dachte an das Endspiel, das ihm bevorstand. Und er hoffte, dass der Abspann schön werden würde. Harder griff in seine Hosentasche und zog eine längliche Infusionspistole heraus. Er überlegte nicht lang, sondern spritzte sich selbst die aufpowernde Droge, die in der Polizeiabteilung in Ausnahmefällen als Hilfsmittel geduldet wurde. Jack nahm sie höchst selten, aber er wußte, dass er manchmal übermenschliche Kraft benötigte, wie dieses Mal.

Seine Angst zählte nichts mehr im Vergleich mit der Liebe, die in seinen Seelengängen tobte. Er warf sich in die Fluten, zügig zu der Ankerkette hin schwimmend, an der er sich Stück für Stück emporzog. Dabei half ihm seine unglaubliche Kraft in den Armen, die er sich vor langer Zeit, in den Minen für gesellschaftliche Außenseiter und Störenfriede des gemeinschaftlichen Friedens, antrainiert hatte.

Jack schwang sich oben angekommen auf das Deck. Er bereute es seine Waffe verloren zu haben, nun musste er auf klassische Weise töten. Er versteckte sich hinter einem neu eingebauten Rohr, dass in das Deck hineinragte und wartete auf seine Chance. Er war die Raubkatze, eine robuste und kämpferische, mörderische Raubkatze. Als sein Gegner, die Wache, an dem Rohr vorüberschritt und Jacks Sichtfeld erreichte, warf sich dieser auf ihn und schlug heftig auf ihn ein.

Die Wache machte sich mit einem Ruck frei und versuchte Abstand zu bekommen um endlich sein langes Maschinengewehr ausrichten zu können. Das zwang Jack dazu mehr Wucht in seinen nachfolgenden Schlag zu legen. Der Aufprall seiner Faust betäubte diese lebende potentielle Gefahr für Jack. Leider war der Schlag so stark gewesen, dass die Wache an der Reling aufschlug und samt Waffe hinüber fiel. Jack fluchte leise. Er hatte sich erhofft, das Gewehr zu ergattern. Nun schlurfte er waffenlos, aber selbst eine Waffe, in durchnäßter Kleidung und unterkühlt, angetrieben durch die höllische Wärme seines Inneren, zu einen Außenluke, die in das Schiff hinein führte.

Jack kam über eine Treppe aus Mahagoni in nur leicht erleuchtete Gänge, die mit samtenen Läufern ausgelegt waren. Er wollte gerade losgehen, als irgendein komisches Gefühl in zum Umdrehen bewegte. Jack betrachtete die Treppenstufen und wußte nicht, was ihn verwirrte, als er mit viel Konzentration ein leises Ticken vernahm.

Unter die Treppenstufen schauend, fand er ein seltsames elektronisches Etwas, dass ihm nichts sagte, ihn aber einiges vermuten ließ. Er wettete darauf, dass dies eine Bombe war. Und er besaß keinerlei Ahnung, wie er sie entschärfen konnte. Deshalb nahm er die Beobachtung lediglich als Information auf und machte mit seinem Erkundungsgang weiter.

Und er tat dies ganz nach seinem guten alten Stil. Harder ging entspannt in einem Zustand weit über dem menschlichen Bewusstsein durch das Innere des Schiffes. Die Drogen wirkten, wie er es erwartet hatte. Total aufgeputscht spürte er keinerlei Erschöpfung, und eine ihm nicht eigene Stärke trug seinen Körper.

Jacks Sinne waren geschärft wie nie zuvor, und er nahm mehr wahr dank seiner Bewusstseinserweiterung. Er brauchte nicht extra zu horchen um zu wissen, dass er an der nächsten Biegung einer seinen Weg kreuzenden Person begegnen würde. Rechtzeitig fuhr Jack rechter Arm zurück und direkt vor der Kreuzung aus. Er traf die Gestalt, die seinen Weg kreuzte, und welche er aus den Augenwinkeln bemerkte, gezielt am Kinn. Der Hall brechender Knochen schwang in Jacks Kopf nach, während die zweite ausgeschaltete Wache tot zu Boden sackte.

Jacks Schlag auf kurzer Distanz war ebenso tödlich, wie eine Metal Killing Bullet, die er sonst abfeuerte. Er war ein Profi in diesem Geschäft. Gnadenlos und voller wilder Instinkte. Mörderisch perfekt.

Er war an seinem Ziel.

Geliebte Kimsy.

Yade, Zuhause, allein.

Ohne Familie.

Jack musste zu ihr.

Zu Yade.

Zu Kimsy.

Kimsy war hier.

Hinter dieser Tür.

Liebe.

Stärker als der Tod.

Liebe und Tod.

Licht und Dunkel.

Gedanken explodierten in seinem Gehirn, dessen Aktivität außerordentlich hoch war. Jack konnte die Gedanken spüren, als wenn sie fassbar wären. Sie durchfluteten ihn und verhinderten jedes klare Bild, denn ständig löste ein neues Bild alte ab.

Sein Kopf war in einem Netz von Erinnerungen und nicht vollständig verarbeiteten Ereignissen gefangen. Er blickte auf die Tür, ein leerer, teils trauriger Blick. Nein, eher leer. Wie früher. Der alte, uralte Jack. Der Fluch seiner Familie.

Nein. Er glaubte nicht an Religion, nicht an Götter oder deren

Singularform, nicht an Idole und an nichts Übernatürliches. Er hatte gelernt die Logik als oberstes Gesetz zu akzeptieren und sich in seinen Tagen der Einsamkeit lange Zeit mit Gedanken darüber beschäftigt, was die Welt im Gang hielt. Und er kam zu dem Schluss, dass dies kein Mensch war. Und auch nichts anderes.

Es war die Welt selber. Der ewige Kreislauf. Kein Anfang, kein Ende. Welten entstehen aus Energie, Energie aus der Vernichtung von Welten und wieder von vorn. Kein Anfang, kein Ende. Folglich auch keine Frage was dahinter ist, denn ein „dahinter" gibt es nicht.

Jacks ungewöhnliche Lebensgeschichte bedeutete nicht, dass er ungebildet war. Im Heim hatte er sich selbst alles gelernt. Mathematik, Physik, viel über Theologie. Das Meiste der theologischen Lehren hatte er für sich abgelehnt, wissentlich.

Englisch hatte seine Mutter ihm beigebracht, es war seine Muttersprache, so wie Deutsch von der männlichen Seite seiner Eltern, seines Vaters. Er hatte alle Fragen für sich geklärt. Das würde ihm nun helfen, wie bereits oft zuvor. Jack glaubte nicht an Schicksal. Seiner Familie musste es nicht passieren.

Die Schicksalslinie, die manche Menschen ewig fesselt, weil sie aufgrund einer sich selbst übergeordneten Instanz nicht frei genug sind sich zu wehren, würde er durchbrechen.

Jack hörte durch die Tür die sanfte und wohlklingende Stimme seiner geliebten ehemaligen Kommandantin.

Sie sprach leider nicht zu ihm. Sondern zu seinem größten Feind. Und auch zu ihrem. James LaRousseau. Jack öffnete die Tür. Das Endspiel begann.

„Hallo James."
Er blickte ihn an, mit dunklen, unnatürlich dunklen Augen, gefühlt mit bösartiger Wärme der Hölle, alles ausstrahlend, was er für diesen Unmenschen empfand.

Keine Antwort. James starrte zurück. Verblüfft. Verwundert. Seltsam gerührt. Es ging weiter. Es war noch nicht zu Ende. Er würde ihn doch noch sterben sehen. Würde er?

Kimsy blickte von James zu Jack. Sie hatte Angst um ihren Geliebten, den geliebten James. Sie wußte Jack in dieser Situation nicht einzuschätzen. Sie war sich nicht sicher wie eifersüchtig er werden konnte. So eine Situation hatte sich nie zuvor ergeben.

„Jack, beruhige Dich. Es kam auch von mir."
Es war keine Eifersucht. Kein Jähzorn. Es war mehr. Kimsy würde verdammt sein, sie würde es bald schlimmer haben als in der Hölle, wenn

sie bei LaRousseau blieb. Jack durfte das nicht zulassen. Er musste ihr helfen. Normalerweise tötete er sofort. Kein Nachdenken, kein Nachgeben. Diesmal war es anders.

James LaRousseau war ein besonderer Feind. Es war gut so. Hätte er ihn einfach getötet, hätte Kimsy nie verstanden, ihm nie geglaubt. Es ging um seine Familie, sein Leben und seinen Leumund. James sollte kein leichtes Spiel haben. Dies sollte James LaRousseaus letzter Tag, die letzte Nacht werden. Er würde nicht beim hellen Licht der Sonne sterben, sondern in seinem, dem dunklen Element. Jack beachtete Kimsys Worte nicht.

„Es ist nicht vorbei, James. Ich war tief enttäuscht, dass Du mich allein gelassen hast. Auch Deine Leute konnten mir nicht lange Freude bereiten. Sie waren schnell tot, sie hielten nichts aus. Ich hätte Dir eine bessere Fähigkeit bei der Wahl Deiner ausführenden Assassinen zugetraut. Du hast mich tief, sehr tief enttäuscht, James."

James La Rousseau schien sich gefasst zu haben, und die ersten Wogen der Überraschung waren aus seinem Gesicht verschwunden.

„Sie waren ihr Geld also nicht wert. Ich bin froh, dass ich es nicht eingeplant hatte, sie wirklich zu bezahlen. Das nennt man, glaube ich, natürliche Auslese. Nur meine besten Mitarbeiter überleben."

„Anscheinend solltest Du wirklich auf andere Dinge beim Einkauf des Kanonenfutters achten. Keiner Deiner Mitarbeiter hat überlebt. Ich muss Dir aber lassen, dass gewaltige Feuerwerk bescherte Dir einen guten Abgang."

„Worüber redet Ihr?"

„Sei still, Kimsy."

„Wie redest Du mit Deiner Frau, Jack? Das ist doch meine Aufgabe als Intrigant und böser Mörder."

„Ich verstehe nicht. James? Jack?"

„Hast Du nicht gehört, was Dein Mann Dir befahl, Kimsy. Halt Dich daran. Und nun Jack, was willst Du mir sagen."

James war so ruhig, da er gesehen hatte, dass Jack Harder keine Waffe trug.

„Du wolltest mir Schmerzen zufügen. Du wolltest meine Familie zerstören. Du hast mich töten wollen, und dachtest, Du hättest es geschafft. Und was hattest Du mit Kimsy vor? Wolltest Du sie ewig lieben, wie ich es tue? Bist Du dazu in der Lage?"

„Habe ich Dir das nicht schon beantwortet? Ich will mich kurzfristig mit ihr erfreuen, danach hätte ich sie entfernt."

„Entfernt? Warum sagst Du es nicht direkt?"

„Ich werde sie töten, ganz langsam und jede Sekunde an Dich denkend Jack, und an die Schmerzen, die ich Dir damit selbst im Grab zufügen kann."

„Bringen wir es zu Ende."

„Ja, Jack. C'est la vie."

LaRousseau reagiert gleichzeitig mit Harder, aber der Weg des Charmeurs war weniger lang. James zog eine gekürzte Pumpgun aus dem Mantel, der neben ihm auf einem Stuhl hing und richtete sie aus. Jack Harder musste mitten in seiner Bewegung anhalten. Er starrte in die Mündung. LaRousseau lachte. Harder dachte an den Tod.

Im Moment des Todes überdenken Menschen in unglaublicher Zeit ihr ganzes Leben. Es fließt ein letztes Mal an ihnen vorbei. Nun war Jack an der Reihe. Er blickte auf seinen Vater. Erneut die Worte, die sich in dem kleinen Jack eingebrannt hatten.

„Meine Zeit ist gekommen, Jack. Mein Überlebenswille ist gewichen, und ich danke Gott dafür. Du hast mich nie beten sehen, nicht war Jack? Es gibt eine Zeit in der Du nicht glauben darfst. Lass Dein Leben nicht durch einen Übergriff lenken. Jetzt kann ich endlich danken. Ich danke Gott. Er hat die Qualen eines unstillbaren Lebenswillens von mir genommen, gegen eine noch stärkere Liebe als je zuvor, obwohl sie schon da war. Der Schutzinstinkt wird mich nun lenken und meine Liebe zu Dir Jack. Ich hätte alles dafür gegeben, wenn meine Zeit bereits früher gekommen wäre, und ich Deiner Mutter hätte helfen können. Leider war dem nicht so. Jack, so traurig es für Dich sein wird, vertraue mir, dies ist der glücklichste Moment in meinem Leben, und ich wünsche Dir ebenfalls einen solchen Moment zu erleben, hoffentlich unteren anderen Umständen. Ich liebe Dich, Jack."

Nun war der glücklichste Augenblick in Jack Harders Leben. Er würde sterben, gut. Aber sie würde leben. Er verstand die Worte seines Vater zum ersten Mal. Sterben um einem Geliebten das Leben zu ermöglichen. Wahrhafte, reale, irreale Liebe. Er war so glücklich. Er lief in den Lauf der Waffe. Beim Sterben, so wollte er es, würde er LaRousseau töten.

Ihm fiel ein, dass er ein Telefon benötigte um ein Versprechen an seinen besten Freund zu halten. Versprechen hielt man, immer und überall. Er gab viel darum, wenn er etwas versprach.

Wenn etwas über ihm existierte, war es gnädig. Oder er schaffte es tatsächlich nur aufgrund der Logik und der Welt eigenen Gesetze sein Versprechen an Chris zu halten. Oder heute nicht zu brechen.

Kimsy hatte schnell geschaltet. Sie hatte das Nächstbeste geworfen, und da sie auf dem weichen Bett dieses von rötlichem Licht durchflossenen Zimmers lag, warf sie ein weiches Kissen. Der Lauf der Pumpgun war leicht abgelenkt worden. Der Schuss löste sich. Jack spürte keinen Schmerz. Das Handeln vernachlässigte alle Wunden. Er rammte James und schlug auf ihn ein, dass federgefüllte Kissen im Weg.

Wenn Menschen nicht willkürlich Namen bekommen, sondern nach charismatischen Eigenschaften benannt werden würden, so hieße Jack Harder Tod und Liebe. Dies passte am Besten zu ihm. Tod und Liebe. Liebe und Tod. Jack vereinte diese beiden stets trennbar zu haltenden Phänomene in einer nie da gewesenen dichten Substanz seines Inneren.

Sie gehörten beide zu seinem Charakter. Zu seiner Seele. Er war nun bereit den Tod einzugehen. Für seine Liebe. Ebenso wie er bereit war für seine Liebe zu töten. Den Mann der ihm den Tod hatte bringen wollen. Jack prügelte auf seinen Feind ein, gedankenlos. Erneut der donnernde Knall einer Kugel die den Lauf verließ.

Jack bemerkte nichts. Er stand fernab, in einer nichtexistierenden Welt des Geistes, völlige Leere umgab ihn. Sein Körper reagierte und sein linkes Knie zuckte hoch. Die eingenommenen Drogen wirkten nun immer stärker. Ein letzter Schuss ging los, die Kugel verlor sich in der Holzdecke, während James Waffe zu Boden fiel.

Alles ging sehr schnell. Kimsy befand sich weiterhin regungslos auf dem samtenen Bett, lediglich in ihrem schwarzen Büstenhalter und einem gleichfarbigen Slip gekleidet. Jacks Faust zischte unaufhaltsam durch das leicht zu durchdringende Kissen. Und es gab ein lautes knackendes Geräusch, etwas hatte er gebrochen. Jack wurde gestoßen und verlor für einen Moment das Gleichgewicht. Es wurde ihm schwarz vor Augen. Sanfte Hände begannen ihn zu streicheln.

„Jack, was ist nur passiert?"

Ihr weiches Gesicht schwebte direkt vor seinen Augen und ihre Pupillen beobachteten ihn sorgenvoll. Ihre wunderschönen, von ihm stets begehrten Hände waren spürbar nahe.

„Nicht jetzt, Kim. Wohin ist er?"

„Er ist rausgerannt. Die Waffe, das Magazin ist leer. Wir müssen ihn verfolgen. Oder?"

„Ruhig, Kim. Ich werde … ich bin hier. Ich habe einiges mit diesem Satan abzurechnen. Kim, ich weiß, dass du, was du, ach, Kim, ich liebe Dich."

Ihre wunderbaren hellroten Lippen, die wie die schön geformten Flügel eines Engels aussahen, senken sich danieder und berührten seine, leicht blutenden vorsichtig. Dieser seichte, ein wenig gehemmte Kuss vernichtete alle Barrieren und vereinte zwei sich liebende Menschen wieder. Für den Augenblick.

„Jack, die andere Richtung, er floh dort lang."

„Vertrau mir, Kim, bitte."

Halb entblößt wie sie war, folgte sie ihm durch die gradlinigen Gänge des Schiffes. Er schien genau zu wissen was er tat, und warum er dies tat. Sie zu beschützen war seine Hauptaufgabe. Danach erst kam an sekundärer Stelle ihn zu töten. Er musste sie vorher aus dieser Hölle bringen.

Sie kamen an Deck, und Kim erblickte vor sich den Hubschrauber, mit dem Bedienstete LaRousseaus, ihres gefährlichen Liebhabers, sie hergebracht hatten. Jack rannte zielstrebig darauf zu. Kim überkam ein Schüttelfrost in der Kälte der Nacht. Jack hätte ihr gerne Wärme gespendet, aber dafür war keine Zeit und keine Gelegenheit. Der Pilot, der hinter dem Helikopter gestanden hatte, hörte Schritte auf dem Deckboden und ging vorsichtig um sein Fluggerät herum. Jack senkte sich nieder und rollte sich aus der Rennbewegung heraus unter dem Hubschrauber weg. Der Pilot erblickte Kimsy und starrte sie an. Kimsy schaltete ohne nachzudenken und streichelte ihren attraktiven Körper.

„Hi Süßer. Mir ist kalt."

Der Pilot veränderte seinen Blick von fassungslos in den eines selbstsicheren Mannes, der sich überlegen fühlte, da eine Frau ihn begehrte. Er machte einen Schritt auf sie zu, den Körper seltsam angespannt, als ein gewaltiger Schlag auf seine Hirnplatte prallte. Der leblose Körper sackte unter den Augen der begehrenswerten Frau weg in die Endlichkeit des Interesses.

„Kim, du fliegst. Los."

Der Helikopter erhob sich in die stürmischen Lüfte über der See, und die Motoren knurrten laut auf, als Kim sie antrieb. Auf dem Radar blinkte ein kleiner Punkt und aus der Cockpitscheibe konnte man in naher Entfernung den zweiten Helikopter sehen, der kurz vor ihnen auf der anderen Seite des Schiffes abgehoben hatte.

Jack zeigte in die Richtung, und Kim ließ die Maschine, die ihr widerstandslos gehorchte, wie ein Jagdvogel hinter der Beute hinterher gleiten. Ihr Beförderung in den Rang eines Commanders hatte eine Flugausbildung für den Notfall zur Folge gehabt. In Neu-Berlin starben Piloten oft in einem Einsatz.

James LaRousseau befand sich allein in dem Stahlkoloss seitlich rechts vor ihnen. Jack stellte fest, dass keiner der Helikopter eine offensichtliche Bewaffnung trug.

Die vereinzelte Möwe, die ahnungslos durch die Nacht flatterte, von einem plötzlichen Geräusch aufgeschreckt, bemerkte die zwei Donnervögel die über ihr hinwegzogen gerade in dem Moment, als sich der gesamte Hintergrund, die Idylle des großen umgebauten Schiffes in Flammen auflöste. Die Sprengsätze, eine Sicherheitsmaßnahme LaRousseaus, hatten auf Knopfdruck gezündet. Das Schiff, der menschliche Inhalt in den Mannschaftquartieren, alles wurde von der rot glühenden Glut versenkt und auf ewig verschluckt. Die Hubschrauber hatten bereits einen ausreichenden Sicherheitsabstand erreicht, und die Druckwellen beschleunigten sie lediglich weiterhin. Die Möwe fiel tot ins schlüpfrige Grab.

„Sehr gut, Kim. Bleib neben ihm. Es geht zu Ende. Ich liebe Dich, Kimsy."

Jack verließ das Cockpit durch eine Luke in der Rückseite und öffnete das große Außenschott. Der Sturm durch Geschwindigkeit riss an ihm herum, aber er blieb standhaft.

„Jack, riskier es nicht, bitte."

Er hörte ihre Worte nur schwerlich. Und er antwortete nicht.

„Es tut mir leid, Jack. Ich liebe Dich."

Ihre Worte spornten ihn mehr an, als die Drogen zuvor. Und nachdem er die Handschellen an seinen Handgelenken vorbereitet hatte, sprang er nach kurzem Anlauf.

Harder ergriff die Kufen des Nachbarhelikopters, und mit eiserner Hand rettete er sein Leben vor dem Absturz. Die Naturgewalten zerrten an ihm. Jack war gesichert, da er sich schnell mit seinen Handschellen angekettet hatte. Er wartete nun auf den Moment, von dem er wußte, dass er mit völliger Sicherheit kommen würde. LaRousseau hatte den ungebetenen Mitflieger bemerkt und versuchte ihn loszuwerden.

Jack hatte nicht mit James Abwehr gerechnet. Der Helikopter tauchte mit den Kufen in Jacks verhasstes Element ein, und eine hohe Kraft wirkte auf ihn. Jack wurde betäubt, und sein Kopf flog unkontrolliert hin und her als der Hubschrauber wieder an Höhe gewann.

Kimsy hielt ihre Maschine in kurzem Abstand parallel zu LaRousseaus. Durch dichten geistigem Nebel hindurch bemerkte Harder wie die Tür des Cockpits aufschwang und ein gefährlicher Mann hinaustrat. Die Maschine auf Autopilot bei geradem Kurs gestellt, verließ James LaRousseau den sicheren Schutz seiner Pilotenkapsel um seinem selbstgewählten alten Feind ein letztes Mal entgegenzutreten. Das hatte Jack bezweckt. Aber er hatte dabei vollständig bei Bewußtsein sein wollen.

James klammerte sich an einer Leiste an der Außenwand des Hubschraubers fest und trat Schritt für Schritt näher an Jack heran. James LaRousseau zückte ein Sprungmesser und fuhr die Klinge aus.

Jack erblickte das Glitzern des Stahl im Mondlicht in vollendeter Deutlichkeit. Ein diabolisches Lächeln zeichnete James LaRousseaus Gesicht im Angesicht seines Todes aus.

Kimsy durchfuhr ein stechender Schmerz. Ein überirdisches Gefühl machte sich in ihr breit, ihre Liebe zu Jack Harder war neu und noch immer entfesselt, und stärker als jede Fessel war dieser Bund. Sie würde Jack nicht verlieren. Sie bemerkte die Klinge.

Der stählerne Vogel beschleunigte mit dem donnernden Geräusch der Motoren, und seine Schwingen wurden zu den tödlichen Greifen eines überdimensionalen Falken. Der Rotor kam in einem Tempo näher, das keine Gegenreaktion mehr zuließ. James LaRousseau wurde zerfetzt und über dem Meer verteilt.

Das Blut spritzte in Jack Harders Gesicht, der sich schon in den Tod hatte gehen sehen. Doch nun spürte er sein Überleben und den Tod seines Gegners auf der Haut.

Die Liebe hatte gesiegt. Jack lebte und liebte. Kimsy. Sie liebte ihn. Auf ewig.

Der Moment war gekommen.

Und ein Stern leuchtete besonders hell.

Jack schaffte es sich hochzuziehen, ohne später daran Erinnerung zu haben, und nach dem Öffnen der Handschellen in den Helikopter zu steigen. Und mit Hilfe der Funkverbindung schaffte Kim es ihn wachzuhalten, flüsternd ihre Liebe zu ihm bestätigen und ihn mit Hilfe des Autopiloten und detaillierten Anweisungen ihn an Land zu bringen.

Auf dem Landeplatz des Kieler Polizeihauptquartiers wartete ein guter Freund von Jack bereits auf seine Wiederkehr, nachdem die Meldung eingetroffen war, dass sich zwei Helikopter näherten, die sich als Undercoverteam aus Neu-Berlin identifiziert hatten. Helden werden nicht geboren, sie werden geformt.

PRINZIPIEN

Ein dunkler Raum. Helle Kerzen.

Es herrschte eine bösartige Stimmung. Todessehnsucht gemischt mit der Hoffnung auf Leben. Zwang an den Abgrunds, Schrei nach der letzten Hilfe. Schwarz gekleidete Personen, leblose Lebewesen. Nichts weißes in ihrer Seele. Glücksbringer des Satans. Der erste und letzte Wall des Hasses. Schatten an der Wand, heller als ihre Vorfahren. Doch kein Schatten ohne Licht.

Es war nur ein kleiner Moment, den der silberne Dolch in der Luft schwebte, hoch über der Auserwählten. Bereit sich in einem kurzen Kraftakt in hilfloses, williges Fleisch hineinzubohren. Keine Trauer, kein Entsetzen, nur gespanntes Warten, die Luft erfüllt mit mystischem Gemurmel. Das ewige Blut beschwörend und viele betörend. Der Tod unter uns. In uns. Sichtbar, fassbar. Und da der eine, der tötet.

Unter den Murmelnden befand er sich, zu sturr für den Tod, zu sanft für das Leben. Die Verbindung zur Realität in diesem absurden Schauspiel für die Sinne. Seine logische Präsenz und seine Gefühlsabwesenheit ließen ihn in diesem Moment zu einem Werkzeug der Rettung werden. Für wen?

Innerhalb des Anhängers des Satans befand sich ein schwarzes Schaf, viel schwärzer, als die selbsternannten Diener des Bösen. Jack Harder tat seinen Job, und er machte ihn wie immer gut. Instinktiv wußte er, wann es an der Zeit war den Krieg zu erklären und in Aktion zu treten. Seine Knight V3, eine vollautomatische Schusswaffe, flog gerade zu aus dem nachtfarbenen Umhang und seine Worte übertönten die Unworte im Gemurmel der anderen.

„Lohrtak est tut."

Es war die Sprache der Niederen, er hatte sie in der Zeit dieses Undercoverjobs ausreichend gelernt. Die Wörter hatten eine zerstörerische Bedeutung: „Das Ende ist da."

Die durchschlagskräftigen Kugeln aus dem Spezialarsenal der Patronen für die Knight V3 nagelten den obersten Satanisten an den vertikalen Pfahl des umgedrehten Holzkreuzes hinter seinem Rücken.

Die silberne Klinge, welche die schuldige Unschuld hatte zu ihrem Herren schicken sollen, fiel zu Boden. Mit einem sehr menschlichem Seufzer und dem flehenden Schrei „Jalahtar!" verstarb der Sohn des Satans aufgrund dieser gewalttätigen Aktivität Jack Harders.

Der Kult, welcher die Technik vor langer Zeit abgelehnt hatte, und sich deshalb von altmodischen Waffen abhängig machte, fand in die Realität zurück und vergaß sein Ziel Satan gnädig zu stimmen und nahm sich als primäres Ziel Jack vor.

Doch der wußte sich zu wehren, im Gegensatz zu der liegenden, willenlosen jungen Frau auf dem Altar vor dem Kreuz. Jack schwenkte mit angelegter Waffe um seine Hochachse und erblickte in dem Chaos aus fliehenden Brüdern und Schwestern des höchsten dunklen Vaters zwei Bogenschützen, die auf ihn zielten.

Ein Schuss löste sich aus dem Lauf der Knight, danach befand sich Jack dank seiner Reflexe auf dem Boden und der Pfeil der noch lebenden zweiten Wache, die vor dem einzigen noch geschlossenen Ausgang stand, zog über ihm seine Bahn. Der Sohn des Satan hatte erneut Pech. Obwohl er schon am Kreuz gestorben war, wie es sich gehörte, sollte dieser Pfeil ihn am Auferstehen hindern, oder?

Die Spitze bohrte sich in ihn, und es dauerte einige Zeit bis der hölzerne Stab keine Schwingungen mehr besaß und zur Ruhe gekommen war, den Regeln des Energieerhaltungssatz folgend.

Jacks Körper zuckte kurz, während er sich auf und seine Waffe ausrichtete. Eine Krümmung seines Fingers tat ein weiteres. Ein Loch in der Stirn ließ das Blut, welches gleich denen anderer Menschen ausserhalb des Kultes war, herausfließen.

Panik war um Jack, er war der Ruhepol. Somit zog er die anderen an. Wer nicht voller Angst, trotz Satan auf ihrer Seite, an den Wänden Schutz suchte, griff Harder an. Der wehrte sich mit Händen und Füßen und mit seinem Kiefer. Der eine Angreifer war etwas zu schnell, Jack hatte weder Zeit noch Gelegenheit zu schießen.

Mit seinen starken Armen verhielt er sich erst sehr defensiv und vereitelte zwei angreifende Schläge. Beim zweiten Mal packte er sich seinen Feind am Arm und zog ihn heran. Grauenhaft mit anzusehen, aber im Angesicht des langen Krummessers durchaus als Notwehr zu verstehen, riss Harder dem nur noch kurzfristig Lebenden mit einem Biss die Kehle aus dem dafür vorgesehenen Hals. Der Sieg war seiner. Es gab keine Schiedsrichter und somit auch keine Disqualifikation.

Harder verstand auch sehr gut das Zusatzpack der Knight V3, welches die V2 nicht gehabt hatte, zu nutzen. Es war ein weiteres Magazin mit kleineren Kugel, welches die V3, wenn man den Abzugshahn ganz durchzog zu einer Schnellhandfeuerwaffe machte. Er hinterließ eine Schlachtfeld. Erst als keine Regung mehr mit den Sinnen zu erfassen war, ließ Jack seine Waffe zur Ruhe kommen. Niemand war aus der Kultstätte entkommen, die zwölf Besessenen waren dem Cop zum Opfer gefallen.

Die Knight wanderte in Jacks linke Hand, und mit der rechten wischte er sich einige Schweißtropfen von der Stirn. Er wollte gerade den Ort der

Qualen verlassen, als er Zeuge der Auferstehung wurde.

„Meine Hand wird Dich vernichten …"

Jacks Blick verlagerte sich auf den Mann am Kreuz, und seine Beine trugen ihn in diese Richtung. Vor ihm hielt er inne. Die Stimme des Sohnes des Satans war merklich leiser geworden.

„Unter Qualen sollst Du sterben."

Zum Glück glaubte Hard Jack nicht an Metaphysisches, also auch nicht an diese Auferstehung, sondern an das letzte Aufzucken der Nerven einer Schlange. Sein rechte Hand griff, ohne dass er dem Satanssohn seine Aufmerksamkeit nahm, nach einer Fackel vom Altar, welche die ganze Szene mit stimmungsvollem Licht beleuchtete.

„Halt's Maul!"

Ein paar Mal mit der Fackel hin und her geschwungen und dieser arrogante Spinner und Volksverdummer ging in den verzehrenden Flammen auf. Jack ignorierte das Schreien. Er drehte sich um zu der Frau am Altar, deren Befreiung er eigentlich seinen Kollegen hatte überlassen wollen.

Die junge nackte Frau mit langen schwarzen Haaren und roten Strähnen spuckte ihn an. Harder musste an das typische Bild einer Hexe denken und hatte die bildhafte Inkarnation vor sich. Dann kamen ihm die letzten Tage Undercover in diesem Kult in den Sinn, der Zusammenhalt der Gruppe, und die idiotische Freude auf die Selbstopferung eben dieser Frau. Und an die vielen anderen Kulte, und an die Verbindungen zwischen diesen Gruppen. Und an jemanden, den er schützen wollte. Sie spuckte ihn erneut an.

Die Knight V3 tat auch diesmal ihren Dienst und hinterließ einen von der Wucht und der Kraft der Metall Killing Bullets aufgerissenen Brustkorb aus circa einem Meter Entfernung. Sie spuckte kein drittes Mal, aber hinterließ Blut auf seinem Umhang. Bevor er ging, überzeugte er sich, ob er wirklich nur Tote hinterlassen hatte und holte dies nach.

Harder musste sich mehr als nur eine Standpauke anhören, als sein Vorgesetzter Jacks letzten Einsatz überblickte. Seiner Meinung nach hatte Jack die Pflicht Verhaftungen aufzuweisen und nicht seine Abschussrate zu erhöhen. Er hatte die Arbeit eines Mörders abgelegt, und nicht die eines Polizisten. Doch Jacks Beweggründe waren durchaus menschlich, wenn man seine Geschichte kannte. Und dieser Vorgesetzte war noch neu.

Sein Kopf lag auf ihrem Bauch, wo er mittlerweile oft die Zeit verbrachte. Er lauschte dem Takt eines neuen Lebens, welcher ihre und seine rhythmischen Schwingungen der schlagenden Herzen vereinigte. Tränen rollten über die nackte Haut, Tropfen von Freudenwasser und unfassbarem Glück. Jack war nicht nur zurückgezogener als andere, er war auch weicher.

Niemand durfte ihr je etwas tun, oder dem zweiten Zeugen ihrer gemeinsamen Liebe.

Er hatte aus einem Schutzbedürfnis heraus gehandelt, handelte immer danach. Früher hatte er gesehen, wie es ist, wenn man nicht acht gab. In der Stellung schlief er ein, beruhigend wirkten die Zeichen ihres gemeinsamen Kindes, ein Geschöpf der Liebe, das kein Ovulationshemmer je hätte verhindern können. Sein kleiner Sohn.

Zum Glück hatte sich einiges geändert. Dinge, die sich hatten ändern müssen. Die Cops schlugen in der City von Neu-Berlin härter zu, wehrten sich mit allem was sie hatten, ließen sich nichts mehr gefallen, und das Gesetz konnte Terrain zurückerobern. Jack musste sich nur einige böse Worte und Warnungen anhören und mit auf den Weg geben lassen, dann kehrte man zur Tagesordnung zurück. Die Akte des Kultes der Kinder des Herrn vieler Namen wurde in Neu-Berlin geschlossen.

„OK, Leute, es gibt viel zu tun. Auf den Straßen herrscht ein Krieg, und die Big Bosse haben beschlossen ihre Soldaten mitmischen zu lassen. Da wir unseren letzten Job erfolgreich abgeschlossen haben", ein kurzer Seitenblick auf Harder, „soll unser Einsatzkommando den Jungs den Rücken stärken. Die Cops dort draußen auf den Straßen befinden sich an der Front. Die Drogenkriminalität stieg extrem an, und die Hälfte der Stadt gehört uns nicht mehr. Wir haben kaum noch Einfluss auf diese Schweine."

Eine rhetorische Pause.

„Den Krieg können wir Mann gegen Mann nicht gewinnen. Einige von Euch haben ja bereits Erfahrungen in diesen Straßenschlachten. Diese Drecksäcke sind einfach zu viele. Wir packen uns sie von oben. Wir gehen direkt an die Spitze und machen sie fertig."

Richard Speier, taktischer Planer, löste den Chef der Einsatzgruppe ab.

„Dazu benötigten wir Kontakte. Wir mussten in der Szene Fuß fassen, die richtigen Leute finden und vertrauenswürdig erscheinen. Ebenso brauchten wir Hintergrundinformationen um eine solide Lebensgeschichte auszuarbeiten, die Ihr in diesem Undercoverjob jetzt bekommt. Informantenbefragungen haben folgendes ergeben: ein Killer namens Dan Lloyd befindet sich auf dem Weg in die City. Er kommt direkt von Australien und ist deshalb nur dem Namen nach bekannt. Bis jetzt hielt er sich hier im Hintergrund. Unsere Chancen sind also gut, dass er noch nie von jemandem hier gesehen wurde, und somit keiner sein Gesicht kennt. Der Killer stammt ursprünglich aus Deutschland, musste allerdings mehrmals seine Identität ändern, was für uns recht praktisch ist. Er soll angeblich in zwei Tagen die Maschine von Sidney aus nehmen. Harder, Fahrenheit und Tuck werden sich noch heute dorthin begeben und Lloyd ausschalten. Keine Leiche darf auftauchen. Harder übernimmt Lloyds Identität und wird in der City Fuß fassen. Tuck wird Dich ständig begleiten, wir haben eine interessante Geschichte für ihn. Fahrenheit, Du bleibst fürs erste in Sidney und sorgst dafür, dass niemand dort etwas erfahren kann, was Harder auffliegen lässt. Chris, Deine gewünschte Versetzung nach London ist endlich genehmigt worden."

Nach der Einsatzbesprechung ging es gleich nach Sidney, ins wunderschöne Australien. Für Jack blieb nicht einmal mehr Zeit mit seinem besten Freund Chris dessen Versetzung zu feiern.

Lloyd wechselte ohne große Hindernisse die Körper. Sein altes Ich lag nun in einem Kofferraum zusammengerollt. Fahrenheit würde sich gut um ihn sorgen.
Der neue Dan Lloyd begab sich mit einem gewissen Tukulka Hitosh zurück nach Neu-Berlin.

Das Schwerste für einen Normalbürger war, in die City Eintritt zu bekommen. Da war die normale Stadt, dann kam etwas, was im Volksmund Grenzgebiet hieß. Autonomes Land, leere Straßen, ein scheinbar verlassenes Gebiet, in das nicht einmal Polizeiwagen fuhren. Bewaffnete Kämpfer der Drogenkartelle befanden sich nicht sichtbar hinter Fenstern der Straßenzüge, jeden tötend, der ohne Erlaubnis in dieses unabhängige Land kam. Die Wolkenkratzer waren Brutstätten der Drogensucht, Prostitution und vieler weit schlimmerer Verbrechen, wie gewaltige Spritzen erhoben sie sich gen Himmel. Wie bekam ein Killer Einlass in dieses Zentrum des Glücks?

Der Hubschrauber donnerte über das Grenzland. Wäre nicht überall der ohrenbetäubende Lärm, hätte man die vereinzelten Schüsse auf sie hören können. Doch der stählerne Vogel war zu schnell. Tuck machte seine Sache gut als Pilot des Helikopters. Es war der erste Einsatz des jungen Mannes, und Harder hatte dem Chef versprechen müssen, dass es nicht sein letzter werden würde. Nur die zwei und ein kleines Arsenal an Waffen befanden sich hier über der City.
Sie flogen nicht besonders weit ins Grenzgebiet hinein, da sie sonst garantiert auf Abfangjäger gestoßen wären. Das Land der Drogen war eines der reichsten überhaupt. Tuck brachte sie auf einem Hochhaus herunter, und Jack musste ein letztes Mal an seine kleine geliebte Familie denken. Dann ging alles wie geplant extrem schnell. Sie sprangen heraus, Tuck betätigte den Zeitzünder, und Harder schulterte den Rucksack mit wirklich

lebenswichtigen Utensilien.

Sie durchquerten das verlassene Hochhaus recht schnell und betraten die City, eine Oase der Zukunft. Hier galten eigene Gesetze, zum Einen das primäre Recht des Stärkeren, zum Anderen das sekundäre Recht des Freundes des Stärkeren. Wer einflussreiche Bekannte in diesem Milieu hatte, dem geschah so schnell nichts, und dem der wußte sich zu wehren, wurden eher selten die Ohren abgeschnitten.

Dan Lloyd und Tukulka Hitosh wussten sich zu wehren und bewegten sich zu einer In-Bar. Informanten zufolge war dies der beste Treffpunkt, wenn man gute Kontakte suchte und einflussreiche Freunde gewinnen wollte. Und welcher Informant wagte es schon zu lügen, wenn er doch wusste, dass die Cops ihn ausschalten würde, wenn er sie narrte.

Hard Jack gefiel sein neuer Kollege, er schien tüchtig und zuverlässig, dieser junge Japaner der in Deutschland aufgewachsen war. Trotzdem bereute es Jack, nicht seinen alten Partner Chris mit sich zu haben. Chris war ein langjähriger Freund, der nach langer Zeit im Krankenhaus aufgrund einer Verletzung seine Versetzung beantragt hatte.

Chris brauchte ein ruhigeres Einsatzgebiet. Seine Gedanken an Chris verliefen zu anderen Menschen, die Harder einst wichtig gewesen waren. Familie. Ihr Schicksal war für Harder mehr als eine Warnung gewesen.

Jacks Rache war der Grund, dass er selbst in die Gefängnisminen kam. Er wurde jedoch reaktiviert, als man Leute seines Charakters brauchte, um im Kampf gegen das organisierte Verbrechen zu gewinnen. Seit diesem Zeitpunkt hinterließ Harder nie wieder Gefangene, sofern er es nicht unbedingt für nötig hielt. Seine Frau, seine Tochter Yade und das noch ungeborene Kind bedeuteten ihm mehr als ein verdammter Mörder, der später auf Rache aus war oder anderen von ihm erzählen konnte.

Die In-Bar zu finden war schnell geschehen. Sie hatten eine einigermaßen gute Karte dieses unabhängigen Berliner Gebietes erhalten. Reinzukommen war etwas schwieriger. Es gab mehrere Möglichkeiten, aber nur einen Eingang. Die bewaffneten Türsteher bestechen, unterwürfig um Einlass bitten oder die harte Tour.

Für Jack Harder gab es nur eine sinnvolle Möglichkeit. Wenn er hier als Dan Lloyd aufsteigen und an die Großen herankommen wollte, so musste er Aufsehen erregen und durfte sich nichts gefallen lassen. Er musste von Anfang an beweisen, wie brutal und unnachgiebig er war.

Ohne lange nachzufragen ging Harder zielstrebig auf den Eingang zu. Bis ein zwei Meter hoher menschlicher Panzer sich in seinen, Hard Jacks Weg stellte. Niemand durfte das.

„Was willste?"

Keine Antwort. Zumindest nicht von Harder, bzw. Lloyd. Dafür sprach die

Knight V3, und sie hatte gute Argumente. Jack hielt diesem „ich wiege drei Tonnen"-Türsteher den Lauf seiner Waffe unter das Kinn und drückte ab.

Die Glastür zersplitterte als Mister Panzer ohne Kopf hindurch fiel. Obwohl es Tuck schlechter zumute war, als je zuvor in seinem Leben, waren die antrainierten Reflexe gut wie eh und je. Der zweite der drei Türsteher, welcher rechts von ihnen stand, zog seine Schusswaffe, als Tukulka Hitosh sein Samurai-Schwert von seinem Rücken zog und den Kopf seines Gegners mit einem schnellen, schrägen Schnitt durchtrennte.

Jack ignorierte dieses Geschehnis und wandte sich dem letzten Türsteher zu, der noch nicht dazu gekommen war, seine Waffe zu heben, und es Angesichts der Knight, die auf ihn zielte, auch nicht tat.

„Ich komme mit dem Flugzeug aus Australien, dringe mit dem Hubschrauber hier ein. Kaum steige ich aus, betteln ein paar Junkies um lächerliche Summen Geld. Das kotzt mich an. Gehe ich weiter, meinen ein paar Wichser mich ärgern zu können. Das haben sie sogar, denn ich hasse es, wenn ich mich schmutzig mache. Dabei will ich doch bloss in die nächste Bar gehen, etwas trinken und nach dem Reiten bei einer hübschen Frau einzschlafen. Komm ich aber bei der Bar an, will man mich nicht reinlassen. Das macht mich wütend."

Zitternd öffnete der Angesprochene die zerstörte Tür und hielt sie auf. Er selbst verstand es kaum, wie die Wörter aus seinem Mund kamen, denn er hatte gar nicht mehr die Nerven zu sprechen: „Sie sind herzlich eingeladen."

Jack steckte seine Waffe weg, und Tuck wischte die Klinge an der Hose ab. Die zwei betraten die Bar und hatten schon einen guten Ruf in der City.

Der Vorfall hatte sich innerhalb der Bar herumgesprochen, in der Szene verteilten sich Informationen wie Lauffeuer. Niemand stoppte die zwei. Tuck hatte den Kampf gegen seinen Brechreiz gewonnen und wahrte die kühle, eiskalte Miene seiner japanischen Vorfahren, seine Abstammung von den Samurai-Kriegern des Kaisers.

Sie saßen nicht lange, vielleicht drei Getränke lang als sich ein Mann zu ihnen gesellte, welcher sie zuvor die ganze Zeit beobachtet hatte.

„Hi, Dan."

Jack Harder blickte ihn nicht an, er zeigte keine Regung. Tuck bestellte einen weiteren Drink und schaute sich die Tänzerinnen an. Der Fremde nahm neben ihnen Platz.

„Nicht sehr gesprächig. Meine Bosse haben Möglichkeiten die Zunge zu lösen."

„Und ich habe Möglichkeiten das zu verhindern."

„Du gefällst mir, Dan. Scheinst mit der Szene gut klarzukommen. Ich bin auf der Suche nach Leuten wie Dir. Allerdings kenne ich Deinen Freund nicht."

„Mein Freund heißt Tukulka. Es trifft sich gut, dass Du auf der Such nach mir bist, denn ich wollte von Dir gefunden werden."

„Von mir?"

„Sagen wir von Leuten, die Leute wie mich suchen. Australien ist sehr heiß geworden, in dieser Jahreszeit."

„Ich könnte Dir helfen Dich abzukühlen, aber vorher möchte ich mehr über Deinen Freund wissen. Ich dachte, Leute wie wir arbeiten allein."

„Das tun wir, meist. Ich habe mal sein Leben gerettet, der Zufall wollte es so. Seine Mentalität verlangt, dass er mir sein Leben lang folgt und mir dient. Ich habe nichts dagegen. Wahre Loyalität ist schwer zu erlangen in dieser Zeit."

„Ich denke, wir verstehen uns. Wenn er zu Dir gehört, geht das klar. Für mich dasselbe."

Der letzte Satz ging an die gut aussehende Bedienung.

„Woher kennst Du meinen Namen?"

„Das ist leicht zu wissen, Dan. In der Szene spricht sich Neues sofort herum. Schon lange bevor Du Dich entschieden hast nach Neu-Berlin zu kommen, wussten wir es schon. Und Neue erkennt man hier mit einem Blick. Dich habe ich hier noch nicht gesehen. Jeder der etwas auf sich hält kommt in diese Bar, deshalb habe ich hier gewartet. Wer sonst solltest Du sein?"

„Okay. Wie geht es weiter?"

„Zuerst einmal wirst Du machen, was Du willst."

„Das hätte ich sowieso getan."

„Und was will Dan Lloyd?"

„Für heute brauche ich Entspannung."

„Gut, Du sollst Entspannung haben. Ich kümmere mich um Deinen Freund. Du sollst die schönste Frau hier haben. Sie ist in Zimmer 231. Jemand hat sie schon, aber ich wette, Du weißt Dir zu nehmen, was Du willst."

Jack nickte stumm und erhob sich von seinem Platz um sich zu dem Ausgang zu den Zimmern zu begeben, den man entfernt sehen konnte. Er hatte sofort verstanden, dass der Fremde ihn testete. Man überprüfte, ob er wirklich der war, für den er sich ausgab.

Harder gelangte zu der Zimmertür, welche er verschlossen vorfand. Nach dem Abstand der anderen Türen zu urteilen, versteckte sich hinter dieser eine recht große Wohnung. Lauschend konnte er hinter der Tür kein Geräusch vernehmen. Dan Lloyd entschloss sich zu klopfen und rief laut „Entschuldigung". Man hörte jemanden sich nähern und langsam öffnete sich die Tür.

Hard Jack erblickte einen gelangweilten jungen Mann. Von oben bis unten tätowiert, stand er nackt vor Harder.

„Wenn es nichts wichtiges ist, reiß ich Dir den Arsch auf."

Und der junge Mann hatte keine gepflegte Ausdrucksweise. Leider hatte er auch keine Zeit diese zu bessern. Harders Langdolch bohrte sich in die Mitte des Halses in den Tätowierten und schlitzte ihn in einer Wellenform von oben nach unten auf. Jack folgte dabei der Form einer grünen Schlange, die sich nun dunkelrot färbte.

Der Körper sackte unter Zuckungen zu Boden und ein Tritt beförderte ihn weiter ins Zimmer hinein, so dass Jack die Tür schließen konnte. Der Raum war dunkel, eine Nachttischlampe gab dämmeriges Licht. Es handelte sich um ein großes Schlafzimmer, das Jack betreten hatte.

Kein Lebewesen außer ihm befand sich hier. Jack hörte durch eine weitere Tür Wasser rauschen. Als er hindurch trat, fand er ein Wohnzimmer vor. Auch in diesem Zimmer gab es kein helles Licht. Jack zog sich komplett aus und betrat das hell erleuchtete Badezimmer, das vom Wohnzimmer abging.

Fahrenheit erledigte in Sidney unliebsame Zeitzeugen und manipulierte einige Datenbanken, in dem er sie mit falschen Photos fütterte. Die Lebensgeschichte Dan Lloyds stand nun auf gutem Fuß.

Am nächsten Tag schlief Jack lange, bis ihn die Frau weckte, mit der er die Nacht verbracht hatte. Er hatte Abneigung empfunden. Nicht weil sie ihm nicht gefiel, sondern weil er an die denken musste, die er liebte. Doch sein Leben wäre nichts mehr wert gewesen, wenn er Zweifel an seiner Rolle aufkommen ließ. Sie führte ihn zu dem Fremden von gestern, und Harder sah auch Tuck wieder.

„Na, mein Freund, wie gefiel sie Dir?"

„Gut genug um wieder auf sie zurückzukommen. Doch nun gibt es andere Aufgaben."

„Uns hat es auch gefallen. Nette Videoaufnahmen."

Man hatte also überprüft, ob er sich tatsächlich nahm, was er wollte. Er schien gut abgeschnitten zu haben, sonst hätte der Unbekannte es ihm nicht gesagt. Wichtig an der Show war natürlich die Ausschaltung des Nebenbuhlers gewesen.

„Nennt mich Shadow. Ich bin der Schatten hinter jedem in der City. Ich weiß alles, und ich sage allen was sie machen sollen. Verstehen wir uns?"

„Ja. Du bist der Lakai der Obersten, ein Speichellecker."

Jack verzog keine Miene.

„Ich werde Dich meinen Bossen vorstellen. Wenn ich es für an der Zeit halte. Zuerst einmal habe ich einen Job für Dich. Lass mich ausreden. In der City hier gehört auch nicht alles einem. Ein paar Möchtegern-Dealer schnappen sich mit ihrer Pseudogang Gebiete und verkaufen ihren Stoff ohne Erlaubnis. Wenn wir einen Kampf beginnen dauert das lange, und wir verlieren viele Leute. Es ist immer am Besten den Kopf einer Schlange abzuschneiden, wenn man sie töten will. Du sollst den kleinen Hans eliminieren. Wir nennen diesen Stümper so, er behauptet von sich, er wäre der große Racheengel. Die Herren der City haben seinen Bruder früher als Killer beschäftigt, als er zu viel Geld wollte, musste er sterben. Nun meint der Kleine, er könnte sich gegen die Herren auflehnen. Ts, ts, ts. Schade eigentlich. Du machst diesen Job!"

„Natürlich. Aber eigentlich bin ich nicht hierher gekommen um weiterhin kleine Mordaufträge zu absolvieren."

„Schon klar. Jeder fängt klein an. Wir werden uns wieder sehen, danach."

„Wo?"

„Ich bin Shadow und auch Dein Schatten. Ich werde Dich schon finden."

Dann ging er in die Menge und verschwand. Tuck und Jack Harder blickten sich an und bestellten erst einmal Frühstück.

Der Barkeeper sagte ihnen, welches Gebiet den Racheengeln gehörte, bzw. welches sie sich ausgeliehen hatten. Tuck knackte einen alten fast schrottreifen Wagen und sie fuhren los.

Shadow brachte sie später in den Tempel. Das Haus der Herren. Das Zentrum, die Spinne im Netz. Die Hebel der Macht waren in diesem Bauwerk. Tuck blickte mit Ehrfurcht auf das Heiligtum. Tukulka Hitosh. Sein echter Name war Tukalar Ran. Kurz Tuck.

Jack verzog keine Miene, nichts regte sich, sein Gesicht war das eine Statue, eiskalt, kühler als jeder eisige Stein. Wenn er an irgend etwas dachte, was Gefühle, Emotionen in ihm auslöste, so wußte er es zu verstecken.

Das Gebäude, das größte im Umkreis, wirkte wie ein Betonbunker. Es war eine Festung in einer Festung. In der City. Düster. Es erinnerte Jack an die Bilder, welche ihm beim Lesen alter Fantasy-Bücher immer in den Sinn gekommen waren.

Das Schloss eines gefährlichen Schwarzmagiers. Umsäumt mit Wachen. Keine breitschultrigen, halbnackten Schwertkämpfer, sondern breitschultrige, gepanzerte Bewaffnete. Shadow ermöglichte ihnen den Eintritt zum Paradies durch die Pforten der Hölle. Oder war es andersherum?

Tuck wurde von einer Gänsehaut heimgesucht, und er betete, seine überirdischen Schöpfer mögen ihn hier wieder lebend herausholen, wenn es an der Zeit wäre.

Shadow war die Verbindung der Herren zum Rest der City. Die Herren schalteten und walteten, Shadow war einer von denen an der Front, welche die Pläne nicht schmiedeten, sondern ausführten. Er war ein wichtiger Kontakt. Er stellte den Weg dar, den sie gesucht hatten um zu und in diesen Ort zu gelangen. Den Tempel der Lust, Spaß, Gewalt und Macht. Ein Platz an dem Jack sich gerne mal austoben würde. Seiner Knight würde es sicherlich auch gefallen.

Shadow war besser als jede Eintrittskarte in ein Theater. Er konnte sie sogar hinter die Bühne bringen. Sie betraten einen hochgradig gesicherten Fahrstuhl, die Wachen ließen Shadow passieren, da sie ihn zu kennen schienen. Jedoch waren zusätzlich noch etliche elektronische Schranken vorhanden. Shadow öffnete die dick gepanzerten Türen mit Magnetkarten, Handabdrücken, seiner Stimme und Passwörtern.

Das Heiligtum war besser gesichert als jede militärische Einrichtung, zumindest kam es Jack so vor. Der Fahrstuhl brachte sie in die zehnte Etage, von da an mussten sie (nach weiteren Hindernissen, die dank ihrem Begleiter leicht zu überwinden waren) eine Treppe zu einem anderen Fahrstuhl erklimmen, welcher sich hinter einer Schleuse befand. Innerhalb der Schleuse wurden sie nach Waffen gescannt und alle gefundenen schmerzbringenden Werkzeuge, dazu gehörten die Handfeuerwaffen, die sie direkt bei sich trugen, sowie Tucks Schwert und alles was Tuck in einer großen unförmigen Ledertasche mit sich führte, mussten sie hinter einer Metallklappe zurücklassen. Dort verschwand es auf einem unbekannten Weg.

Ohne die Möglichkeit sein Leben mit dem kleinen nützlichen Helfer zu verlängern, fühlte Jack sich etwas unsicher. Aber schließlich bedeutete es nicht den Tod, wenn man mal keine Waffe zur Hand hatte. Der letzte Fahrstuhl brachte sie in die Ebenen, die für wenige Auserwählte zur Verfügung standen. Die Herrenetagen, wie sie Shadow nannte.

Sie betraten eine gewaltige Halle, darin viele Tische und einige Tänzerinnen, die leicht anregen sollten. Traumstoffe konnten Jacks geübte Augen nirgendwo ausmachen, die Herren machten sich nicht schmutzig, und ihre Gesundheit war ihnen einiges Wert. Keine Drogenjunkies befanden sich in der Hochsicherheitsebene.

Von den Verbrechern und Kriminellen hier kannte Jack niemanden, zumindest nicht vom Sehen. Dies konnte daran liegen, dass Jack keinen schweren Gesetzesbrecher lebend zu seinem Chef brachte, aber auch, dass die Anwesenden sich ihre Hände nicht schmutzig machten, wenigstens nicht mit Sachen, bei denen sie mit den Cops in Kontakt gerieten.

Das war auch gut so, denn wenn jemand Jack oder Tuck erkannt hätte, wäre ihr Leben nicht einmal mehr den Tod wert gewesen. Shadow ließ sie allein und sprach mit einigen scheinbar hochgestellten Personen in ihrer Nähe.

Jack benutzte diese Gelegenheit um sich umzusehen, Tuck spielte seine Rolle seinerseits perfekt. Er blieb ohne Regung stehen, als würde er auf eine Anweisung seines selbst gewählten Mentors warten. Harder trat an eine Brüstung, von welcher er auf eine tiefer gelegene Ebene hinunter sehen konnte.

Dort war eine gigantische Halle mit einem großem Schwimmbecken. Rechts von Jack befand sich ein gläserner Fahrstuhl mit dem man diese Äquipotenzialflächendifferenz überqueren konnte. Der Fahrstuhl ging vom großen Bad zur Lusthalle. Im Wasser tummelten sich leicht beschürzte Frauen und Männer, am Rand des Beckens konnte man sich massieren und verwöhnen lassen. Es war das Paradies. Und an der Treppe aus dem Wasser heraus döppten zwei Männer einen dritten bis zum Ertrinken.

Vielleicht hatte er die Regeln verletzt, dachte sich Harder. Er konnte ihm nicht helfen. Nicht ohne seinen eigenen und Tucks Namen dem Sensemann auf seine Liste zu schreiben. Als er gerufen wurde, natürlich mit Dan, wandte er sich um und trat zu der kleinen Gruppe, welche sich angesammelt hatte. Shadow und zwei Personen standen bei Tuck.

„Na, Dan. Schön hier? Dies sind Lester und Sun. Sun hat seinen ungewöhnlichen Namen, da er einigen Feinden unseres Systems viel Licht und Wärme geschenkt hat. Lester ist eine Art Buchhalter. Er führt die Statistiken über unsere besten Killer. Ah ja, und da kommt DeStraight, einer der Herren mit seinen direkten Untertanen. Reno, genannt Skyblade und Trump, DeStraights rechte Hand."

Dan Lloyd und Tukulka Hitosh mussten aufmerksam musternde Blicke über sich ergehen lassen. Danach ergriff DeStraight das Wort, und Jack Harder hatte das dumpfe Gefühl immer noch nicht ausreichend getestet worden zu sein.

„Hallo, Mister Lloyd. Schön, dass Sie endlich angekommen sind. Mein Name ist Mister DeStraight. Ich bin für all die Vermittler von schönen Gefühlen zuständig. Hier ist etwas, das ich unter unseren Anhängern verteilen lasse. Sehen Sie diese Grazie, die wunderbaren Welten, die sich entfalten werden, wenn sie diese runde Scheibe, gesandt von den Göttern einnehmen?'

Jack wurde es fast übel bei diesen schwulstigen Ausdrucksweisen. Kurz, knapp und korrekt, so liebte er es.

„Ich sehe eine Pille."

„Junger Freund, Sie müssen dahinter sehen. Das Paradies, die diese Pille uns bringt. Schauen Sie sich um. Dies hier wäre nichts ohne diese Pille. Sie verspricht Reichtum und Macht."

Der Unterton eines jagenden Tieres und eine sanfte, nur selten betonende Stimme. Nicht direkt gefährlich, aber indirekt angsteinflößend.

„Ich habe von unserem Auge auf den Straßen gehört, dass Ihr Begleiter Ihnen unterwürfig ist."

Es war lediglich eine Feststellung, die Geste machte aus diesem Satz allerdings einen gemeinen Test. DeStraight hielt Jack die Pille hin, Dan Lloyd, einem Mörder von Beruf. Harder wußte, was man von ihm wollte. So leid es ihm auch tat, die Geschichte musste glaubhaft bleiben, und am Besten war es, wenn nichts, gar nichts gegen ihn sprach.

Jack nahm die Pille mit der offenen Hand und schloss sie nicht. Wie auf einem Tablett, nur dass sie auf seiner Handfläche lag, reichte er sie Tuck, einem guten Cop, der seinen Job nicht nur machte, sondern lebte. Nur, wer als Cop lebte, würde einen Undercoverjob annehmen.

Jack brauchte nichts weiter sagen, Tuck zögerte innerlich noch, während er den Weg ins zeitlich begrenzte Glück einnahm. Er sackte nach wenigen Sekunden zu Boden. Zuvor hatte er den ganzen Auftrag stumm verflucht und befand sich in einer Scheinwelt, vorgegaukelt von seiner eigenen Phantasie, ausgelöst durch den extrem guten Stoff.

Er war perfekt in seiner Rolle. Sun zweifelte noch. Vielleicht gehörte es auch zu dem ganzen Theaterstück, in dem man überprüfte ob Dan Lloyd seine Rolle kannte und konnte, und ob er in das Theaterstück passte.

„Der Wichser sieht nicht aus, als ob er jemanden töten könnte. Man muss nicht nur ne Pistole abfeuern können. Töten bedeutet jemanden Auge in Auge gegenüberzustehen, ihn grinsend anzusehen und seinen Brustkorb lächelnd in einen Kadaver zu verwandeln. Dieser Arsch kann das nicht."

Jacks Faust war schneller, als dieser Kerl seinen Mund zumachen konnte. Erst ins Gesicht, blutige Nase. Dann in den Magen, nach Luft schnappen. Erneut in das Gesicht, leicht benommen. Das Schwein packen, festhalten und losrennen. Ziel das nächstbeste Fenster. Die waren in der Lusthalle extrem groß, vom Boden bis zur Decke, am laufenden Meter unterteilt. Sun prallte mit dem Rücken gegen die stabile Glasscheibe, wurde dagegen gepresst

Das Glas erbebte, aber hielt stand. Sun fing an sich zu wehren und schlug um sich. Jack zog ihn zurück und warf in wieder gegen die Scheibe. Sun wurde immer wilder. Jacks Rechte ließ ihn etwas ruhiger werden und noch ein Schlag folgte.

„Schnapp, Dan."

Es war Shadows Stimme, und als Dan Lloyd, alias Harder seinen Kopf schwenkte, sah er seine Knight auf sich zufliegen. Instinktiv fing er sie auf, richtete sie auf seinen nahen Gegner, der gerade wieder anfing klar zu denken. Er tat das beste was er tun konnte, er ließ sich zu Boden sinken.

Die Metall Killing Bullet schlug über ihm ein und zertrümmerte das hilflose Fenster. Ein riesiges Loch befand sich an der Stelle an der sich Sun gerade noch befunden hatte und alles war gesplittert.

Jack Harder steckte seine Lieblingswaffe weg und Sun hoch. Er hatte Sun nicht losgelassen, dieser hing nun etliche, tödliche Meter über dem für ihn sehr unsicheren Erdboden, nur noch gerettet von Jacks Händen an seinem Kragen, und seinen Füßen am Rand des Abgrundes, Zentimeter, wenn überhaupt vom Tod entfernt.

Die zwei blickten sich an, vom überall schwebenden Tod geeint, direkt in die Augen. Vier Pupillen fest verbunden durch etwas Übergeordnetes zwischen ihnen. Harder grinste, es war das Grinsen eines Schelms am königlichen Hof. Sun griff mit rechts nach seiner Waffe, die vorne in der Hose steckte und mit dem ebenso wahnsinnig muskulösen linken Arm nach dem Fensterrahmen um sich nach Dan Lloyds Tod daran hochzuziehen.

Jacks Waffe steckte ebenfalls in seiner Hose, aber nicht mehr sehr lange. Sein Grinsen ließ nach und verzog sich zu einem einfachen kleinen Lächeln, als er den Abzugshahn halb durchzog. Nicht viele Kugeln durchbohrten Sun, sondern lediglich eine, als Jack ihn gleichzeitig losließ. Es gab keine Hoffnung auf Rettung, zum Glück konnte ein Toter nicht mehr hoffen und somit nicht enttäuscht werden.

Sun war bereits tot, als er dem Boden seine letzte Aufwartung gab und sein ganzer Körper diesen küsste um eins zu werden mit der Urenergie. Harder wurde durch den Rückschlag nach hinten gerissen, er wurde gerettet. Auf dem weichen Teppichboden lebte er weiter.

Kurz vor dem Schuss der Sun sein Ende offenbarte, hatte Jack einen Aufschrei hinter sich gehört, ein Wort, welches er nicht verstehen konnte. Als er sich jetzt umwand, sah er einen wütenden Reno auf sich zu rennen, und er verstand, warum dieser Skyblade hieß. Das Bild der Tätowierung, die Harder erst jetzt bemerkte, brannte sich in seiner Erinnerung ein: ein Langschwert schwebend in der Kulisse eines Himmels, eine Idylle aus Wolken und einer Sonne.

Und das lange Messer, oder besser kurze Schwert in den Händen des sich ihm Nähernden. Jack überlegte nicht lange, viel Zeit hätte er auch nicht gehabt. Er wollte keinen Kampf, kein langes Hin und Her, sondern die Sache kurz und knapp erledigt haben.

Es war nicht das Bild einer übermäßigen Brutalität, welches einen Unvorbereiteten entsetzen konnte, sondern mehr die grausame Theatralik des scheinbar entspannt und friedlich daliegenden Mannes. Der Grund seines Todes ein Loch in der Stirn, fast faustgroß. Aber kein austretendes Blut, da sich die Wunde sofort nach dem Durchschlagen dank der extrem kurzen Schussdistanz durch übermäßige Hitze geschlossen hatte.

Sogar der Gesichtsausdruck war entspannt, fast als hätte der Tote Befriedigung erlangen. Vielleicht hatte er geglaubt, die Rache wäre seiner sicher gewesen, schließlich fehlten nur wenige Zentimeter zu seinem Ziel. Harder hatte ganze Arbeit geleistet. Und er hatte jetzt einen Platz in der Szene, ebenso Tuck, falls er endlich von seinem Drogenflug zurückkommen würde.

Im Moment flog er noch ziemlich hoch. Während Tuck in einem süßen Himmelbett schlummerte und langsam wieder herunterkam, befand sich Dan Lloyd in einem leeren Sitzungszimmer, vor einer Kamera und einem Mikro und berichtete, wie er den Dorn im Auge der Herren beseitigt hatte – Shadows einleitender Auftrag. Die Herren hörten ihm aufmerksam zu, obwohl er niemanden sah.

Tuck parkte den Wagen einen Block entfernt. Sie hatten eine mit Hand gemalte kleine Zeichnung der Gegend erstellt. Den Plan hatten sie bei der Fahrt kurzfristig entworfen. Das verlassene Gebiet war leer, man spürte geradezu, dass es eine Gefahrenzone war. Es ging sehr schnell, keiner der beiden machte ein großes Aufsehen um die Sache.

Es gab ein etwas größeres Ruinengebäude in der Straße, das halb zerfallene Haus hatte einst eine Bombenexplosion eines Killerkommandos erlebt. Dieses Gebäude erklommen die zwei Cops um Zugang zu dem Dach des Zielgebäudes zu erhalten. Drei Wachen dort waren die ersten sichtbaren Anzeichen von Gefahr, ihre Waffen versprachen den Tod.

Tuck war der japanische Kampfkunstexperte. Er war ein Meister in der Kunst des lautlosen Tötens. Lange Zeit hatte er sich in die Bereiche des Ninjutsu eingearbeitet, die Kunst der Assassinen. Diese zum Teil unfaire Meuchelei lag ihm nicht so sehr, er beschränkte seine weiteren Studien auf dem Weg zum Samurai, einer vergleichsweise mehr ritterlichen Tätigkeit.

Aber das hinterrückse Töten hatte Tuck nicht verlernt. Darum übernahm er die nächsten notwendigen Handlungen. Geschmeidig und katzenhaft landete sein Körper auf dem kargen Beton des nahen Daches. Im Flug ließ er seine besondere Waffen durch die Lüfte schweben. Der Metallene, dunkelgefärbte Stern schlitzte sich tief in den Hals seines unvorbereiteten Opfer.

Tödlich die Macht seiner Shuriken. Eine gutturaler Laut wollte der Kehle des Opfers entfleuchen, aber diese war durchtrennt wie sein Lebensstrang. Der nicht ewige Kreislauf eines Wandelnden war zu ende, der Wandelnde musste verharren. Geräuschlos fiel er zu Boden.

Während der dritte Soldat der kleinen Privatarmee langsam einen weiteren Zug an seiner Zigarette vornahm, bemerkte der zweite den Vorfall und wollte einschreiten. Sein einziges Problem, und mehr Probleme hätte er überdies nicht beseitigen können, war, dass der Samurai nicht entfernt genug war.

Die stählerne, nach alter Tradition handgeschliffene Klinge spaltete die Sichtweise seines Opfers sowie den Kopf, zu dem die Augen gehörten. Die Hirnrinde lag offen, und zum ersten Mal in dem Leben war das Gehirn dieses Menschen wirklich frei. Und wie es die kleinsten Zellen, aus denen es bestand, getan hatten, hatte es sich geteilt. Es war schon fast einer von Tuck Lieblingsschlägen, obwohl er sich an die Auswirkungen nie gewöhnen würde.

Zu Hause teilte er mit seiner schnellen Klinge Holzblöcke aus Trainingszwecken. Die Realität war neu, wie die Form seines Gegenüber, der wie in Zeitlupe zu Boden fiel. Zumindest aus Tucks gehemmter Sichtweise. Sein Verstand hatte dies nie gewollt, aber es war passiert, denn in der Realität geschehen Dinge, im Nachhinein gibt es kein zurück.

Und bei Leuten wie ihnen war die Vergangenheit egal, und alles Geschehene war Vergangenheit. Ebenso egal war die Zukunft, man musste nur den nächsten Moment der Gegenwart überleben. Überleben hieß das Gesetz nach dem sie sich richteten. Manche beschreiben es mit Notwehr. Um Notwehr ging es hier nur zu einem kleinen Prozentsatz.

Hätte Tuck sich nicht auf das bewachte Dach eines von Schwerverbrechern besetzten kleinen Hochhauses begeben, wäre er nie in diese Notwehrsituation gekommen. Notwehr war das Recht der mittlerweile toten Angegriffenen. Hier ging es um „Tu es und überlebe". Ein Gesetz das niemand im seinem vollen Umfang verstehen kann, der es nicht ausgelebt hat.

Tuck machte sich zu viele Gedanken. Er hatte noch nicht richtig gelernt, seinen Kopf auch im Angesicht des in sich selbst versteckten aber frei gewordenen Bösen, leer von Überlegungen zu lassen. Instinktiv handeln. Zielsicher vorgehen. Überleben. Harders Prinzip.

Die Zigarette des dritten Söldners war längst achtlos zu Boden fallengelassen. Das Gewehr, einst eine Waffe der russischen Armee und ein muss für jeden Waffensammler, sofern er sie günstig ergattern konnte, eine Kalaschnikow, war durchgeladen, entsichert und angelegt. Doch da befielen den letzten Mörder auf dem Dach Kopfschmerzen, die kein Lebender aushalten konnte.

Dieser auch nicht. Der Kopf platzte auf, Haare waren vereinzelt auf dem Boden vorzufinden. Wenn sie in dem von der Polizei noch kontrollierten Stadtgebiet gewesen wären, hätte die Spurensicherung einiges zu tun gehabt. Fleischstücke flogen in berechenbaren Parabelbahnen von oben betrachtet radial von einem Zentrum fort. Das Gehirn kam nicht mehr dazu, den letzten aller Gedanken zu Ende zu denken.

Gott. Für diese Kreatur war die Religion erfunden wurden. Nein, eigentlich nicht. Eher für die, welche den Tod sich nähern sehen. Um ihnen die Hoffnung zu schenken, und ihnen nicht die baldige Nichtexistenz anzutun. Wer den Tod nicht kommen sieht, der braucht diese Hoffnung nicht. Wer nicht weiß, dass er sterben muss und wird, dem braucht man keine Hoffnung schenken.

Er hätte verzichten können, aber sein Mörder glaubte davon abgesehen gar nicht, dass dieser Söldner besonders gläubig gewesen war. Tuck starrte auf die ehemals langhaarige am Boden verkrümmte Figur, die ihn fast getötet hätte. Doch der Jäger hatte den Fuchs ausgeschaltet, bevor dieser das Kaninchen fangen konnte. Der Jäger war in diesem Fall Jack Harder.

Auf diese Entfernung konnten die Metall Killing Bullets ihre volle Kraft richtig entfalten. Nicht so, wenn sich das Ziel direkt vor dem Schützen befand, und sich die Sicherung noch nicht ausgeschaltet hatte um den Benutzer der Waffe von Verletzungen zu schonen. Die Metall Killing Bullets waren Explosivgeschosse, doch ihre wahre Kraft benötigte Spielraum. Jack gab ihnen diesen.

Das Dach war gesichert.

Tucks Zweifel waren für jeden zu vernehmen. Zweifel an seinem Kollegen, den er unterstützen sollte, waren ausreichend vorhanden. Jack Harder Methoden waren unkonventionell. Und das Schlimmste war, Harder hatte kein Gewissen, man sah es ihm immerhin nicht an. Auch Harder spürte Tucks Gedanken, die Zeit für ein aufbauendes und niederschmetterndes Gespräch war gekommen.

„Denken und Gefühle helfen hier nichts, Tuck. Du musst Dich abschotten, frei bleiben von jedem Gedanken der Dich vom Ziel abbringt. Vorher überlegst Du Dir wie weit Du gehen darfst, kannst. Nicht während Du es tust. Meine Grenzen stehen fest …"

Harder schien plötzlich in Erinnerungen zu schwelgen, in seinem persönlichem kleinen Alptraum gefangen.

„Ohne das vorherige Feststecken von Grenzen ist man verloren, verloren in Schuldgefühlen. Das hindert und tötet Dich. Hier tötet zu viel denken. Denken heisst Zeit verlieren. Einer meiner Jobs war Undercover in einer satanischen Sekte. Ich hatte schon immer einen Faible für Okkultismus, ich hasse jede Art davon. Er bringt die Menschen von Wesentlichen ab, ebenso wie es Religion tun kann, wenn Du nicht sehr vorsichtig bist. Sieh die Welt real an, nicht als religiöses Spielfeld. Für Satanisten gilt der Leitspruch ‚Tu was Du willst'. Aber manches hätten Menschen nie tun, sich nie darüber hinwegsetzen dürfen. Die größte aller Gefahren ist der Feind in uns selbst. Besiege ihn. Oder lasse ihm keine Macht über Dich. Ich kam in diese Sekte, eine lange Einarbeitungszeit. Ich lernte schwachsinnige Rituale, musste zumindest äußerlich glauben, dass leicht zu realisierende Täuschungen und kompliziertere Tricks aus der Magie der Mächtigen entstanden sind. Mächtig in Bezug auf beeinflussen und verdummen von anderen, oder von sich selbst, wenn sie es tatsächlich glaubten. Toleranz ist wichtig, aber man darf nie zu viel dulden. Als ich bereit war, kam das Einberufungsritual. Man brachte einen Toten, ein unfreiwilliges Opfer der zu weit Gegangenen. Ich trug ein Messer, den Dolch des Satans, genauso geformt und aus demselben Material wie Handelsübliche. Mit giftigen Pfeilen, die auf mich zielten, wurde ich angespornt zu einer Tat zu schreiten, auf die ich nicht im Mindesten vorbereitet war. Ich schnitt auf Anweisung den Brustkorb auf und unter viel ekeligen Blut, das herausströmte, entnahm ich das glitschige, abgetrennte Herz. Es schlug noch. Mein Erbrechen, alles was herauskam, musste ich später wieder hinunterschlingen, und das höhnische Gelächter der Schwarzgekleideten füllte den Raum und die nächste Zeit meinen Kopf aus. Ich werde nie die Stimme des Hohenpriesters vergessen, es waren drei grausame Worte: ‚Er lebte noch‘. Um mein Leben zu schützen, und weil ich es nicht gewusst hatte hatte ich einen Menschen getötet. Heute denke ich oft: selbst wenn ich es gewusst hätte, hätte ich es nicht tun müssen um mein Leben zu schützen? Jeder kann darüber diskutieren. Ich weiß nicht, wie ich damals mit Wissen über den tatsächlichen Zustand meines Opfers gehandelt hätte. Wie sich der Selbsterhaltungstrieb auswirkt, weiß man erst, wenn er sich auslöst. Für mich habe ich beschlossen, was für mich am Wichtigsten ist. Meine Problemlösung sollte für Dich unwichtig sein, mach Dir Deine eigenen Gedanken. Entschließe Dich, aber nicht in einem Auftrag. Lege Deine Grenzen vorher fest. Und dann lebe strikt danach. Sonst überlebst Du den Auftrag nicht. Komm mit und lass uns aufräumen.“

Der Angesprochene verdrängte alles, sein Kopf wurde zu einem Feld der Leere, der Instinkt begann zu steuern. Tuck knackte das Schloss nach unten zu ihrem echten Ziel. Die zwei machten ihren Weg frei, leise, die Stille lediglich gestört von dem letzten Hauchen ihrer Opfer, wenn die silbernen, handgeschliffenen Klingen der kurzen japanischen Sais ihre Hälse durchtrennten.

Kein Laut durfte vernehmbar sein. Von oben eingedrungen war ihr Weg nicht schwer. Ein leicht beeinflussbares armes Schwein beschrieb ihnen den Weg zu der Person, die sie suchten. Jacks konservative Methoden waren ebenso gut, wie die aus dem etwas anderen Kulturkreises von Tucks Seite.

Tuck hatte mittlerweile soviel Blut gesehen, wie nie zuvor in seinem Leben. Er wurde langsam abgehärtet dagegen, ließ die spitze Klinge schnell eindringen, wenn die Opfer noch aggressiv reagierten und ignorierte ihren flehenden Blick, wenn ihr Lebenssaft auslief und ihre Lebensdauer den

Grenzwert erreichte, gegen den sie konvergierte. Trotzdem war ihm ein letzter Ansatz von Mitleid geblieben.

Als sie das Gebäude auf demselben Weg, wie sie sich unrechtmäßig Einlass verschafft hatten, mit der Hilfe eines rasch gespannten Seiles über die Häuserschlucht wieder verließen, wurde unten ihr Nebenziel, auf den Weg zu den Wurzeln der City und den Hebeln der Macht, mit seinen Anhängern zerfetzt. Eine an der Tür angebrachte, zeitlich geschaltete und nicht rechtzeitig entdeckte Haftbombe hatte ihren Dienst in diesem Krieg absolviert.

„Wie lange werden wir so weitermachen?"

„Bis wir vor den Herren stehen und der Einsatz beginnt. Dann blasen wir zum Krieg und werden keine Zeit mehr zum Denken und Beten haben."

Sie standen noch immer nicht vor den Herren. Jack Harder alias Dan Lloyd saß lediglich in einem kleinen Raum vor der Videokamera und hatte ihnen alles berichtet, zumindest so weit er es verantworten konnte. Erst einen der mächtigen Herren hatte er gesehen. Und seinen Bodyguard Reno, das Himmelsschwert, ausgeschaltet. Lange Zeit herrschte Stille. Dann ertönte eine mit Computer verzerrte Stimme:

„Wir werden auf Sie zurückkommen."

Die Tür öffnete sich vollautomatisch, und Shadow wartete davor. Er brachte Dan Lloyd nach draußen und führte ihn herum. Der junge Japaner gesellte sich, mittlerweile wieder auf dem Boden der Tatsachen, zu ihnen, und sie wurden in die Laboratorien der Bastion gebracht.

Die schlimmsten aller Drogen, zum Teil noch nicht marktfähig, sondern noch in einer ausgiebigen Testphase, da ihre Wirkung abgeschwächt werden musste, wenn man sie nicht pro Person nur einmal verkaufen wollte, waren hier vorhanden, der Junkiehimmel, ein Fest für Fixer.

Auch für Cops der richtige Platz. Am Abend dieses interessanten und lehrreichen Tages lernte Jack einen weiteren der Herren kennen sowie den bemerkenswerten und einnehmenden Charakter der Frau, die diesen Mann begleitete..

Der Herr hieß Gerling und war der zuständige Leiter für die Ausschaltung von Störfaktoren, so die offizielle Beschreibung. Die sinnliche junge Frau mit den schulterlangen blonden Haaren blieb für Harder eine Unbekannte, denn niemand nannte ihm ihren Namen. Aber er ahnte, dass sie eine Bedrohung war. Nicht unbedingt für Jack, aber allgemein betrachtet.

Jack spürte gleich, dass hinter dem gemeinsamen abendlichen Essen mehr steckte. Im Laufe des Gespräches, das Gerling mit Lloyd führte, und in dem die anderen die Position von Zuhörern einnahmen, bestätigte sich Jacks These, was mit Störfaktoren gemeint war, schnell.

Ein Störfaktor war nämlich der hiesige Staatsanwalt, welcher der Polizei immer mehr Angriffsmöglichkeiten und Flächen in ihrem Kampf gegen die City ermöglichte. Und Jack Harder wußte, dass dies stimmte. Vielleicht sogar besser als der Leiter der Abteilung zur Ausschaltung der Störfaktoren. Dan Lloyd sollte zu seinem neuen Werkzeug werden.

„Wir suchen einen verantwortungsvollen neuen Mann für die Öffentlichkeitsarbeit der mir obliegenden Abteilung", wie schön, diese Satirik mit Worten, Bruchstücken der Sprache.

„Ich bin Ihr Mann."

„Sie sind jung genug, erfahren und scheinen gute Arbeit leisten zu können. Und Sie sind eifrig. Sie können es zu etwas bringen. Aber diese Dame hier kann das besser als ich beurteilen. Sie wird mir ihre Meinung über Sie sagen, und daraufhin werden ich Sie einplanen."

Lloyd drehte sich zu der angesprochenen Dame, der bedrohlich attraktiven und eiskalten Frau.

„Wie schätzen Sie mich ein?"

„Moment", unterbrach Gerling, „ihre Bewertung muss warten. Die junge Dame wird Sie begleiten, wenn Sie unter ihrer Beobachtung allein den Antistördienst spielen und unseren lieben, mit dem Titel Staatsanwalt bezeichneten Störenfried ausmerzen. Erwarten Sie von ihr keinerlei Hilfe. Morgen geht es los."

Jack konnte es kaum abwarten zu sehen, wie er die City für seinen Auftrag von den Cops unentdeckt verlassen sollte. Aber tatsächlich gab es Schleichwege von denen sein Dezernat nichts geahnt hatte, unterirdische Verbindungen in den Kontrollbereich der Cops.

Alte Kanalisationsschächte, seit dem großen Beben vor einigen Jahren längst stillgelegt und vergessen, von neuen Karten getilgt, dienten als geheime Gänge, welche die Bewohner der City gut zu nutzen wussten.

Sie verließen die Schächte in einem Lagerhaus eines chinesischen Restaurants. Als Jack oder auch Dan Lloyd und seine ruhige Beobachterin, die er noch kein Wort hatte sprechen hören, die stählerne Leiter empor kletterten und durch die im Boden eingelassene Falltür zurück auf die Oberwelt kamen, befanden sie sich zwischen Regalen voller Lebensmittel.

In der Nähe standen Motorräder für sie bereit, und in schwarzer Lederkleidung und Helmen mit getönten Scheiben fuhren sie zu ihrem Einsatzort. Harder wußte nicht genau, ob seine Begleiterin eine Waffe trug, aber er hatte eine und war auf sich allein gestellt. Es war noch recht früh am Morgen, langsam erhellte sich der Horizont, und es war das private Eigenheim ihres Opfers, in dessen Richtung es ging.

Das Tor sprengte Jack unter wachsamen Augen mit einer kleinen

Sprengladung auf. Vor den Hunden machte er keinen Halt, als er, wie jemand, der die Furcht nicht kennt, auf die Villa inmitten eines Reichenviertels der Großstadt, zu schritt.

Der Alarm war ausgelöst worden. Die Metall Killing Bullets zerschmetterten mit beachtlicher Wucht das massive Türschloss, als er die Entfernung nicht zu kurz hielt. Eine schöne Waffe. Eine schreiende Haushälterin, die Sprache verstand er nicht, es klang südamerikanisch, wirbelte auf ihn zu. Sie war bereits sehr nah, und er wollte keine Kugel verschwenden. Seine linke Faust reichte aus.

Er blickte nicht einmal nach ihr, als seine Fingerknöchel an ihrem Kinn aufprallten, und sie in eine Traumwelt entschlummerte. Seine Augen waren auf die marmorne Treppe vor ihm fokussiert. Alles in ihm lief automatisch, wie nach einem eingegebenen Programm.

Deshalb konnte er sich im Hinterkopf über seine außergewöhnliche Partnerin Gedanken machen. Sie stand nur da, folgte ihm in einem kleinen Abstand, hatte keine Waffe gezogen und schien schutzlos. Er wettete aber, würde sein Leben darauf verwetten, dass sie sich mit einer versteckten Waffe, zu der sie wahrscheinlich flink Zugang hatte, wehren konnte. Sie würde alle Anwesenden töten, wenn Dan Lloyd versagte. Dann würde sie auf direktem Weg wieder in die City zurückkehren. Ja, so würde sie handeln.

Während er das dachte, bemerkten seine Pupillen, wie ein Mann, der Staatsanwalt, mit einem altmodischen Jagdgewehr die breite halb gewundene Treppe vorsichtig herunter schritt, die Waffe in Jacks Richtung schwenkend.

Dessen Hand richtete die Knight V3 aus, woraufhin sein rechter Zeigefinger den Hahn durchzog. Der Störfaktor wurde mehrmals getroffen und gegen das hintere Treppengeländer geworfen, so dass er die Stufen nach unten rollte.

Von oben erklang der schrille Schrei eine Frau und das Gewimmer kleiner Kinder. Es erfolgte eine letzte Überprüfung durch Begleiterin, ob der Tod beim Opfer wirklich eingekehrt war. Dann verließen die zwei das polizeilich eigentlich gesicherte Gebiet mit der Hilfe eines weiteren, bereits zur Verfügung stehenden Fluchtwagens.

Die Motorräder blieben vor der exklusiven noblen Villa geparkt. Dan Lloyd fuhr den Wagen zu dem chinesischen Restaurant um über denselben Weg die City zu betreten, wie sie sie verlassen hatten. In der Dunkelheit der Kanalisation, nur von den zwei Kegeln der Taschenlampen unterbrochen, gab sich Jack die allergrößte Mühe die Zeit zu überbrücken. Aber es war, als wenn er einen Monolog führte.

„Und jetzt, wie wägen Sie mich ab?"

„Gefiel Ihnen der Einsatz nicht?"

„Haben Sie heute schon Ihren Mund geöffnet?"

„Hallo?"

Ihr Blick blieb kalt, sogar ohne Licht für einen Blinden sichtbar.

„Sagen Sie mir wenigstens Ihren Namen?"

„Nina."

Vielleicht war das ihr erstes Wort seit Jahren, vielleicht seit ihrer Geburt. Vielleicht durfte sie auch nicht mit Fremden sprechen. Aber um ihre Ausstrahlung aufzunehmen, bedurfte es keiner Worte. Eine Hauch von eisiger Kälte überfiel Jack. Trotz der lüsternen Gedanken, die ihr Körper auslöste. Von ihr ging nicht Gefahr aus, sie war Gefahr.

Anscheinend war sie mit seiner Arbeit einverstanden gewesen. Zwar nahm erneut nur Shadow mit den zwei geheimen Cops Kontakt auf, aber Harder deutete seine Worte richtig und positiv.

„Die Herren werden Euch bald treffen wollen. Der süße Engel", bei diesen Worten blickte er sich um, als vergewisserte er sich, dass eine bestimmte Person nicht zuhörte, „hat mit ‚Ja' gestimmt. Es wird noch dauern. Für morgen sind die monatlichen Sitzungen der Herren angesagt, in dem sie ihre Taktiken und weiteren Pläne festlegen. Festsetzen, was in der nächsten Zeit erreicht werden muss. Danach werden sie einen Termin für Dich finden. Sieht gut aus. Du leistest gute Arbeit und für Deinen willigen Partner finden wir sicherlich Verwendung."

„Was werde ich tun?"

„Du stellst zu viele Fragen. Du wirst bald zu den Herren gerufen. Du darfst den absoluten Machthabern persönlich gegenüberstehen", das war es was Jack beabsichtigte, „sie werden Dir sagen, was Du zu tun hast."

Dan Lloyd nickte, Jack Harder freute sich.

Der Koordinator der hiesigen Polizei betrat den Tatort, und nachdem er sich kurz umgesehen hatte, rannte er eiligst auf die Ärzte zu, die sich daran machten, zu retten was noch zu retten war. Sie bereiteten einen Stromstoß vor.

„Weg da, hauen Sie ab, alle. Dies ist ein Mordopfer und niemand verwischt mir da die Spuren."

„Aber, vielleicht, wir könnten ihn vielleicht retten…"

„Danke, vielen Dank, aber wir haben unsere eigenen Ärzte."

Mehrere bewaffnete Polizisten stießen die hilfreichen Ärzte grob beiseite, und Unbekannte in weißen Kitteln übernahmen ihre Arbeit. Die Polizei hielt sich an die Anweisung ihres Chefs und schnell waren alle aus dem Haus entfernt. Der Abtransport der Leiche nach der Untersuchung erfolgte ebenso gut geschützt, direkt in das polizeiliche Leichenschauhaus zur weiteren Untersuchung. Das Gebäude war extrem gut abgesichert und stand lediglich unter polizeilicher Leitung.

Es war spät in der Nacht, und es geschah in einem sehr dunklen Raum. Aufgebahrte Tote reihten sich Glied an Glied, einer davon bestand aus einer halb verbrannten und halb verkohlten Ansammlung von ehemaligem Fleisch. Ein anderer besaß keine Kehle mehr, und etliche besaßen unzählige Einschusslöcher und von einer starken exzessiven Kraft aufgeschlagene Körperbereiche.

Und einer fing an sich zu bewegen. Zuerst ein Zucken mit den Zehen, dem einzigen Stück menschlichen Fleisches, welche sich aus dem Leichentuch erhob. Dann ein Rucken des Tuches und letztendlich eine sich in Panik aufrichtende und die Decke zurückschlagende Person, zitternd vor Angst.

„Bleiben Sie ruhig, Herr Lauterfort."

„Wer, wer", durchkämmte eine angstvolle Stimme eines verwirrten Menschen die Dunkelheit der Totenhalle, „sind Sie das, Helmer?"

„Richtig. Sie wissen es doch. Sie haben mir schließlich die große Aktion nahegelegt."

„Er war es?"

„Wahrscheinlich hielt er es für notwendig Sie zumindest äußerlich auszuschalten. Zum Glück tat er es nicht wirklich. Da war ich mir nämlich nicht so sicher, Herr Staatsanwalt."

„Ich habe Ihnen doch schon immer gesagt, er ist der zuverlässigste Mann den wir haben. Sie müssen nur Nachsicht mit ihm üben."

Es gab auf beiden schwer erkennbaren Seiten ein befreiendes Gelächter. Dann ergriff der Polizeichef erneut das Wort.

„Ich konnte die Ärzte gerade noch davon abhalten tödliche Spannung anzulegen. Ich dachte mir gleich, dass es Jack war, und er sein geliebtes Schießeisen mit den speziellen Betäubungspfeilen gefüttert hatte. Ich hatte sie ihm extra besorgt, sie mindern alle Lebenszeichen auf das Unerkennbare. Spezialware aus Tokio. Und unsere FX-Künstler brachten kleine Blutplasmakapseln an, so dass es echt aussah und Blut nur so spritzte. Perfekt. Ich musste Sie in die Leichenhalle bringen lassen, es hätte sein können, dass ein Verräter unter uns ist, und alles sollte real aussehen. Sonst würden wir unsere Geheimwaffen gefährden. Ich werde Sie jetzt raus schleusen, wir haben einen Toten bereits zurechtgemacht, so dass niemand den Unterschied erkennt, wenn er nicht das Original daneben hält.'

„Dann mal raus hier, es ist reichlich kalt. Und wollen wir hoffen, dass Harder sich nicht all zu lange Zeit lässt. Ich möchte schließlich auch mal wieder in der Stadt spazieren gehen", es entstand eine kleine Pause in der die Gesprächspartner schmunzelten, „Haben Sie meiner Familie die Wahrheit gesagt?"

„Ja. Ich hielt die Gefahr dadurch für annähernd Null und wollte sie nicht verzweifeln lassen."

„Gut."

Die Nacht verging.

Dan Lloyd und Tukula Hitosh benutzen den gläsernen Fahrstuhl, nachdem sie von einem Boten benachrichtigt wurden, in den Saal über dem Wasserbecken zu kommen. Plötzlich fuhr Jack seine Hand aus und stoppte den Fahrstuhl. Es ruckte einmal, und der Fahrstuhl hielt. Tuck blickte ihn verblüfft an. Er hatte mit dieser Handlung nicht gerechnet und war erstaunt, als Harder ihn aufmerksam und nachdenklich anblickte.

„Weißt Du, Tuck, ich habe Dir noch nicht alles erzählt, meine Geschichte geht noch weiter. Die haben Dir vielleicht einen Teil meiner Geschichte erzählt, aber Du kennst gewiss noch nicht alles."

Tuck suchte ängstlich den Fahrstuhl nach versteckten Mikrophonen ab, er spürte, dass es nicht gut war, über so etwas im Feindesland zu sprechen. Harder gefiel diese Reaktion nicht, er fasste den jungen Mann japanischer Abstammung fest am Kinn und drehte dessen Kopf leicht, damit er ihm direkt in die Augen schauen konnte.

„Hör mir zu!", sprach er eindringlich, „Meine Pflegefamilie wurde abgeschlachtet, als wären sie räudiges Vieh. Es waren nicht einmal gezielte Gnadenschüsse, es waren grausamste Morde auf scheußlichste Art und Weise. Mein Bruder überlebte. Er kam ins Krankenhaus, die flickten ihn zusammen. Ich rächte seine Familie und rottete jeden dieser Schweine aus. Diese Geschichte kennst Du, jeder Cop kennt und erzählt sie. Aber das ist nicht alles. Warum habe ich wohl die Familie meines Bruders gerächt, wo er doch noch lebte und es selbst hätte tun können? Eigentlich ist die Antwort simpel. Er hat sich zum Sterben entschieden, als er wieder bei Sinnen war. Er begann Selbsttötung. Und ich rächte seine Familie weil es indirekt auch meine war, er war immer noch mein Bruder. Ich mache meinen Job so, dass meine Familie nie, niemals wieder angegriffen wird. Keine Feinde bleiben über. Und jetzt geht es hier weiter. Pass auf Dich auf. Und reagiere richtig. Egal wann, aber es wird hier der Moment kommen, an dem wir reagieren müssen, und es grausam wird. Und wenn wir unsere Arbeit unzulänglich machen, wird es uns und unsere Familie verfolgen, und wenn so etwas passiert ist, können wir es nicht, nie mehr rückgängig machen. Nichts hält mich davon ab meine Familie zu schützen. Weiter."

Der Fahrstuhl setzte sich in Bewegung und Tuck spürte auf der einen Seite

Entsetzen über die Hintergründe der Geschichte, die er zuvor nur oberflächlich gekannt hatte. Der Fahrstuhl erreichte die obere Ebene, und Harder tat einen letzten melancholischen Blick auf das Wasserbecken und die hübschen Schwimmerinnen.

Sie betraten die so genannte Lusthalle, in der Jack das Geschwisterpaar liquidiert hatte. Dort warteten schon Shadow, ein Leibwächter der Herren namens Luego, die zwei Undercovercops hatten ihn vorher schon einmal gesehen, und die attraktive junge Frau mit viel erotischer Ausstrahlung, die Jack schon so oft getroffen hatte.

Und die Gefahr, die wie ihre Sinnlichkeit den Raum durchflutete, nahm Harder diesmal viel präziser wahr, so als hätte sie dasselbe Parfum, aber diesmal einen stärkeren Duft, als wäre es mehr konzentriert.

Er blieb locker und gelassen, aber er wußte, dass etwas anormal war. Er wußte dies genauso, wie er es gewusst hatte, als er unerfahren in den ersten Sektenauftrag hinein rasselte, und man ihn in den Opferraum gerufen hatte. Die Bedrohung war schon so stark vernehmbar, dass sie wie eine Person vorhanden war. Tuck schien es nicht zu bemerken. Shadow ergriff das Wort.

„Wie heißen Sie Herr Lloyd?"

Diese Frage klärte alles in Jack Harder. Die innere leichte Anspannung fiel von ihm ab, wie ein Apfel von einem Baum. Shadow hatte ihn gesiezt. Und da waren die anderen Anzeichen. Und Tuck war das ahnungslose Schaf, gefangen in diesem Schauspiel. Jack gab die Auflösung.

„Mein Name ist Jack Harder."

Fassungslos blickte Tuck auf den erfahrenen Cop, zweifelnd. Und nicht verstehend. Dann griff er instinktiv nach der Waffe, die an seinem Gurt baumelte. Jacks starker Arm hielt ihn fest. Eine stählerne Umklammerung, obwohl der Anführer der Abschusslisten sicherlich kein Bodybuilder war. Lediglich verdammt muskulös. Tuck verstand.

Längst zielten mehrere Waffen auf sie. Hätten sie ihren Blick geschwenkt, hätten sie Kenntnis davon gehabt. Schon bevor Harder geantwortet hatte. Deshalb war auch keiner ihrer Gegenüber konsterniert über Jacks Bemerkung. Es gab nur eine sichtbare Reaktion, die begehrenswerte Frau lächelte.

Eine Person lief um die Gruppe herum und betrat den Sichtbereich der Cops. Es war für die beiden ein guter Bekannter. Sie hatten ihn zuletzt vor ihrem Ausflug in die City gesehen.

„Ja, das ist Jack. Wie ich es Ihnen sagte. Und ein weiterer Cop. Jack ist bei uns wie bei Ihnen eine Legende. Jung und voller Dynamik. Vor sich sehen Sie den einzigen staatlich anerkannten Killer den ich kenne. Er steht doch auch auf ihrer Abschussliste, so wie sie alle auf seiner. Jetzt wartet meine Belohnung auf mich. Bitteschön."

Tucks Hände ballten sich vor Wut. Jack beherrschte sich. Ein Ausbruch der Gefühle in diesem Moment hätte alles vernichtet, aus eben diesem Grund hielt er Tuck weiterhin fest. Die weibliche Stimme redete nun.

„Jack Harder. Leichter als gedacht. Es wird mir mit Ihnen Spaß machen. Vorher allerdings kommt meine obligatorische Frage nach Ihrem letzten Wunsch."

„Wäre ich nicht gebunden, würde ich mir wünschen mit Ihnen zu schlafen. Zum Glück bin ich gebunden, so dass ich mir etwas anderes wünschen kann, dass mir sehr am Herzen liegt."

Sie lächelte ganz sanft, wie eine Raubkatze, wenn sie keinen Hunger verspürt, harmlos.

„Nennen Sie mir Ihren Wunsch. Wenn er vernünftig ist, sei er Ihnen gewährt. Aber bitte nichts Lächerliches, wie der Wunsch nach einer letzten Zigarette."

„Legen Sie das Verräterschwein um."

Sie grinste. Er grinste.

Tuck zuckte mit den Augen.

Fahrenheit erbebte kurz und wollte zu einem Schwall Worte ansetzen, sie herausprudeln lassen. Die Frau war schnell. Ergriff seinen Kopf. Riss ihn zurück. Drückte seinen Oberkörper mit ihren Armen nach unten. Ließ ihr Knie gegen seine Rippen knallen. Und presste seinen Kopf dabei nach unten. Es knackte. Sein Genick knackte.

Fahrenheit war den Weg eines Verräters gegangen. Jack interessierte nicht, wie dieser Weg ausgesehen hatte. Er hatte gegen eine Belohnung seine Seite verraten, so etwas musste gesühnt werden. Außerdem kannte Fahrenheit Hintergrundinformationen über Harder und musste schon deshalb sterben, damit er keine Daten verriet. Nur eines bedauerte Jack. Diesen hinterhältigen Groschenjäger nicht selbst getötet zu haben.

„Ihr Wunsch ist erfüllt. Süß, nicht, wie er so daliegt."

Sie versprühte kindlichen Sanftmut und jugendliche Freude. Auf ihre Weise war sie charmant und hatte einen ausgeprägten Sinn für Humor und Paradoxe. Herrlich, wie perplex Luego und der Schatten auf die Bemerkung reagierten. Harder gefiel die Ironie.

Sie schauten sich tief in die Augen, Raubtiere, Gladiatoren in einer Arena, geeint durch das allgegenwärtige Band des Todes. Es war an der Zeit, an das Überleben zu denken. Er sprang los, ließ Tuck frei. Tuck ließ sich fallen und schoss herum, blitzschnell.

Jack bekam einen Schlag, während er die Frau herunterdrückte, er wurde von Luego hochgeworfen und an die Brüstung gedrückt. Luego sprang auf einen unverständlichen Ruf hin seitwärts, Harders Reflexe waren gut, und er tat dasselbe, er sprang in die tiefere Ebene in das Schwimmbecken.

Im Flug zog er die Knight und tötete zwei Bewaffnete, die an den Rand des Abgrundes traten. Den dritten erwischte er nicht mehr, die Knight entfiel ihm. Die Kräfte des Rückstoßes und die ungewöhnliche Schussposition mitten im Flug hatten Schuld daran. Der dritte war eine Frau.

Die junge Frau war es, die nun ein kleines Projektil in Harders Brust schoss und einigen Schwimmenden zurief, ihn herauszuholen. Tuck wehrte sich mittlerweile im Nahkampf, da Luego und ein weiterer Mann, den er nicht kannte, sich auf ihn geworfen hatten. Jack wurde an Land gezogen, dass Betäubungsmittel wirkte bereits in Ansätzen. Man hielt ihn auf den kalten weißen Fliesen fest.

Tuck befreite sich und schlug seine Angreifer bewusstlos, oder zumindest so, dass sie leicht benebelt waren. Wie eine Schlange die plötzlich zuschnappt, sprang er auf und richtete seine Waffe auf die Profikillerin. Beide standen direkt an der Brüstung, sichtbar für jeden egal ob in der Halle oder am Wasser.

„Schieß, tu es", Harders Stimme wurde leiser, „tu es einfach."

Tuck überlegte. Sie trat ihm schwungvoll die Waffe aus der Hand, und Luegos Waffenknauf tat den Rest.

In der Halle der Hölle sackte Tuck reglos auf die Boden. Kein physischer Schmerz hätte Jack Harder je mehr weh tun können, als der Höllenpein, welcher ihn durchfuhr, als er qualvoll dabei zusah, hilflos, wehrlos, bewegungslos. Dann führte man ihn ab. Ihm wurde immer schläfriger. Erwartet hatte Jack den sofortigen Tod, aber er sollte Schlimmeres kennenlernen.

Nackt hing Jack Harder an den metallenen, leicht angerosteten Ketten, welche fest um seine Handgelenke und Fußknöchel gelegt waren. Nicht ganz nackt, eine dünne Boxershorts war vorhanden.

Er bildete mit seinem Körper eine X-Form, seine Arm zeigten zur Decke, die beiden auf dem Boden ruhenden Füße hatten den ungefähren Abstand von einem Meter voneinander. Jack war ganz feucht, seine Haut war mit Schweißtropfen übersät. Sein Kopf war überhitzt und keine Energie mehr vorhanden.

Seine Füße trugen ihn lange nicht mehr, er fiel nur dank der Ketten nicht um. Deutlich zeichneten sich seine Muskeln ab, seine Augen waren halb geöffnet, ein innerer Abwehrmechanismus, denn die Flüssigkeit, die man ihm auf die Pupillen geträufelt hatte, brannte fürchterlich und extrem schlimm, wenn er Lider fallen ließ. Jack war kraftlos.

Der kleine Folterraum war abgedunkelt, die Wände kaum als solche auszumachen. Die Folterwerkzeuge konnte man ebenfalls nicht sehen. Jack im Moment schon gar nicht. Der Fußboden bestand aus einem Gitter, durch dieses Rost konnten eventuell zur Folterung benutzte Flüssigkeiten aber auch Blut des Opfers abfließen. So wie Jacks.

Er hatte aufgehört vor Schmerzen aufzuschreien, zu Keuchen oder verzweifelt Luft zu saugen. Dazu war er zu geschwächt. Teilweise erzitterte sein Körper, der Brustkorb erbebte, dies geschah nervenbedingt, Jack hatte darauf keinen Einfluss mehr.

Er wußte, dass die unbekämpfbaren, fürchterlichen, satanischen Schmerzen in ihm waren, ihnen gegenüber hingegen konnte er sich nicht wehren. Gnadenlos umsäumte ihn die schmerzbringende Front. Erst spät hatte er sie richtig gespürt. Harder vertrat die Auffassung, dass Schmerzen nichts weiter waren, als die Ansammlung von Informationen einzelner Körperstellen, dass mit ihnen etwas nicht okay war.

Auf diese Weise ließen sich Schmerzen leicht wegstecken und ignorieren. Diese allerdings waren von solch hoher Konsistenz, dass er gezwungen war sie in voller Härte einzugestehen und aufzunehmen und mittlerweile nach langem Ertragen, machtlos den Kampf gegen sie nicht nur anzutreten, sondern zu verlieren. Er war am Ende.

Sie war die leidenschaftlichste Gegnerin die Harder je gehabt hatte. Sie tötete ihn nicht, sie brachte ihn um den Verstand und ließ ihn somit schnell und dennoch viel zu langsam sein Leben ausleben. Hilflos wie ein Kind, er. Machtvoll wie eine Göttin, sie.

Der absolute Gegensatz, eine zu große Differenz. Sie folterte eigentlich nicht. Man foltert Personen um Daten von ihnen gewaltsam zu erfahren. Sie wollte nichts wissen. Es war ein Hobby, eine weitere Art von Beschäftigung. Wollen wir tolerant sein, müssen wir die Schmerzen ertragen. Jacks größter, realisierter Alptraum, wie alle seine negativen Vorstellungen.

Eine sanfte Hand streichelte ihn. Sie, ihr Körper als ganzes, schmiegte sich an ihn, unglaublich zärtlich. Gefühlvoll zu dem Wehrlosen. Eine Umarmung, bei der sie darauf achtete seinen geschundenen Brustkorb nicht zu stark zu drücken, verdeutlichte eine gute Seite, welche tief in ihr stecken musste. Im Moment war er von ihrer freundlichen, aufbauenden Geste abhängig. Sie spielte mit ihm.

Ein heftiger Kniestoß in seine Genitalien entfloh ihrem brutalen Bewusstsein, während sie ihren geschlagenen und besiegten Gegner hielt. Sie küsste vorsichtig seinen Hals, der den zu schwer gewordenen Kopf, welcher auf der rechten Schulter ruhte, lange nicht mehr hatte tragen können.

Diese körperliche Intimität zweier sich bekämpfender Seelen wirkte paradox. Auch auf Jack, der sich aber nicht genug konzentrieren konnte um darüber nachzudenken. Warum sie es tat, blieb somit ihrem Ich verborgen.

Stundenlang hatte sie ihn gequält. Mit dem Ausdrücken von Zigaretten, Schlägen mit Stöcken, Peitschen, Tritten, alles harmlos. Harmlos im Vergleich zu ihrer weiteren Vorgehensweise. Sie kannte alle Qualen der vergangenen Jahrhunderte und unzählige weitere. Sie war ein Profi. Keine Pause wurde Jack gegönnt.

Sie wollte ihn endgültig von seinem Stand herunter und zu Fall zu bringen. Er, der mit Religion nicht viel am Hut hatte, da er sie als sehr gefährlich und theoretisch als Waffe betrachtete, fing an zu beten. Bereit zu sterben war er.

Wenn es doch nur schneller gehen würde. Ihr blondes schulterlanges Haar kitzelte ihn leicht, als sie mit ihrer Zunge die Schulter hinunter und den kraftlosen Arm hinabfuhr. Ihre Hände, Arme hielten den hilflosen Knaben fest, wie ein Schutzwall, ein rettender Engel. Der eiskalte, heiße Todesengel.

Ihr naher Körper schien seine Seele zu trösten, den Schmerz zu dämmen. Ihre wundervoll heilenden Hände glitten seinen Rücken entlang nach unten, langsam. Er nahm es zur Kenntnis, langsam taute wenigstens der emotionale Bereich seines Ichs auf, kam zurück in die Realität und verließ das selbstgewählte und hineingezwungene Exil der Lethargie.

Sie trug ein dunkles, kurzärmeliges T-Shirt und eine hautenge, verwaschene Jeans. Sie besaß eine gewisse nicht abstreitbare Ähnlichkeit mit der Frau, die Jack liebte, der Frau, für die Jack Harder alles, sogar sein Leben opfern würde. Aber sie war es nicht.

Ohne Eile, eine gewisse, allgemein bekannte Körperfunktion bei ihrem Opfer hatte sich bereits gemeldet, zog sie ihm die letzte Schutzhülle etwas herunter, welche er am Körper trug. Ungefähr fünf Zentimeter. Danach verließ eine Hand den sie vermissenden Platz auf Jacks Haut und umfasste den Griff eines Sprungmessers in ihrer Gesäßtasche.

Klack, das schnell verklingende Geräusch einer herausschnellenden Feder. Die glitzernde Spitze, er ahnte es nur, befand sich mittlerweile vor dem Ort der ausgelösten Körperfunktion. Sie war geübt und fingerfertig. Die Klinge bewegte sich standbildartig.

Die Shorts war durchtrennt und fiel haltlos auf das feuchte, nasse Rost. Er bebte erneut. Sie verließ die körperliche Nähe und trat zu ihrem für ihn unsichtbaren Werkzeug. Ein Licht flammte kurz auf, und als sie sich ihm wieder zudrehte, bemerkte er verschwommen eine brennende Kerze in ihrer Hand.

Sie beugte sich zu Jack, küsste seinen rechten glatten Brustflügel. Dabei sprühte sie eine Flüssigkeit auf die frisch freigelegte Stelle. Sie widmete ihm ein leises nettes Lächeln, als sich die Kerze senkte und der brennbaren

Flüssigkeit näher kam. Diese Kerze versprach unglaubliche, übermäßige, unterweltliche Schmerzen. Ein letzter Seufzer entkam Jack. Er würde nicht brennen, sondern seine empfindlichste Stelle würde in Flammen aufgehen.

Letztendlich würde es seinen Tod zur Folge haben. Harder Lippen schlossen sich, und er zeigte keine außergewöhnliche Reaktion als Hirnrinde um ihn flog. Blut spritzte. Zum ersten Mal seit Stunden nicht sein Blut.

Die Pfeile der kleinen elektronischen Handarmbrust hatten sich tief in ihren Kopf gebohrt, und der zeitliche Verzögerer gab nach zwei Sekunden die explosive Gewalt des Übermittlers frei. Kleine, eingearbeitete Sprengkapseln taten ihren guten Dienst, Jack lebte.

Auch wenn er es diesmal nicht allein geschafft hatte. Er hätte nichts mehr geschafft. Tuck stand in dem hellen, von ihm geöffneten Eingang, die Fletcher FX noch in der Hand. Eine wunderbare Waffe. Der Samurai war im richtigen Augenblick aufgetaucht. Harder hatte Hilfe bitter nötig.

Tuck war irgendwie entkommen. Ein kleines Wunder. Es hatte sich ausgezahlt zu beten, für ihn, bevor sie diesen Tempel der Kriminalität betreten hatten, wie auch für Jack bei seiner besonderen Folter. Eigentlich war es keine schöpferische Hilfe gewesen, die dazu geführt hatte, es war Tucks eigenes Geschick.

Er hatte kurz vor seiner kleinen Zwei-Mann-Hinrichtung, er und sein auserkorener Mörder, eben diesen getilgt. Es war wie in Trance geschehen. Tucks Körper hatte langsam begonnen sich selbständig zu machen und instinktiv zu handeln. Tuck selbst lediglich wie ein Parasit in ihm, der den Körper gewähren ließ um sein eigenes Fortbestehen zu sichern.

In einem kleinen kargen Raum, nackt wie die Sicherheitsverwahrungsräume in einer geschlossenen Anstalt, tötete er den Mörder und bemächtigte sich der Schusswaffe des Wächters, einer Fletcher FX. Ein Todesinstument.

In der richtigen Betrachtungsweise ist jedes Objekt eine Waffe, nur die Art das Objekt zum Zerstören von Leben einzusetzen war unterschiedlich. Mit der Fletcher konnte Tuck umgehen, sie verhielt sich für den Benutzer wie eine herkömmliche Automatikpistole.

Tuck war ein Cop, Jack Harder war ein Cop. Kollegen hatten sich zu helfen. Tuck hatte seine Bewusstlosigkeit, seine scheinbare Ausschaltung nur gespielt. So effektiv wie es für alle ausgesehen hatte, war der Schlag Luegos nicht gewesen. Tuck hatte seine und Harders Rettung lediglich zeitlich verschoben um die Gewinnchancen aufzubessern. Tuck hatte sich nach dem Mord an seinem Henker in Bewegung gesetzt um Harder zu finden. Mittlerweile dachte der junge Cop gar nicht mehr so lange über seine Handlungen nach.

Einen langen Gang hinab rennend sicherte er sich in alle Richtungen ab. Jedes anliegende Zimmer wurde durchsucht, er wußte, dass in diesem Bereich die Gefängnis und Verhörzellen liegen mussten, aber nicht, wo genau. Glück im Unglück besaß er, er traf keine Person an.

Bis er die hölzerne Flügeltür öffnete. Langsam drehte sich dort ein hochgewachsener, kahl rasierter junger Mann zu ihm um, einen Freund erwartend. Tucks Mund klappte auf, aber sofort wieder zu, reflexartig. Sein Arm ruckte, kam hoch, streckte sich, er selbst passiv, seine Nerven zuckten und der Zeigefinger krümmte sich.

Dem kleinen Pfeil wurde Bewegungsenergie zugeführt, er löste sich von der Fletcher und flog gradlinig zu seinem Ziel. Die Spitze zeigte auf den vor der gegenüberliegenden Wand stehenden Mann, der für Tuck gefährlich werden konnte und näherte sich ihm in einem rasanten Tempo. Die geschliffene Pfeilspitze drang mit einer verblüffenden Leichtigkeit in die Haut ein, als wäre sie gar kein Fremdkörper. Der komplette Pfeil bohrte sich immer weiter in die Haut des Halses und befestigte den geschockten Mann an der Holzwand, der er den Rücken zugekehrt hatte, als die Spitze den Hals wieder verließ, und in den Brettern stecken blieb. Tuck wartete, da er auf den ihm bekannten Überraschungseffekt der Fletcher FX wartete. Nichts geschah. Eventuell hatte er die falsche Ladung erwischt. Pech gehabt. Er drückte erneut ab um seinen Gegner den Rest zu geben, und auf Nummer sicher zu gehen. Daraufhin drehte er sich, da dieser Raum ihm nichts weiteres versprach. Das erwartete Geräusch kam doch noch.

Ihn überfiel der Anblick, der sich ihm auf der Innenseite der hinter ihm zugefallenen Flügeltür mit Spiegel bot. Tuck erblickte den skurrilen Hintergrund der traumhaften Idylle eines Alptraumes.

Nur der erste Pfeil hatte einen defekt gehabt, der zweite, welcher in der Brust verharrte, nachdem er in eine Rippe eingeschlagen war, machte seine wunderbare verwüstende Arbeit. Die kleine Kapsel offenbarte ihre Macht, zwar spiegelverkehrt, aber trotzdem eindrucksvoll und einprägsam. Aufgerissen wie ein Reh von Wölfen und im Raum verteilt wie ein zerfetzter Kadaver, war der Bemitleidenswerte verstorben. Gestorben. Ermordet.

Es ging weiter. Tuck befreite den Kämpfer von seinen Fesseln, und untersuchte ihn nach schweren Wunden. Die inneren Verletzungen vermochte er nicht zu bessern. Jack verspürte das unnachgiebige Gefühl einschlafen zu wollen. Doch tief in ihm, in dem Teil seines Selbst das alles überlebt hatte, wußte er, dass dies dann sein letzter Schlaf werden würde.

Deshalb verschob er diesen Schlaf nicht nur, sondern gab ihn fürs Erste ganz auf. Auf einen Todesschlaf konnte er gut verzichten. Statt dessen kämpfte sich ein Wort von weit unten durch den zerschundenen Körper, presste sich durch den Hals und kroch aus dem Mund.

„Enschjinn"

Tuck verstand nicht.

„Enjiinn"

Immer noch nicht.

„Engine", ein Röcheln.

Tuck verstand. Die neue Droge dieses gigantische Ausmaßen annehmenden Kartells. Ein Aufputschmittel, dass so stark wirkte, dass es Herzen sprengen konnte. Man hatte es ihnen gezeigt. Es war noch in der Testphase, hier in den Laboren des Citytempels. Doch Harder hatte sich eine Probe mitgenommen, gestohlen sozusagen.

Wer wußte zu diesem Zeitpunkt schon, wozu das gut sein könnte? Vielleicht hatte er es geahnt. Oder es war Fügung des Schicksals. Tuck durchsuchte die verdunkelten Ecken des Raumes und entdeckte Harders Kleidung. In einem kleinen Seitenfach an dem rechten Schuh fand er ein verpacktes Präservativ, in dem des Gegenstückes eine kleine gräuliche Pille. Engine. Hätte er nachgedacht, so hätte er gezögert, aber er dachte nicht.

Seine Hand reichte die himmlische Tablette dem kriechendem Cop Neu-Berlins. Und der hätte es gierig genommen, aber die Kraft fehlte. Tuck steckte ihm die Kapsel in den Mund, und Jack mobilisierte alles, um sie herunterzuschlucken. Das Mittel wirkte nicht nur stärker als alle bekannten Drogen, sondern auch wahnsinnig schnell. Innerhalb weniger Sekunden fühlte Harder sein Blut kochen, das Herz pochte laut, und er war in einem Wechselspiel zwischen Im- und Explodieren gefangen.

Wäre er nicht total geschwächt gewesen, hätte ihn die Wirkung überwältigt. Sein Körper begann in irrer Ekstase zu zucken und sich aufzubäumen. Schließlich wurde er Herr seiner selbst mit der unterstützenden Kraft dieses Geheimtips, eine Droge, die ihrem Vertreiber nach etwas Weiterentwicklung Reichtum versprach.

Harder war wieder da, und er war härter als jemals zuvor. Seine Energie war bis ins Unermessliche gestiegen, das Mittel löschte jeden Schmerz aus seiner Erinnerung und vernichtete ihn bevor das Gehirn davon etwas zur Kenntnis nehmen konnte. Seinen jetzigen Kampf würde er unter Drogen führen. Den Kampf gegen ein Drogenkartell.

Aufgeputscht richtete er sich auf, und vor Tuck stehend erfüllte ihn ein göttliches Gefühl. Es war gesäumt mit Unsterblichkeit und Urenergie. Hard Jack spürte die unglaubliche Freiheit eines höheren Wesens, dem keine Schranken obliegen.

Als er seine Knight V3 nachgeladen in Händen hielt und seine

Zusatzmunition, die auf einem kleinen Tisch lag, überall verstaut hatte, trennten sich nach kurzer Absprache ihre mörderischen Wege. Tuck suchte ihre Zimmer auf, in denen noch ein Teil ihrer Ausrüstung lag. Er hatte von Jack einen Job bekommen, den er zu dessen Zufriedenheit erledigen wollte. Es war der Moment gekommen, zum Krieg zu blasen. Das trojanische Pferd war entleert. Der Kampf, der entscheidende, begann.

Harder vergeudete keine Zeit. Die Metall Killing Bullet schleuderte den stämmigen Sicherheitsbeamten mehrere Meter von seinem bequemen Bürosessel gegen eine stählerne Wand. Die Kugel hatte sich vorher durch eine dicke Schutztür gekämpft, aber das war kein Problem. Der Wachmann hatte seinen Tod nicht geahnt, er hatte Jack nicht sehen können. Wie sollte er auch auf die Idee kommen, dass vor der Tür der Tod alles bereit machte, während er dem Satellitenprogramm der Außenwelt lauschte.

Eine weitere Kugel vernichtete das Sicherheitsschloss auf imposante Art und Weise und Jack brauchte nicht mehr um Einlass bitten. Er sorgte dafür, dass die Monitore ihn nicht bei seinem Einsatz zeigen würden. Und er hatte einen sehr guten Einfall, als er die Anlage sah, welche die frei zugänglichen Bereiche des Gebäudes mit stimmungsvoller Tonuntermalung versorgte. Es war leise, eher sanftere Musik, und Jack hasste das.

Vor allem in seinem jetzigem Zustand. Und er änderte es. Ekstatische Musik, falls man es Musik nennen konnte. Sie durchflutete die lange Gänge und die Hallen. Und niemand dachte sich etwas dabei, lediglich etwas Verwunderung was in den Sicherheitsbeamten gefahren war. Die Herren befanden sich in ihrer Sitzung, in einem schallisoliertem Raum. Sie hatten also keinen Grund sich aufzuregen. Und Jack auch nicht, ihm gefiel es. Es ging los. Er betrachtete aufmerksam einige Karten, auf denen die Etagen skizziert waren, er hatte sie in dem Schreibtisch des Toten gefunden.

Die Wachen recht und links neben der prunkvollen, goldbeschlagenen Flügeltür des sogenannten Thronsaals sackten zu Boden, ohne dass ein Geräusch in sein Inneres dringen konnte. Der Thronsaal war der Herrschersitz der Herren. Hier berieten sich die fünf mächtigsten Männer der City, vielleicht des Landes oder der Welt. Dies war uninteressant, hier war die City die Welt, denn sie war völlig unabhängig von der Außenwelt. Jeder hatte seinen Leibwächter bei sich, wie stets. Der persönliche Leibeigene an seiner Seite. Und drei ausführende Assistenten. Diejenigen, die hier ihre Befehle erhielten und auf Wunsch Informationen abgaben.

Es ging friedlich zu in diesem Raum. Niemand versuchte die Macht an sich zu reißen, gemeinsam war man stärker als jeder Feind. Die Flügeltüren glitten geräuschlos nach außen auf, der neue Held betrat seine Arena.

„Hi Mädels. Ich habe vergessen Euch zu sagen, dass diese Stadt nicht mehr den Herren gehört. Das ist jetzt meine City – ein Spielplatz für Große."

Während Tuck auf dem Dach die Signalpistole betätigte und ein gewaltiges Feuerwerk über der dunklen Helligkeit der City auslöste, begann Jack sein gigantisches kunstvolles Werk in der Betonhölle, dem selbsternannten Paradies der mächtigen Besitzer. Jack machte seinen Anspruch auf seine Stadt geltend. Die Kugeln seiner neu-ritterlichen Waffe fuhren fast vollautomatisch in die Körper der im Angesicht des Todes verunsicherten Seelen.

Ein Durchziehen des Abzuges machte diese apokalyptische Zerstörung möglich. Zerfetzte Körper fielen zu Boden und nur wenige Nerven ließen die Ansammlungen von Zellen sich noch bewegen, als das Magazin der Knight endgültig geleert war. Die Konferenztische voller Blut, sich durch letzte Zuckungen räkelnde Totgesagte. Nur wenige hatten sich rechtzeitig in Deckung bringen können, und zwei waren durch eine Hintertür den Eingangspforten der Hölle entkommen.

Es war nun seinerseits Harders Zeit sich vor den anbahnenden Ereignissen in Deckung zu bringen, denn die Geschlagenen schlugen zurück. Jack musste seinen letzten Verteidigungswall neu aufbauen, sprich die Knight aufladen.

Hinter den marmornen großen Tischen, quaderförmigen Kolossen lag seine Überlebenschance. Seine primären Gegner waren vier an der Zahl und sein Tod ihr einziger Gedanke. Dazu führten mehrere Gründe: Rache, Selbstschutz, Notwehr und zum Teil eher weniger überlegte Gründe, vielmehr der pure tierische Überlebensinstinkt. Kein Ruf mehr, der Jack zum Aufgeben verleiten sollte, sondern einige gezielte Schüsse über den stabilen Tisch hinweg.

Jacks Erfahrenheit ließ ihn schnell handeln, in weniger als drei Sekunden war das neue Magazin einsatzbereit. Außerdem hatte er immer noch ein paar Patronen der großen Sorte in dem voll manuellen Teil der Knight.

„Nimm die rechte Ecke, Du die linke. Luego, wir geben Deckung."

Einer von denen hatte die Führung übernommen, es klang für Harder wie Ramin, einem sehr gut bezahlten Killer der Herren. Er hatte ihn im Citytempel als einen Leibwächter der Herren bereits gesehen und gehört. Die marmornen Quader waren in einer U-Form angeordnet und Jack lag außen hinter dem mittleren Teil. Sein Rücken drückte sich an den kalten Stein. Vor sich sah er die Doppeltür, durch die er diesen Raum des Blutbades betreten hatte.

Sie war geschlossen, während des Gemetzels ins Schloss gefallen. Er saß in der Falle. Jack geriet ins Schwitzen. Das Wasser des Todes. Doch ein

Mann wie Harder war nicht zum Sterben geboren. Seine linke Hand griff den Leichnam direkt neben ihm und seine Armmuskeln spannten sich an, als er die reglose Marionette zu sich zog.

Es musste schnell gehen, der Tod wartete nicht. Die Knight fiel leise zu Boden in eine dunkelrote Lache, und er benutzte beide Arme. Ruckartig warf er den Körper über sein Schutzschild.

Er hörte die einschlagenden Kugeln, als er sich zu der linken Seite des Hufeisens rollte, den Kopf völlig geleert, und eine Metall Killing Bullet abfeuerte, fast ohne zu zielen. Reflexartig. Er traf. Mitten ins Ziel. Ein Aufschrei. Keine weitere Bewegung.

Jack war schnell. Er kroch über die Leichen, ein Rennen auf allen vieren, ohne ein Geräusch zu verursachen. Alles in Sekundenbruchteilen. An dem Ende des Hufeisens, der marmornen U-Form drehte er sich und erhob sich von der roten Unterlage.

Die Verbrecher hatten ihr Augenmerk mehr auf die letzte Stelle an der Harder einen Schuss abgelassen hatte, gelegt. Jack benutzte wieder die praktische automatische Schnellfeuerabzugshahnstellung, und die kleineren Kugeln mit ebenso tödlichem, aber nicht so ausgeweitetem Effekt preschten los. In ihre drei Ziele. Zwei auch in die vertäfelten Holzwände. Egal. Ihren Auftrag hatten sie ausgeführt.

Die primäre Bedrohung von Jack Harders Leben war aus eben diesem verschwunden. Nun begab er sich freiwillig und im Vollbesitz seiner geistigen und körperlichen Kräfte in die nächste. Keine Flüchtlinge, niemand darf entkommen. Einer der Herren und ein Killer hatten den Sitzungssaal verlassen, bevor er ihren natürlichen Kreislauf hatte unterbrechen können. Dies würde er nachholen.

Das war es, was er nun tun wollte. Den Tod bringen. Deshalb lebte er. Er tötete. Mit und ohne Prinzip, mit und ohne Waffe, mit und ohne Leidenschaft. Aber er tötete. Deshalb beschäftigte man ihn.

Die rechte Hand des Todes schlich sich durch die versteckten Gänge, die in einem Bogen zum einen an dem Hochsicherheitstrakt der Herren (ihren exklusiven Quartieren) und dann wieder zu den anderen Bereichen führten. Munition ging Jack zu seinem Glück nicht aus, er hatte davon genügend. Einen kleinen Beutel mit zahlreichen Zusatzmagazinen trug er bei sich, nachdem er ihn nach seiner Folter wiedergefunden hatte. Stets voll einsatzbereit.

Beinah vorsichtig, wie man es bei der Ausbildung lernt, und dann meist wieder vergisst, durchsuchte er die Räume. Er hatte die unteren Ebenen von den Herrenetagen abgetrennt, in dem er im Sicherheitsbüro sämtliche Schleusen elektronisch verriegelte. Es gab also keinen Nachschub an

Wachpersonal, und wen er umlegte kam nicht wieder.

Während er in die Knie ging, um nach dem Aufreißen einer Tür ausserhalb der Schusslinie eines möglichen Angreifers zu sein, strengte er sich an nachzudenken, wie seine Taktik aussehen würde, wenn er in der Lage des letzten übrig gebliebenen Herren wäre.

Er würde irgendwie fliehen, und seine Leute den Mord an dem Cop überlassen. Die Gefahr für sein Leben war hier zu hoch. Zwei Leute waren aus dem Sitzungsraum entkommen. Einer der Herren und sein Leibwächter. Vermutlich sollte der Leibwächter Jack ausschalten. Und der Herr suchte einen Ausweg.

Harders primäres Ziel war der Herr. Der würde ein neues Imperium aufbauen, mit seinen alten Kontakten, wenn er es schaffte lebend aus dem Tempel herauszukommen. Und wahrscheinlich wäre seine erste Amtshandlung die Rache an diesem Cop, Jack Harder. Jacks sekundäres Ziel auf dem Weg zu seinem primären war der Leibwächter. Um nicht selbst getötet zu werden, musste er ihn ausschalten.

Vielleicht nahm der große Herr seinen bezahlten Schutzengel auch mit. Auf jeden Fall gab es noch ein beträchtliches Arsenal an Wachposten, die Jack in die Quere kommen würden. Ein Problem. Doch Probleme sind dazu da gelöst zu werden. Und Harder hatte seine eigenen radikalen Methoden dafür.

Lange Zeit hatte er niemanden angetroffen, ein Zeichen dafür, dass der Herr sich hier nicht aufhielt, er hätte sich besser abgesichert. Der Gang beschrieb einen neunzig Grad Winkel und Hard Jack sah in einiger Entfernung die Lusthalle, noch voller „normaler" Bewohner dieses kriminellen Himmels. Und neben ihm befand sich eine doppelflügige Tür mit kleinen runden Fenstern, wie Bullaugen.

Ein Blick hindurch gewährte Jack eine grobe Ansicht der Küche dieses Zentrums. Sie war nicht klein, ganz im Gegenteil. Und sie bot genug Platz sich zu verstecken. Harder ging sicher. Er trat gegen die Tür, welche daraufhin aufschwang und ihm Eintritt gewährte. In parallelen Reihen, die auf ihn zu zeigten, waren die Küchentische und Herde angeordnet. Langsam durchschritt Harder den Raum, sich vorsichtig umschauend, die Knight im Anschlag.

Eine perfekte Waffe. Die heutigen Cops schwärmten zwar mehr von kleineren, handlicheren Waffen, aber die waren für Jack Kinderspielzeug. Die Fletcher C2 war sehr beliebt, sie verschoss die Betäubungspfeile, eine Waffe für Amateure laut Jack Harder. Er liebte den Klang der Knight, wie sie ihn dank des Rückschlages grob herum warf, ihre sanften Linien, das verchromte Gerüst. Platz für zwei angebrachte Magazine, eines für die Spezialkugeln, die Metall Killing Bullets, und ein Magazin mit den extrem kleinen aber wirkungsvollen Geschossen für den Automatikbetrieb.

Die Waffe war wahnsinnig. Längst überholt, mittlerweile gab es die Knight V4 und V5, doch die V4 besaß keinen manuellen Teil mehr, sie war voll automatisiert und hatte deshalb kein Fach mehr für Spezialkugeln, während die Knight V5 wie die V4 mit einem Laservisier war. Laservisier, lächerlich.

Die V3 lag in seiner Hand, sie war eins mit seinem Arm. Damit traf er alles, ein Laservisier war was für Anfänger, die nicht mit ihrem Werkzeug umgehen konnten. Außerdem konnte das Opfer den Laserpunkt entdecken und würde so gewarnt sein.

Jack war ein Killer, der es liebte nicht von irgendwelchen Spielereien abhängig zu sein, sondern selbst alles zu bestimmen. So wie Menschen, die im Auto darauf bestehen selbst zu schalten. Er liebte den leichten, feinen Geruch der ehemaligen kanadischen Militärpistole. Niemand sonst in Europa benutzte diese Waffe wahrscheinlich mehr.

Das war ihm aber egal, es war die beste Waffe, die es jemals geben würde. Nicht zu groß, man konnte sie gut verstauen, massiv und relativ schwer. So merkte man immerhin, dass man eine Waffe trug und über ihre Wirkung konnte sich niemand beschweren. Dies war eine richtige Waffe.

Er kam am Ende der ersten Reihe an, als ihn ein überraschender Angreifer die Knight aus der Hand trat. Der Kampf begann. Jack wandte sich seinem, von links kommenden Gegner zu und bekam einen Schlag vor die Nase. Sie blutete leicht. Das Engine wirkte perfekt, kein Schmerz. Stattdessen ein absolut sinnliches Gefühl.

Der Kampf, die schnelle Bewegung seines Körper, dazu der rhythmische hastige Soundmix den er eingelegt hatte, das alles steigerte einen inneren Trieb, Energien wurden freigesetzt. Die Schläge machten ihm nicht das Geringste aus, er war richtig wollüstig danach.

Er wehrte sich. Und seine Kraft überstieg die menschlichen Fähigkeiten bei weitem. Chemie machte dies möglich. Ein Knietritt riss dem Feind die Bauchdecke auf, sie platzte einfach und die inneren Verletzungen waren grausam. Den Schlag gegen seinen Hinterkopf bemerkte er nicht, das heißt ihm wurde lediglich bewusst, dass ihn eine weitere Person attackierte.

Aber er verschob das auf später. Mit einer Hand krallte er sich bei dem Angeschlagenen in den Haaren fest, mit der anderen packte er sich den fremden Rücken. Dann schlug er die Gestalt mit dem Kopf durch eine Glasscheibe rechts von ihm, Schmerzen, welche ihm von hinten zugefügt wurden, ignorierend.

Innerlich grinste er leicht, und sein Finger aktivierte mit einem Klick die Todesmaschine. Dann widmete er sich seinem Hintermann. Er brach ihm mit einer rohen Gewalt sämtliche Rippen und schlug dem Mann, der sein

Leben vorrangig bedrohte, das Nasenbein ins Hirn. Er erwischte es voll von unten, und unter dem Druck wirkten die umgewandelten Energien deformierend und veränderten die Position. Hirntod. Falls man das Gehirn jetzt nicht als Matsch bezeichnen musste.

Blut und anderes lief diesem Mann aus den verkrümmten Nasenlöchern. Harder wandte sich ab, als der Tote zu Boden ging. Und sah deshalb mit an, wie die von ihm eingeschaltete Maschine den Bewusstlosen ins Reich des Hades schickte.

Der Kopf war immer heißer geworden, dank physikalischer Felder hatten sich die kleinsten Teilchen in Schwingungen versetzt. Und nach dem die Schwingungen zu heftig wurden, löste sich das Atomgitter in einzelne Bestandteile auf. Die Mikrowelle hatte den Kopf total missgestaltet. Harder wußte nicht, ob das was sich auf dem Hals befunden hatte, nun ex- oder implodiert war, aber er wußte, dass er sich darum nicht mehr kümmern musste. Dieser Angreifer war erlegt, ausgemerzt. Jack hatte gewonnen.

Die Kavallerie traf ein. Zum richtigen Zeitpunkt. Zwei Copships, wie man die großen und gut ausgerüsteten, transportfähigen Helikopter nannte, machten ihren Weg über die City. Einen kleinen Abfangjäger hatten sie bereits ausgeschaltet. Nun zielten ihre starken, leistungsfähigen Lichtstrahler auf das Dach des Heiligtums der City.

Gefunden hatten sie es zum Einen dank des Lichtsignals, welches Tuck abgefeuert hatte, aber auch dank des elektronischen Signals, dass die Leuchtpistole ebenfalls ausgesendet hatte. Eine schwer bewaffnete Frau, welche im Hubschrauber hinter der Seilwinde kniete, legte auf die Gestalt auf dem Dach an, schoss jedoch nicht sofort.

Als die Gestalt anfing zu winken, verwarf die junge Polizeibeamtin ihren Gedanken auf der Stelle, und beide Copships landeten auf der großen Betonfläche. Blitzschnell sprangen zwei Trupps mit todbringend bewaffneten Cops aus den fliegenden Panzern, die Sturmtruppen.

Spezialeinsatzkommandos. Jack Harder nannte sie unter anderem Bestattungsunternehmen, da er ihnen meist nur Leichname überließ. Diesmal gab es für sie einiges zu tun. Man hatte den Krieg erklärt, die City gegen den Rest der Stadt, und die City war nicht der Angreifer.

Die Cops hatten einen Auftrag, er ähnelte den Zielen, die Jack sich selbst immer wieder stellte. Keine Verhaftungen, kein Zurücklassen von Kriminellen. Und keine Fragen. Sie stellten Jacks Rückendeckung und seine Armee.

Mit schusssicheren Westen und mit ebenso gepanzerten Beinkleidern und Sicherheitshelmen waren sie nur schwer zu besiegen, wenn sie endlich in Einsatz kamen. Bis jetzt hatte nur die Lokalisation des Hauptquartiers gefehlt, kilometerweit stand alles leer und keine der Informanten wußte, welches Gebäude dieser gigantischen Fläche es war. Und es langfristig zu suchen, hätten die Cops nicht überlebt.

Aber einen schnellen, gezielten Überraschungsangriff hielten die Sturmtruppen aus, und man konnte die Aktion nicht effektiv aufhalten. Aber es musste schnell gehen, dass war allen eingeimpft worden. Ebene für Ebene wurde von ihnen eilig aber ohne Hast durchquert, Person für Person liquidiert. Eine saubere Arbeit. Ein Fest für Psychopathen. Und für Cops. Obwohl niemand hier seine Arbeit liebte. Von einem Einzelgänger abgesehen, Jack Harder.

Schließlich fand er den netten Herrn von nebenan, den er so eifrig gesucht hatte. Leider schlossen sich die eisernen Fahrstuhlschotten vor seiner Nase. Ein Cop mit einer üblichen Waffe hätte jetzt aufgeben müssen. Die Metall Killing Bullets fraßen sich durch das Stahl, bohrten sich tief hinein und hindurch, auf der Innenseite sahen sie ihr Opfer und sie beschleunigten immer noch als sie in ihn eintraten. Wie kleine Lebewesen, die merkten, dass sie nun in einem Lebewesen steckten, setzten sie ihre Explosivkraft mit voller Wucht frei. Natürlich merkten die Kugeln es nicht wirklich, in den Metallwänden waren sie nur nicht detoniert, da sie um die Sprengkraft zu entfalten, eine gewisse Entfernung zurückgelegt haben mussten. In dem Fahrstuhl war die Entfernung ausreichend, ein einzelner lauter Schrei war der letzte Hauch von spürbarem Leben.

Der Saft des Lebens quoll aus ihm und strömte über die sündhaft teure Kleidung in kleinen Rinnsalen auf dem mit einem Läufer ausgelegten kalten Fahrstuhlboden und der Funke erlosch.

Jack Harder hatte seinen primären Feind ausgelöscht. Das Bestattungsunternehmen hatte diesmal noch für genug Klienten selber zu sorgen. Das Unternehmen hatte seinen Höhepunkt überstanden, und Jack kämpfte sich als Überlebender in die höheren Regionen um diesmal etwas für sein Leben zu tun.

Die Sturmtruppen waren bereits komplett zurückgekehrt und das erste Copship war auf dem Rückflug in die sicheren Gebiete Neu-Berlins, die kontrollierbar waren. Sein Helikopter stand etwa zehn Meter über ihm in der Leere der Luft und verharrte.

Der weibliche Cop hatte die Winde betätigt und das Seil schwankte angesichts des tobenden Sturmes, hervorgerufen durch die gigantischen Rotoren, stark. Harder erreichte die stramme Schnur und die Hände klammerten sich an das feste, biegsame Material. Die Knight drückte leicht gegen seinen Körper, seine Beine umschlangen den Strang.

Langsam hob sich der Hubschrauber an und die Seilwinde drehte sich knarrend. Jack verließ den Boden des Todeswolkenkratzers. Bis ein Schuss ertönte. Harder wurde herum gerissen, sein Schulterblatt war aufgerissen, das Blut quellte in dickflüssigen Strömen aus dem wollenen Seemannspulli.

Der Helikopter hatte bereits angefangen zu beschleunigen, als Harders Nerven gegen seinen Willen operierten, die Hände hielten nicht. Jack verlor den Halt und fiel in die mörderische Tiefe einer keine Gnade kennenden Straßenschlucht. Sein tierhafter, hilfloser Schrei aus dem Innersten wurde vom brausenden Wind lautstark übertönt.

Gedankenbilder seiner Frau überkamen ihn, der einzigen Person, die er geliebt hatte, und für die er gelebt hatte. Bilder einer süßen „Papa" rufenden kleinen schutzbedürftigen Tochter Yade. Und das neue Kind. Für sie hatte er gelebt.

Und für sie würde er leben. Seine Reflexe ließen die Arme nach vorne schießen, fast schneller als die Geschosse, mit denen die Knight um sich warf. Ohne das Engine wäre es ihm vielleicht unmöglich gewesen, aber die Arme hielten an dem kleinen Vorsprung des Daches. Er pendelte an zwei Armen, die rechte Schulter halb ruiniert, unzählige Meter frei über dem Boden.

Und der meuchlerische Schütze stand lachend über ihm, Shadow lebte. Kein Cop hatte ihn bis jetzt erwischt. Zum ersten Mal griff der Schatten aktiv in die Welt ein. Einen halben Meter vor Jack schwenkte der Lauf seiner Waffe auf den neuen Beschützer der Gerechtigkeit. Einem Mann der bald Geschichte werden sollte. Der Abzugshahn rastete durch den Druck einen verabscheuungswürdigen Fingers langsam ein.

Ein Freund von Jack Harder, ein Cop in der Sicherheit der stählernen fliegenden Festung, jemand der viel gelernt hatte, handelte instinktiv und zielsicher, nach Regeln, die sich tief in ihm gebildet und verwurzelt hatten.

Der Abzugshahn verließ seine angespannte Stellung, als das Mordinstrument, an dem er sich befand, die Schlucht kennenlernte, Sekunden bis zum Aufprall brauchend. Shadow war aufs Dach gesunken, vom Schuss Tucks niedergestreckt.

So lange seine Hände die schwere Last noch halten konnten, winkelte Harder seine Bein an und presste sie an die grauen, rauen Wände dieses überfallenen Kastells der negativen Macht. Sein ständig überdurchschnittlich schnell hämmerndes Herz brachte die Muskelkraft auf das sonst unerreichbare Maximum, und er stieß sich ab.

Der Strick fing seinen Fall auf, als er sich beim Sprung drehte und zu versuchen schien ihn mit den Händen zu zerquetschen, so heftig umklammerten die Werkzeuge an den Enden seiner Arme die Rettung aus der Höhe. Erneut sprang der Motor der Winde an, und Jack näherte sich dem Kriegsschiff der Wolken. Und wieder kam etwas dazwischen.

Etwas wickelte sich um ihn, und er spürte einen menschlichen Körper.

Und er hörte unregelmäßiges lautes Nachluftschnappen. Eine flehende Stimme bat inständig um Gnade. Das Copship war bereits einige Meter von dem Hochhaus entfernt, nicht zu schnell fliegend, damit Harder in der Lage war sich festzuhalten.

Der halbtote Shadow wußte, er war auf seinen größten Feind angewiesen. Sein Leben hing an einem Faden, und der war nur für Jack. Würde er Jack in den Tod stoßen, sofern ihm dies gelang, wäre er dank der Cops über ihm zum freien Fall verdammt, würde Harder ihn nicht mit nach oben nehmen, wäre er ebenso Tod.

Keine Gnade, kein Mitleid. Ein Strick für einen Helden. Nicht für einen Helden und seinen Gefangenen. Zu schlecht die Erfahrungen in der Vergangenheit, die Erinnerungen. Eine Kopfnuss gab diesen Gedanken, die sich lange vor dem Einsatz in dem härtesten Cop breit gemacht hatten, Form. Halb benebelt dank der zugefügten Energie, umgewandelt bei dem Stoß, verließ Shadow auf einem langen, tiefen, schnellen Weg diese unsere schöne Welt und kehrte in die Schatten ein.

Jacks Auftrag war erledigt, abgehakt. Als er unter Zuhilfenahme der sich ihm entgegenstreckenden Hände in den Helikopter kletterte, spürte er die gewaltigen und zerstörerischen Detonationswellen des berstenden, explodierenden Wolkenkratzers, die Schreie der letzten krepierenden menschlichen Substanzen übertönend.

Jack Harder hatte überlebt, seine Gegner nicht. Die Sturmtruppen hatten ganze Arbeit geleistet. Das staatliche Bestattungsinstitut hatte als kleines Dankeschön Sprengkörper hinterlassen. Die zwei erst vor kurzem zu echten Freunden gewordenen Partner blickten sich einander in die Augen. Sie waren fortan durch den Tod verbunden. Und sie benötigten keine weitere Geste um das Band ihre Freundschaft zu festigen. Noch während sich ihre Augen gegenseitig fesselten, wurde Jack Harder sanft zu Boden gedrückt.

Ärzte spritzten ihm die Mittel die er brauchte, auf Anregung Tucks auch etwas um ihn von dem exzessiven Trip herunter zu holen. Hinter sich die Hölle aus Feuer, tobenden Brandwällen und Geröll, wandte sich das Copship geschmeidig dem Horizont zu, und die Pilotin nutzte die nachträglich angebrachten Triebwerke um davon zu donnern. Der Todesfalke hatte seine Beute erlegt. Und die Abschussrate eines Cops hatte sich dramatisch, doch für diesen Mann nicht unbedingt außergewöhnlich, erhöht.

„Stormtroop-Leader Two, wie geht es ihm?", kam in einem barschen Sprachstil unter viel rauschen eine kratzende Stimme durch den Äther und die Lautsprecher des Mikrophons.

„Er ist schwer verletzt und angeschlagen, aber er lebt", antwortete die junge, entschlossen klingende Stimme der Pilotin. Eine kleine Pause, dann fügte die Frau knapp etwas hinzu: „Stormtroop-Leader Two meldet absoluten Erfolg. Ziel vernichtet."

Ein Gutes hatte es für den sanftmütigen Cop. Er lag zusammen mit seiner Frau im Krankenhaus und der Weg war nicht sehr weit, als er ihr während der herrlichen Geburt des lange erwarteten gemeinsamen Kindes beistand.

Voller Vorfreude konnte er ihren und seinen Sohn in die Arme schließen, und ihn zu seiner geliebten Frau zu legen, wo sich Mutter und Kind zärtlich aneinander schmiegten, das Baby die wundervolle Wärme genießend und friedlich schlafend. Ein Familie im Glück.

Jack liebte sie alle drei, die zwei dort vor ihm im Krankenhausbett und Yade an seiner Hand, und er dankte Gott, bei ihnen sein zu dürfen. Obwohl er Religion für eine Waffe hielt. Nur wenn man richtig damit umging, so besaß man die Kraft die wahre Göttlichkeit der Natur zu spüren.

Wie in einem Kind. Jack Harder fiel tränenüberströmt und von Gefühlen überwältigter, auf die weißen Fließen des Hospitals, kniend reckte er seinen Kopf dankbar in die Richtung, wo er sich einen Himmel am Leichtesten vorstellen konnte, beschienen von dem milchigem Licht sterilisierter Lampen. Er lebte. Und er wußte für wen. Helden leben für andere. Bis sie sterben.

ENGEL

Ein alter Bauernhof, umsäumt von Äckern bei Nacht, die eine dünne Schicht von Schneeflocken belegte. Ein hoher Geräuschpegel. Lichtkegel fuhren durch den Himmel.

Die laute Musik störte die Tiere schon lange nicht mehr. Sie hatten sich daran gewöhnt. Oft wurden diese Art Feiern hier veranstaltet, der Diplomlandwirt verdiente gut daran.

Das Gelände war mit einem metallenen Drahtzaun abgesichert, damit niemand hereinkam, ohne an der Kasse das Eintrittsgeld hinterlassen zu haben. Die Kasse bestand aus einer Metallbox auf einem Holztisch, an dem zwei Mädchen, bzw. junge Frauen saßen. Neben dem Tisch befand sich ein circa ein Meter breiter Durchgang, der die Gäste auf den eigentlichen Schauplatz der großen Feier führte.

Der größte Teil der Gäste war jugendlichen Alters. An diesem Durchgang waren ein Mann im Rollstuhl und ein stehender dahinter postiert. Die zwei hielten jeweils eine halbvolle Bierflasche in der Hand und prosteten sich zu. Neben ihnen auf dem Holztisch befand sich eine geleerte und eine angebrochene Flasche Wodka. Im Eingangsbereich hatte sich der anfängliche Ansturm gemäßigt. Im Moment gab es nichts zu tun.

„Scheiße, Tuck. Wirklich Scheiße. Dieser verdammte Urlaub ans Mittelmeer. Ich wette, Kim will mich wieder ins Wasser kriegen."

„Jack, dass sind alle Deine Sorgen? Sei froh, dass Du Urlaub machen kannst. Du wirst endlich Sonne sehen, es wird warm sein. Ich hab zu viel Arbeit um wegfahren zu können. „

„Hahaha. Alter Freund Tuck. Würde mich dieser Rollstuhl nicht so fesselnd finden, hätte ich ebenfalls eine Arbeit. Aber die glauben ja nicht, dass ich noch einsatzfähig bin."

„Hast Du immer noch Probleme damit?"

„Nein. Ist vielleicht besser so. Ich genieße die Freizeit, die ich erlangen habe."

„Zwei Jahre ist es jetzt her. Wir dachten damals, es würde Dich fertigmachen."

„Nichts macht mich fertig. Ich liebe den Kampf viel zu sehr um mich zu ergeben. Auch keiner Behinderung. Scheiße."

„Bereust Du es nicht, den Einsatz freiwillig angenommen zu haben?"

„Ich würde niemals bereuen, Kollegen zu retten. Die wären drauf gegangen. Scheiß auf meine Beine, Tuck. Ich bin nicht tot. Ich bin noch da. Ich lebe."

„Aber der Job war Dein Leben."

„Jetzt ist anderes mein Leben. Außerdem sind noch genügend von uns Cops. Kim tut ihren Job und Yade ebenso. Ich wäre einer zuviel. So kann sich zumindest jemand um Jacoba kümmern. Hey Du, leg die Gaspistole auf den Tisch!"

Jack wandte sich einem großen jungen Kerl mit dem Kreuz eines Kleiderschrankes zu, der auf ihn herabsah.

„Was?"

„Die Knarre, deren Ausbeulung ich sehe, und die ich riechen kann. Auf den Tisch."

„Wer sagt mir das?"

Tuck überlegte sich einzumischen, aber er wußte, dass dies Jack sehr wütend machen würde. Jack wollte nicht für hilflos gehalten werden. Und Jack wütend, das war noch schlimmer als sein jetziger Zustand, enthemmt durch Alkoholeinfluss.

„Ich sage Dir das."

Die Mädchen von der Kasse sahen herüber. Schließlich lief eine von ihnen davon.

„Soll ich lachen? Glaubst Du, ich lasse mir von Dir Behindertem etwas sagen? Halt's Maul."

Jacks Gesichtsmuskeln zuckten. Er klemmte seine Bierflasche zwischen die Beine. Das Mädchen von vorhin kam mit einer jungen Frau angelaufen, die kastanienbraunes langes Haar trug.

„Jack, tu es nicht!"

Jack reagierte schnell. Mit der rechten Hand ergriff er ein Seil, das an seiner Rollstuhllehne hing und schleuderte es seitlich, ein Ende festhaltend, an dem sich eine Schlinge befand. Das Seil wand sich um den Muskelbepackten an der Stelle seines Halses und um den stabilen Holzbalken neben ihm, und das freie Ende schwang zurück zu Jack, der es blitzschnell durch die Schlinge steckte und kräftig daran zog. Das Seil zog sich zusammen. Jack nahm nun den rechten Arm zum Ziehen und benutzte den linken um sich an einem Balken in seiner Nähe festzuhalten. Er schnürte dem Aufmüpfigen die Luft ab, die Aktion benötigte keine Sekunde. Dieser versuchte krampfhaft sich zu wehren, aber er kam nicht gegen den ehemaligen Polizisten an, der selber extrem kräftig war und über ungeahnte Ressourcen verfügte. Erst als der hilflose jugendliche Mann am Balken entlang zu Boden sackte, ließ Jack los.

„Okay, Kleiner, verschwinde jetzt."

Das Mädchen mit den langen Haaren trat zu Jack und strich ihm durch das Haar.

„Jack, musste das sein?"

Das Mädchen von der Kasse mischte sich ein.

„Lass Deinen Vater, Yade. Herr Harder, starke Aktion."

„Danke, Jessica. Yade, wenn Du mich und Tuck schon gebeten hast, bei Eurer Party aufzupassen, dann solltest Du uns zumindest so handeln lassen, wie wir es für richtig halten."

„Klar, Jack, aber musst Du stets..."

„Dein Vater liebt das. Du hättest uns beide früher im Einsatz sehen sollen. Niemand konnte ihn stoppen. Mein Gott, Jack, wir können noch klar reden, lass uns weiter trinken und den Kerl vergessen."

Jack drehte mit seinen Armen die Räder, bis er unter der stabilen Metallstange, die rechts und links im Erker in der Wand festgemacht war, angelangt war. Jack sicherte sich selbst mit dem Gurt an seinen Rollstuhl, und er streckte seine Arme nach oben und deutlich tauchten die Muskeln aus den kurzen Ärmeln seines T-Shirts auf. Er ergriff die Metallstange und zog sich mehrmals samt dem zusätzlichen Gewicht in die Höhe.

Dies war seine Art der Trainingsform seit dem schicksalhaften Unfall. Er wiederholte diese Übung in dem stillen Haus, bis er jäh von dem Klingeln der Kommunikationseinheit gestört wurde. Jack rollte vor das Sprechgerät mit Videoübertragung und aktivierte es. Überrascht erblickte er das Bild einer langjährigen Bekannten, die ihn stets mehr gehasst als gemocht hatte.

„Hallo, Herr Harder. Ich entschuldige mich für die Störung."

Harder bemerkte die Tränen in ihren Augen.

„Frau Staatsanwältin? Sie stören nicht. Es wundert mich, dass Sie hier anrufen."

„So höflich? Das ist doch sonst nie Ihre Art gewesen."

„Menschen ändern sich. Beziehungsweise sie erlangen die Freiheit stets dagewesene Charakteristiken an die Oberfläche tauchen zu lassen. Vergessen Sie es. Ich bin der alte Jack. Weshalb rufen Sie hier an? Wollen Sie mir etwa den Prozess machen? Allerdings vermute ich, dass Sie dann nicht weinen, sondern lachen würden."

„Es ist ernst, Jack. Ich hätte nie gedacht, dass ich einmal Sie um Hilfe bitten würde. Aber ich denke, und ich verabscheue mich dafür, dass Sie wirklich der Beste für das sind, um das ich bitten muss. Ich habe solche Angst. Sie sind nicht mehr im Dienst, Jack, aber die, diese Leute … Mir wird seit einiger Zeit gedroht und nun wurde … Meine Tochter ist entführt worden."

Jack zögerte eine Sekunde.

„Was gibt es für Anhaltspunkte?"

„Sie haben mir gedroht, dass sie … sie wollen meine Kleine in einem Bordell arbeiten lassen. Diese Schweine."

„Wer?"

„Ich weiß es nicht genau. Sie wollten, dass ich als Staatsanwältin abtrete. Es ist niemand speziell, es ist die komplette Organisation. Ich habe Angst, dass sie Verena töten, wenn es einen großen Polizeieinsatz gibt."

„Ich hole sie zurück. Bis dann."

Jack Harder deaktivierte die Verbindung und nahm eine neue auf. Seine zahlreichen gesammelten Kontakte wurden nun von ihm abgefragt. Es dauerte bis zum Abend, aber schließlich wurde er fündig.

Eine Frau mittleren Alters stand hinter dem Tresen in diesem Gebäude voller stilvollem Ambiente, einem so bezeichneten Privatklub. Dieser geheime Treffpunkt älterer machtvoller Männer, die junge machtlose Mädchen gerne sahen und näher kennenlernen wollten, war nun von einem Rollstuhlfahrer besucht, der sich etwas verloren vor dem Tresen befand und in einem Buch blätterte. Die Photos dieser halb erwachsenen Kinder quollen geradezu hinaus. Jack legte das Buch auf den Tresen und sprach die Frau direkt an.

„Entschuldigung, aber es gibt da etwas, dass ich gerne klären würde. Ich meine, Sie sehen ja, ich bin ein wenig, sagen wir minder privilegiert. Ich mag somit junge Mädchen, die ein wenig unerfahrener als andere sind."

„Oh, alle Mädchen in diesem Buch …"

„Haben es schon getan, sonst wären ihre Photos nicht in diesem Buch abgebildet. Was mich interessiert ist ein Mädchen, dass erst noch in dieses Buch kommen soll. Verstehen Sie? Ich bezahle den normalen Preis, wie für die anderen, aber Sie bekommen für die Vermittlung natürlich etwas extra. Sagen wir noch einmal denselben, nein, den doppelten Betrag, nur für Sie."

„Ich denke, da lässt sich eventuell etwas machen."

Jack Harder legte einen Haufen Scheine auf den Tresen. Die Frau griff schnell nach dem Bargeld.

„Sie werden prompt bedient. Zimmer 12, dass ist in der zweiten Etage, rechts vom Lift."

Jack wartete in dem hübsch eingerichteten Zimmer. Das Ambiente musste stimmen, schließlich zahlten die Kunden viel und sollten wiederkommen. Die Tür öffnete sich, und ein junges Mädchen trat herein. Jack kannte das Mädchen nicht, aber er hatte die Tochter der Staatsanwältin auch noch nie erblickt. Sie hatte ein verweintes Gesicht, es hatte nicht den Anschein, als wäre sie freiwillig in dieses Zimmer gekommen. Jack blickte sie mit starrem Blick an. Seine Stimme ließ kein Gefühl aufkommen.

„Komm her."

Sie zögerte lediglich kurz, dann trat sie näher zu dem deutlich älteren Mann hin. Sie wirkte sehr jung.

„Setz Dich auf meinen Schoß."

Sie kam dem wie ein Befehl wirkenden Ausspruch nach. Jack umarmte sie und zog ihren Körper weiter zu sich. Er beugte seinen Kopf nach vorn und küsste sie auf die Wange, erneut, sich ihrem Ohr annähernd. Plötzlich fing er leise an zu flüstern.

„Keine Angst, ich bin Polizeibeamter, wir holen Dich hier raus. Du wirst doch dazu gezwungen? Beweg nur den Kopf leicht, ich schätze man beobachtet uns."

Seine linke Hand streichelte ihren Rücken, während sie vorsichtig den Kopf bestätigend neigte.

„Heißt Du Verena?"

Sie schüttelte den Kopf langsam.

„Kennst Du Verena?"

Sie nickte.

„Ist sie hier?"

Erneut ein Nicken.

„Sag mir, wo sie ist!"

Seine Stimme hatte einen deutlich nervösen Unterton, er befürchtete Schlimmes. Das Mädchen drehte ihren Kopf in seine Richtung und spielte das Spiel für ihre Beobachter mit, und die hatten sie sicherlich. Sie küsste ihn auf das Kinn, bevor sie leise antwortete.

„Sie ist nebenan bei einem anderen Kunden."

Jack stieß das Mädchen sanft, aber bestimmt zur Seite und setzte den Rollstuhl mit den Armen in Bewegung. Er war in Aktion, es gab keine Zeit zu verlieren. Er nahm keine Rücksicht mehr auf die kriminellen Bediensteten dieses Etablissements. Jack Harder riss die Tür auf und rollte den Gang entlang. Das junge Mädchen lief ängstlich an ihm vorbei um vor ihm stehen zu bleiben.

„Was?", fragte sie erschreckt.

„Verena."

Sie deutete auf die nächste Tür in diesem Gang, Harder kannte keinen Stop. Er bemerkte, dass sich von unten mehrere Personen die Treppe hoch bewegten, Jack hörte ihre Schritte.

Die Tür flog auf, aber die mit Samt behängten Wände bremsten ihren Aufprall geräuschlos ab. Jack fuhr hinein. Der glatzköpfige, von wenigen grauen Strähnen abgesehen, Mann stand mit dem Rücken zur Tür vor dem Bett, auf dem ein unbekleidetes Mädchen lag, dessen Augen Furcht zeigten. Der Mann hatte seine Hose geöffnet und ließ sie zu Boden gleiten, geräuschvoll ging sein Atem. Gerade als er auch die Shorts ausziehen wollte, war Jack zur Stelle. Die Knight V3, immer noch der alte Jack, gezogen, entsichert und fertiggeladen, setzte sie Jack am Heck der Shorts an und presste den Lauf ein wenig nach vorn.

„Wag es nicht Dich zu bewegen. Verena, zieh Dich an, Deine Mutter wartet."

„Verdammt, Jack, demnächst rufst Du mich früher an, bevor Du so eine scheiß Aktion startest."

„Tuck, Du warst zulange Cop. Deine Aussprache lässt zu wünschen übrig."

„Da hast Du recht, Jack. Was sollte das? Du rufst mich an und nennst mir eine Adresse, zu der ich sofort mit einer Sturmtruppe kommen soll. Ich tu es. Kein Problem, das mache ich für Dich ja gern. Kaum bin ich da, finden wir einen bewusstlosen Kerl, der, nachdem wir ihn aufgeweckt haben, mit Schock in das Krankenhaus eingeliefert werden muss und dauernd murmelt, er wurde vergewaltigt. Außerdem erblicken meine Augen ein echtes Massaker, mehrere männliche Tote in Form von Kleiderschränken mit Einschüssen liegen in der untersten Etage, und aufgrund des zerstörten Gerüstes muss ich vermuten, dass sie die Brüstung heruntergefallen sind. Und dann sind da noch zwei zitternde Mädchen, dass heißt mit den weiteren in den anderen Räumen eigentlich fünf, die scheinbar erleichtert sind, und drei erwachsene Damen, die uns ziemlich unfreundlich behandeln. Was war da los?"

„Ich habe einer alten Freundin einen Gefallen getan."

„Jack, Du bist außer Dienst und hast keine rechtliche Deckung mehr durch die Undercoverregelung. Die Frau Staatsanwältin hat jetzt endlich etwas gegen Dich."

„Nein."

„Wie meinst Du das? Und wem hast Du einen Gefallen getan?"

„Eben dieser unserer allseits geliebten Staatsanwältin."

Tukular Ran war wirklich überrascht: „Tatsache? Sie muss in einer echten Notlage gewesen sein. Und wer hat den Kerl vergewaltigt?'

Jack grinste breit. Tucks Augen öffneten sich weit, so weit, dass Jack zu einer Antwort ansetzte.

„Nein."

„Jack!"

„Tuck, ich war es nicht. Der nette Mann hat etwas falsch verstanden."

„Jack?"

„Ehrlich."

Jack Harder, die gewaltigste Errungenschaft die Neu-Berlin je erlangen hatte, fuhr ein letztes Mal vor der Urlaubsreise mit dem Rollstuhl die Zimmer des geräumigen und behindertengerechten Bungalows ab um zu sehen, ob alle Geräte ausgeschaltet waren. Kim wartete bereits draußen im Auto auf ihren geliebten Ehemann. Sie freute sich sehr auf diesen Urlaub. Endlich würden Jack und sie wieder ganze Tage miteinander verbringen. Gemeinsam einsam am Strand liegen. Romantische Abende. Und Tage. Urlaub. Endlich. Sie arbeitete einfach zu viel, was man von ihm ja nicht mehr behaupten konnte.

„Meine Herren, wir stehen vor einem großen Problem. Ich bin leider zu spät darüber informiert worden, dass Wassilev Kamischko in Berlin von der Polizei aufgegriffen worden ist. Bevor wir eingreifen konnten, wurde er bereits nach Moskau überführt. Das wäre alles nicht besonders schlimm, schließlich hätten wir ihn auch unseren Moskauer Kollegen übergeben. Allerdings sind die zwei Beamten, die zur Überführung abgestellt waren, seit gestern vermisst, und Kamischko ist nie offiziell in Russland angekommen. Wir haben ein sehr großes Problem. Und wenn wir es nicht schnell lösen, wird Juri Pasternak sich weigern, den geheimen Vertrag zu unterschreiben, der Russlands Beitritt zum Vereinten Europa beinhaltet. Das wäre nicht gut, gar nicht gut. Pasternak hat darauf bestanden, dass Kamischko nicht in die Hände der russischen Nationalisten fällt, womit wir nun leider rechnen müssen."

„Was können die Nationalisten mit Kamischko schon anfangen?"

„Anscheinend reicht Kamischkos Wissen aus um Präsident Pasternak zu stürzen. Und wenn die Nationalisten an die Macht kommen, können wir den Bund mit dem russischen Bären getrost vergessen. Kamischko ist einer der besten russischen Spione, und er ist Pasternak treu ergeben. Allerdings ist davon auszugehen, dass er die geheimen Informationen, die Pasternaks Stellung als russischer Präsident gefährden können, und deren Inhalt auch uns nicht bekannt ist, bei gezielter Folter preisgeben wird."

„Wir müssen Kamischko also zurückbekommen und ihn Pasternak wie verlangt übergeben."

„Ja. Und wir dürfen auf keinen Fall zulassen, dass man irgendwelche Rückschlüsse auf uns machen kann. Hüten wir uns davor Spuren zu hinterlassen. Ich möchte nicht, dass das jemand erfährt, dass da die European Secret Division mitmischt."

„Und wie gedenken Sie das zu tun?"

„Zum Einen brauchen wir für die Aufgabe geeignete Leute. Ich denke, ich habe da bereits gewisse Personen im Auge."

„Agenten von uns?"

„Nicht direkt."

„Wer dann?"

„Wir benötigen jemanden, der uns Kamischko zurückholt. Und wir brauchen jemanden, der uns den Rücken freihält und die russischen Nationalisten ausschaltet.'

„Sie wollen radikal vorgehen?"

„Ja. Für die erste Aufgabe habe ich mich bereits für eine Person entschieden. Für die zweite Schlage ich ihnen unser geliebtes Genie vor."

„Sie wissen, dass ich diesen Kerl ablehne. Ich mag ihn nicht."

„Sagen Sie das nicht zu laut, denn ich habe ihn herbitten lassen. Er wartet draußen."

„Das ist ein Irrer. Ein Psychopath. Wir hätten ihn nie rekrutieren sollen."

„Es hat uns viel abverlangt ihn für uns zu bekommen. Die psychologischen Berichte die mir vorliegen zeigen Besserung. Außerdem ist er ideal geeignet, niemand schließt von ihm auf uns. Er ist absolut zuverlässig und hat sich oft genug als die richtige Wahl erwiesen. Punktum, ich möchte ihn einsetzen. Castell, rufen Sie ihn bitte herein."

„Einen Moment noch. Die beiden eingesetzten Subjekte, sollen sie voneinander wissen?"

„Wir werden nur unser Genie informieren. Der andere weiß nichts von uns, und so soll es am Besten bleiben. Aber das klärt die Zeit wahrscheinlich von allein."

Auf dem Flughafen von Neu-Berlin herrschte reges Treiben. Jack Harder und Kimsy kamen Hand in Hand und besonders gut gelaunt die Halle entlang. Jack trieb seinen Rollstuhl mit einer freien Hand an, während Kimsy ihm mit ihrer freien beim Lenken half. Ihr Gepäck wurde vom Flughafenpersonal, natürlich gegen Entgelt, bereits zum Wagen gebracht. Sie freuten sich auf ein schönes Ausklingen ihres Urlaubes am schon begonnenen Wochenende, vielleicht konnten sie sogar etwas mit Yade unternehmen. Plötzlich lief ihnen ein bekanntes Gesicht über den Weg, Kimsy und ehemals auch Jacks Vorgesetzter Richard Speier.

„Hallo. Ich würde gerne fragen, wie der Urlaub gewesen ist, aber wir haben leider nicht viel Zeit."

„Richard, …"

„Bitte unterbrecht mich nicht. Wir haben vorgestern Nacht Tuck und Yade gemeinsam mit einer Gefangeneneskorte betreut, ein Häftling namens Wassilev Kamischko musste nach Moskau überführt werden. Die zwei haben sich gestern nicht gemeldet und bei den Moskauer Behörden sind sie ebenfalls nicht eingetroffen, bzw. sie wurden am Flughafen nicht wie abgesprochen vorgefunden. Ich würde mehr erklären, aber es bleibt keine Zeit, und wir haben auch nicht mehr Informationen. Ich weiß nicht, was Kamischko verbrochen hat, aber es hat unbedingte Priorität, dass der Häftling sofort zu der Präsidentengarde gebracht wird, der am höchsten gestellten Polizeitruppe in Russland. Ich habe geheime Informationen unbekannter Herkunft erhalten, dass sowohl Yade und Tuck als auch Wassilov Kamischko noch am Leben sind, sie aber von einem Terrorkommando verfolgt werden, dass Kamischko unbedingt bekommen möchte. Jack, ich denke Du wirst es Dir nicht nehmen lassen. Eigentlich bist Du nicht befugt, Ermittlungen durchzuführen, schließlich bist Du nicht mehr im Dienst. Aber ich habe ein hübsches Paket erhalten. Irgend jemand möchte Dich da hinten haben. Hier ist ein Flugticket nach Moskau, und Deine geladene Knight liegt in diesem hübschen Köfferchen unter dem darin enthaltenen Notebook. Hier Deine Papiere, Du bist ein reisender Geschäftsmann. Ich weiß nicht, woher das Zeug stammt, aber ich denke Du weißt schon etwas damit anzufangen. Der Flug geht in fünf Minuten. Jack, die Sache ist faul. Der Häftling besaß ein Gepäckstück, und wir bekamen Anweisung in Absprache mit Rußland, daß wir es ihm nicht entwenden oder überprüfen dürfen."

„Richard, ich ..."

„Na los, Du bist wieder im Einsatz. Und denk daran, die Sonne geht im Osten auf und niemand darf das ändern. Nun, Yade braucht Dich. Ein Letztes: mächtige Leute wollen anscheinend, dass Du die Sache übernimmst, anders kann ich mir nicht erklären, wie die Kontrolle Dich mit der Waffe in der Tasche durch die Sicherheitsschranken gehen lassen wird."

Wenige Minuten später sahen Kimsy und Richard Speier, Leiter der taktischen Abteilung der Neu-Berliner Polizeidivision, das große Flugzeug abheben, das Harder Richtung Moskau bringen sollte.

„Was geschieht hier, Richard?"

„Ich habe nicht den geringsten Verdacht, Kimsy, aber ich bin mir sicher, es ist eine erheblich wichtige Sache. Und es muss wohl streng geheim sein. Jemand verspricht sich was davon, Harder nach Yade und Tuck suchen zu lassen. Wahrscheinlich jemand, den Kamischko viel mehr interessiert. Du wärest gerne mitgeflogen."

„Klar wäre ich das. Aber es geht wohl nicht. Vielleicht kann ich mit dem nächsten Flugzeug nach."

„Nein. Das ist nicht gut. Diese Sache ist dermaßen inoffiziell, dass sie nach Gefahr stinkt. Ich lasse keinen Polizisten im Dienst dort rüber fliegen. Du musst das verstehen, Kimsy. Vertraue Jack, er wird sie finden."

„Darüber mache ich mir keine Gedanken. Er wird sie sicher finden. Ebenso sicher, wie er überleben wird, hoffentlich. Trotz allem, ich fühlte mich besser, wenn ich neben ihm im Flugzeug säße. Wir müssen Jack Junior bei Nell abholen, er war unseren Urlaub über in ihrer Obhut. Ich habe Angst um Yade. Und um Jack."

Jack schaute gedankenverloren über seinen Sitznachbarn hinweg durch das runde Fenster der Außenhülle. Wolken zogen vorbei, oder er an den Wolken. Sie waren schon einige Zeit unterwegs als es passierte.

Ein Mann und eine Frau verharrten in dem Gangstück vor den Toiletten in einem angeregten Gespräch. Schließlich nickte sie ihm zu. Er machte kehrt und ging in das Passagierabteil zurück, den Blick zu Boden gesenkt. Die Frau war verschwunden. Ein lauter Schuss ertönte. Der Mann riss plötzlich seinen Arm hoch, etwas kugelförmiges befand sich in seiner Hand.

Jack blickte ihn an. Panik machte sich überall breit, erschreckte Rufe ertönten und nicht wissende Kinder heulten auf. Eine Handgranate. Jack blieb ruhig. Der Mann ergriff das Wort.

„Ruhe. Ruhe. Ich bin Emilian DeMarco von der Liberalen Befreiungsfront Jordanien. Sie haben nichts zu befürchten, solange sie sich ruhig verhalten. Wir kapern mit dem Recht und der Pflicht die Wahrheit zu verkünden dieses Flugzeug und werden eine Kursänderung vornehmen. Ich rate Ihnen, keine Gegenwehr zu unternehmen."

Jack schaute ungläubig drein. Die Liberale Befreiungsfront Jordanien. Nein. Jack glaubte nicht an Zufälle dieser Art. Wer immer die auch waren, die wollten ihn daran hindern nach Moskau zu kommen. Er würde sich nicht hindern lassen. Vorsichtig öffnete er die Verschlüsse des Koffers, der auf seinem Schoß lag.

„Hier spricht der Pilot. Ich ersuche Sie Panik zu vermeiden. Mir wurde versichert weiteres unnötiges Blutvergießen zu unterlassen, insofern wir den Geiselnehmern keinen Grund dazu geben. Wir haben eine Kursänderung vorgenommen, leider darf ich keine Auskunft über unser neues Ziel geben. Ich danke Ihnen. Wir alle werden dieses Abenteuer gut überstehen, dass versichere ich Ihnen, soweit es in meiner Macht liegt."

Nichts liegt mehr in deiner Macht, rein gar nichts. Dummer ignoranter Pilot. Du glaubt wirklich alles, mit dem sie dich locken. Unnötiges Blutvergießen. Weiteres. Es war also bereits geschehen. Der Kopilot war wahrscheinlich erschossen worden. Ihre Art zu demonstrieren, wie ernst es ihnen war. Jack war es ebenfalls ernst. Er hob mit einer Hand ganz seicht das Notebook an.

Vorne stand ein mittelgroßer junger Mann auf, er maß knapp ein Meter achtzig. Er war schlank gewachsen und trug einen so bezeichneten Dreitagebart. Das auffälligste an ihm war – nach dem Mantel den er im Flugzeug anhatte – die Sonnenbrille, welche er trug. Jack konnte sie deutlich mit seinen guten Augen erkennen. Sie hatte ein silbernes Gestell und in der Höhe schmale Gläser.

Doch nicht nur seltsam war die Tatsache, dass der Mann in einem

Flugzeug und im Winter eine Sonnenbrille trug. Wirklich merkwürdig war, dass sie blau getönte Gläser besaß. Ein Blick in Harders Richtung ließ ihn trotz der Tönung stechende Augen lokalisieren. Dieser Mann schien nicht in das Bild der harmlosen Geiseln zu passen, er gehörte irgendwie in diese Geschichte, wenngleich Harder noch nicht wußte, wie der Mann hinein passte. Er vermutete, dass die Person, die einen langen, schwarzen Mantel trug, zu den Geiselnehmern gehörte. Irgendwie erinnerte er ihn an einen alten Bekannten, die Art wie er sich bewegte und wie gefährlich seine Augen hinter den Gläsern aufgeblitzt hatten. Der Mann stand fast direkt vor dem Geiselnehmer.

„Hinsetzen!"

Diese Bemerkung des sich selbst als Emilian DeMarco bezeichneten Entführers bestätigte Jacks Vermutung nicht. Aber die Antworten des Bemantelten in ihrer wahnsinnigen Konsistenz ließ einen Alarm in Harders Kopf los dröhnen. Er hatte diesen Mann noch niemals zuvor kennengelernt, er war sich aber auf der Stelle sicher, dass ihr Schicksal verbunden war. In der getrübten Stille voller leiser Angst drang die sachte, aber eindringliche Tonlage des Mannes bis in den letzten Winkel.

„Ich möchte auf Toilette."

„Nicht jetzt."

„Ich möchte auf Toilette mit Dir, süßer Mann."

Jacks Hand kroch unter das Notebook und seine kalten Finger schlossen sich um den Griff seiner geliebten Waffe, die er während seines Urlaubes eigentlich sicher bei sich zu Hause versteckt wähnte, früher hätte er sich nie von ihr getrennt. Doch heute war alles anders, und nun wieder beim Alten. Er fühlte das altbekannte hämmernde Pumpen, was ihn früher oft angetrieben hatte, weiter und weiter, stets am Tod vorbei.

„Was?"

„Ist die Welt heute nicht wunderbar blau?"

Auf das letzte Wort hatte der junge Mann eine besondere Betonung gelegt. Es klangt wie der Ausspruch eines Psychopathen, und Harder dachte bei sich, dass dies sogar wahrscheinlich war. Als Antwort sickerte Blut aus dem Mund Emilian DeMarcos, oder wie immer er heißen mochte.

Harder nahm es wahr und war angespannt, bereit zu handeln. Der Mann mit der blauen Sonnenbrille zog einen wunderschön geformten und gezackten Dolch aus einer tiefen Wunde im Oberkörper seines Opfers.

Sein Kopf schwenkte auf den Vorhang, hinter dem der Gang lag, der zu den Toiletten und zur Pilotenkanzel führte, während er mit der linken Hand die Hand seines Opfers fest umschlungen hielt, in der sich die Handgranate befand.

Harder hörte das Geräusch hinter sich, fast noch bevor es verursacht wurde. Jacks Körper fiel in den Gang, er hatte sich mit den Armen genug Schwung gegeben, dass er sich im Fall drehte und nun auf dem Bauch mit dem Kopf von der Pilotenkanzel weg lag, die Knight V3 ausgestreckt in beiden Händen, ein Reflex, ein Knall, die Kugel trat ein. Jack blieb angespannt.

„Keine Angst, Harder, die arbeiten immer nur zu dritt."

Jack schluckte. Er zog sich mit den Armen an seinem Sitz hoch, und es gelang ihm sich zu wenden. Im vorderen Teil des Passagierabteils war der junge Mann nicht mehr zu sehen, der Vorhang bewegte sich ein wenig. Jack stützte sich auf den Sitzen rechts und links von dem kleinen Gang ab und schritt mühsam nach vorne. Vor Furcht waren alle wie erstarrt, niemand verstand was geschah, Jack eingeschlossen, von dem Unbekannten abgesehen.

Ein lauter, hoher, weiblicher Aufschrei erklang, kurze Zeit gar nichts, dann fiel eine Person durch den Vorhang, sie reckte sich ein letztes Mal auf. Es war die Frau, die vorher mit dem Geiselnehmer gesprochen hatte. Ihre Hände klammerten an ihrem Hals, verzweifelt versuchte sie, einen dünnen Draht zu lösen, der ihr die Luft abdrückte.

Jack hatte so etwas schon gesehen, man schlang ihn um ein Opfer, beide Enden des Drahtes wurden durch ein Zentimeter breites Metallstück gezogen und festgezurrt. Nichts konnte den Draht mehr lösen, es sei denn, man durchtrennte ihn mit einem Drahtkapper. Sie lief blau an und sackte zu Boden. Jack erreichte sie und zerrte ebenfalls an dem Draht. Er konnte ihn nicht lösen. Das Werkzeug fehlte.

„Geben Sie es auf, Harder. Sie war sowieso nur hier um entweder Sie oder mich oder am Besten uns beide zu töten. Es ist besser so."

Die Frau zuckte ein letztes Mal.

Jack lag am Boden neben ihr. Er blickte auf.

„Wer bist Du?"

„Harder, dass sind doch nicht ihre Worte. Besinnen Sie sich zurück, der alte Harder wäre mir angesichts unserer Gegner als Partner lieber."

„Was jetzt?"

„Was ich vorhin schon gesagt habe, ich muss auf Toilette."

Er wandte sich um und verschwand hinter dem Vorhang. Jacks Atem verlangsamte sich wieder in Richtung des Normalzustandes. Nach einem Moment vernahm er deutlich die Toilettenspülung und der Mann kam zurück.

„Wie geht es weiter?"

„Eigentlich sollten wir nicht zusammen arbeiten. Aber die haben mir die Wahl nicht gerade leicht gemacht."

„Du hast sie abgeschlachtet."

„Hey, ich kämpfe nicht so gewalttätig wie Sie, Harder, ich kämpfe mit Stil."

„Ich kannte mal jemanden, der ähnelte Dir charakterlich", meinte Jack.

„Und?", fragte der Fremde.

„Seine Gedärme schwimmen im Meer."

„Dann möge er dort bleiben, denn noch einen meiner Art würde ich nur ungern dulden. Harder, wir werden springen."

„Springen?"

„Glauben Sie, man wird uns hiernach in Moskau freundlich empfangen? Wir müssten den Behörden zu viel erklären. Wir werden vor Moskau abspringen."

„Einverstanden."

„Gut, Harder."

„Und bevor ich hier unten versauere, besorg mir meinen Rollstuhl."

Irgendwie schafften sie es die Passagiere einigermaßen zu beruhigen. Der junge Mann, den Harder insgeheim den Psychopathen nannte, schickte eine verwirrte Stewardess los, Jacks Fahrzeug herzuholen, welches in einem Abstellraum den Flug verbringen sollte.

Sie machten sich bereit abzuspringen, kurz vor Moskau war es soweit. Sie kletterten in den Laderaum und eine kleine Luke nach außen ließ sich öffnen. Die Leichen der drei Geiselnehmer flog vor ihren Augen durch die Winde davon, danach sprangen die zwei selbst.

Die Winde rissen an ihren Körper, eisige Kälte ließ die Glieder erstarren. Jack fror fürchterlich, auch die dicke Thermokleidung, die er aus dem Flugzeug ergattert hatte, half nicht, sein Rollstuhl war fest an seinen Leib geschnallt.

Harder zog die Reißleine, eine ungeheure Kraft zerrte ihn scheinbar in die Höhe, etliche Meter, bis sich die Natur wieder im Gleichgewicht befand, und Harder sich aufgrund der Massenanziehungskraft der Erde unter ihm näherte, langsam genug um lebend aufzuschlagen, dank der Reibung an dem Fallschirm, der seinen beschleunigten Fall bremste. Die Landung würde schwer werden, gefesselt an sein Gefährt.

Sein scheinbar neuer Partner hatte den Sprung ebenfalls ausgeführt. Seinen Mantel hatte er in einem zweiten Rucksack verstaut, den er vorne am Oberkörper trug, darin ebenfalls die Sonnenbrille, die ihm sichtlich sehr gefiel. Ebenfalls mit einem Thermoanzug ausgestattet machte er seinen Weg zum winterlichen russischen Boden.

Und eben dieser Boden entwickelte sich zu einer neuerlichen Gefahr für die zwei gleichen, verschiedenen Charaktere. Der Schnee tötete ihre Nerven, vernichtete jede Bewegung auf anhieb und unterkühlte die zwei Helden, die so etwas niemals kennengelernt hatten, nicht in diesem ausgeprägten Stadium. Die Eiszeit war angebrochen.

Jacks Körper verlor sich in Zitterkrämpfe, lediglich seine Beine übermittelten dem Gehirn keine Schmerzen. Er war falsch aufgekommen, kein Wunder. Sein Rollstuhl lag schräg, er darauf, die Räder hatten sich tief in den hohen weißen Niederschlag gebohrt. Er vermochte nicht sich zu bewegen, keinen Millimeter.

Er rechnete mit dem Tod. Nein, das hatte er nie getan. Obwohl ihn diesmal, ein echter Wendepunkt in seinem Leben, ein Gefühl der Hilflosigkeit befiel. Er leidete nun unter seine Behinderung, sie verwehrte es ihm, sich selbst zu helfen. Und seine Tochter war in der Ferne und brauchte seine Hilfe. Der Unbekannte hatte es nicht besser, der psychopathisch angehauchte Mann war beim Aufprall mit dem Kopf unglücklich aufgekommen und fiel auf der Stelle in tiefe Bewusstlosigkeit. Er sparte sich die Schmerzen des bewussten Leidens.

Sein Körper wurde wieder von Lebenssaft durchflossen. Der Kopf regte sich, er zuckte zweimal. Die wärmenden Decken, in die er eingehüllt war, schützten seinen Körper vor der Kälte von außerhalb und heizten sein Inneres. Jack öffnete die Augen. Er erblickte lodernde Flammen und erschrak.

Jack Harder lag auf einem flauschigen Teppich vor einem heißen Lagerfeuer. Die ausgehenden Lichtwellen zeigten einen kleinen Höhlenraum, die zackigen und rissigen Wände waren mit Läufern behängt. Über dem Lagerfeuer hing ein metallener Topf, er baumelte ein wenig hin und her.

Jack sah den alten Bekannten vom Flugzeug in der Nähe an der Wand sitzen, er blickte starr auf den Kern der Flammen. Als Jack versuchte sich aufzurichten, musste er bemerken, dass seine Hände vor dem Oberkörper gefesselt waren. Wut hintergangen worden zu sein, und der falschen Person vertraut zu haben, die ihm von Beginn an nicht wohl gesonnen erschienen war, überkam ihn.

Etwas berührte ihn und eine angenehm melodische Stimme ertönte, eine weibliche Stimme, mit russischem Akzent, der es relativ gut gelang die Hauptsprache des Vereinten Europas zu benutzen.

„Ahh, Ihrr seid erwacht. Das brrinkt mich in der Lage, Frragenn zu stellen.“

Jack vernahm eine zweite Stimme, die er nicht verstehen konnte, er vermutete, dass die für ihn nicht sichtbare Person reines Russisch sprach.

Die erste Stimme antwortete, an der Lautstärke und der Tonlage leitete Jack ab, dass die Frau sich aufregte. Ihre Hände, er glaubte zumindest, dass es die Frau sein musste, die sich hinter ihm befand, strichen weiter über die Decke, was Jack deutlich wahrnahm. Es war angenehm. Er hatte keinen Thermoanzug mehr an. Sein Gegenüber zeigte noch immer keine Reaktion.

„Also, wer seid Ihrr?"

Jack stöhnte ein wenig, er wollte hilflos wirken, was er zu einem gewissen Grad auch war. Er wollte Zeit gewinnen.

„Euch wirrd nichts geschehen, solang Ihrr mirr ehrrlich antwortet."

„Wo sind wir?"

Jacks Stimme klang jämmerlich, so erschöpft, so verletzbar, so ausgelaugt.

„In der rrussischen Eiswüste. Wie heiß Du?"

Jack seufzte.

„Warum sind wir gefesselt?"

„Bieslang warr ich freundlich. Aberr ich erwarte Antworrten."

Jack spürte das sie es ernst meinte. Sie schien es nicht auf ihn persönlich abgesehen zu haben, andernfalls wäre er schon tot. Er konnte mit ihr reden.

„Wir sind aus dem Flugzeug abgesprungen."

„Das weiß ich. Warrum?"

„Wir wollten nicht auf den Moskauer Flughafen."

„Warrum?"

„Man hätte uns nicht freundlich empfangen."

„Ihrr habt Waffen."

„Ja."

„Was wolltet Ihrr in Moskau mit Waffen?"

„Du würdest es nicht glauben."

„Ihrr seid Verrbrächer?"

„Ja, irgendwie schon."

Es gab erneut ein Zwiegespräch auf russisch. Jack rollte seinen Körper herum, wobei die Decke ein wenig zur Seite rutschte. Harder sah ein Stück seines nackten Oberkörpers, das Fleisch war leicht bläulich gefärbt, er besaß Eisverbrennungen. Jack verzog den Mund und blickte die russische Frau an. Sie war jung und sehr hübsch. Das hiess natürlich, ihm gefiel sie, denn Schönheit liegt ja bekanntlich im Auge des Betrachters. Ihre Gesichtszüge wirkten ein wenig kantig, und ihre Augen funkelten im Schein des Feuers. Ihr fuchsrotes Haar bewegte sich nicht, während sie den Kopf schwenkte, sie hatte das mittellange Haar hinten zusammengeknotet. Ihren Gesprächspartner konnte er nicht ausmachen, er schien im Dunklen zu verweilen. Die zwei beendeten ihr Gespräch, und sie schaute ihn an. Jack ergriff das Wort mit einer kratzigen Stimme, eine Erkältung bahnte sich an.

„Wie heißen Sie?"

Sie kam nicht dazu zu antworten. Die Antwort kam von der anderen Seite des Feuers, die Silben waren langgezogen und die Betonung wechselte von Silbe zu Silbe, die normale Art und Weise des Sprechens war nicht erkennbar.

„Sie heißt Natasha."

Jack verhielt sich still. Das Profil der jungen Frau wandelte sich, sie wandte sich an ihren zweiten Gefangenen und wartete ab.

„Na, Jack, wo sind wir nur gelandet?"

„Sie heißt Natasha?"

„Ja."

„Und wie heißt Du?"

„Sehr gute Frage. Nenn mich einfach John, John Doe."

„Na schön, John, was nun?"

„Du bist dran, Jack."

Ein lauter unverständlicher Ausruf ertönte, die junge Frau erwiderte ihn verbittert und wandte sich wieder an die zwei Partner.

„Mein Frreund mag Euch nicht. Err will Euch töten. Ich möchte das nicht."

„Gut. Ich bin Jack, Natasha. Mein Freund heißt John, jedenfalls sagt er das, wie Du gehört hast. Du hast unser Leben gerettet. Seien wir ehrlich zueinander, weshalb seid Ihr hier?"

„Wirr haben einen Raub begangen, leider wurrden wirr entgegen unserem Plan zu früh bemerrkt. Wir haben einen Polizisten getötet, sie haben uns gejagt. Deshalb haben wir uns hier verrsteckt."

„Schön, Natasha. Was ist mit uns, sind wir frei? Wir müssen nach Moskau."

„Err wird Euch nicht gehen lassen, und ich bin mirr noch nicht sicherr."

„Wir werden Euch nicht verraten."

„Woherr weiß ich das?"

Jack hing seinen eigenen Gedanken nach. Er lag noch immer am Feuer, seine Behinderung war ein Vorteil, sie sahen in ihm keinen ernst zu nehmenden Gegner und beobachten ihn nicht so stark. Natasha. Als Kimsy und er sich einen Namen für ihre Tochter überlegten, hatten sie auch an Natasha gedacht. Es kam vom russischen Wort für Weihnachten, zumindest hatte Kimsy dies Jack gesagt. Sie hatten sich jedoch aus unerfindlichen Gründen, die man als Zufall bezeichnen kann, aber nicht sollte, für Yade entschieden. Natasha. Die junge Frau trat an den metallenen Topf über dem Feuer und rührte darin. Jack wurde aus John nicht schlau. Er bewegte sich nicht, er machte keinerlei Bewegung. Der Mann war eine Statue.

Es war Essenszeit. Natasha trat zu Jack und kniete sich vor ihm hin. Sie gab ihm mit einem verkrümmten Löffel schlückchenweise heiße Suppe. Jack lächelte ihr dankbar entgegen. Sie wollte auch Jacks Partner etwas geben, doch der öffnete den Mund nicht.

Sie diskutierten laut im Hintergrund, in dieser verfluchten Sprache, die Harder nicht verstehen konnte, die Worte bildeten einfach keinen für ihn ersichtlichen Sinn. Trotzdem wußte er, dass sie über sie sprachen. Doe saß noch immer da, er harrte gekrümmt mit dem Rücken an der felsigen Wand. Zuletzt hatte Doe gesagt, dass Jack Harder nun dran wäre. Er mischte sich nicht ein, Jack sollte die Sache klären, die Angelegenheit bereinigen. Er fragte sich nur, wie er dies tun sollte. Mit seiner Behinderung und den gefesselten Armen.

Die Stimme der Frau wurde lauter. Jack vernahm ein klatschendes Geräusch und einen dumpfen Aufprall. Er kannte diese Geräusche und seine Instinkte riefen in zum Handeln auf, aber er vermochte nicht zu handeln, daher zwang er sich zur Ruhe. Es war leise. Kurz.

Harder hörte sich nähernde Schritte auf steinernem Boden, ein leiser Hall in der Höhle. In den russischen Eiswüsten verschwendete man keine Kugeln, was auch immer man anders lösen konnte, wurde anders als mit einem Schuss geregelt. Die Schritte verliefen knapp an Jack vorbei, zuerst würde er den im Sitzen Schlafenden töten, danach den hilflosen Krüppel.

Does gleichmäßig Atmen ließ darauf hindeuten, dass er die Warnsignale nicht bemerkte. Jacks Oberkörpermuskeln spannten sich an, er besaß keine große Chance, aber er hatte schon schlechtere besessen. Aus den Augenwinkeln konnte er maximal bis zur Hüfte seines Gegners aufschauen, er sah ein verdächtiges Glitzern.

Die Klinge eines hinterhältigen Mörders. Er zuckte, seine Muskelmacht löste sich mit einem Mal in einem Gewaltakt. Harder riss seine Arme unter dem Oberkörper hervor und zog die Kette der Handschellen um den gerade angehobenen Fuß seines Opfers, welches tief in die Glut der Flammen fiel. Harder zog sich über den unebenen Boden vorwärts um dem Feind den Rest zu geben.

Der Russe wollte sich erheben und drehte sich dabei zu Harder, um die Attacke zu erwidern. Sein wollenes Oberteil hatte bereits begonnen zu entflammen. Harder vermochte es mit Hilfe seiner Arme schnell eine kniende Position einzunehmen, und seine Hände entwickelten eine ungeheure Wucht, als sie mit der ihm eigenen Kraft auf den Mann trafen, der wieder in das züngelnde Feuer fiel. Jack verlor das Gleichgewicht und sackt zur Seite. Als er sich wieder aufgerichtet hatte, sah er Doe. Es war ein schauerliches Bild.

Doe saß noch immer da, hinter der anderen Seite des Feuers, doch diesmal mit offenen Augen und den Griff der Klinge, die ihn hatte töten sollen, im Mund, welcher von rotem Saft umflossen wurde. Und während die Leiche ihres Feindes von den Flammen verzehrt wurde, konnte Harder noch einen Blick auf die durchtrennte Kehle erhaschen. Doe ließ die Klinge aus dem festen Griff zwischen seinem Kiefer fallen. Er blickte Jack tief in die Augen. Niemand von ihnen wagte es das Schauspiel durch Worte zu beenden.

Harder hatte die junge Frau näher untersucht. Der Mann hatte sie bewusstlos geschlagen. Sie schienen nicht die besten Freunde gewesen zu sein. Schnell hatten Doe und er die Schlüssel gefunden, mit denen sie sich ihrer Fesseln entledigten, ebenso wie ihre Waffen, die sie wieder an sich nahmen. Doe legte der Frau die Fesseln an und verließ danach die Höhle, Jack blieb allein zurück. Als Doe wiederkam, nickte er Harder zu.
„Draußen stehen zwei Schneeräder.“
„Schneeräder?“
„Jepp.“

Die idyllischen Gebäude waren schön anzusehen, mit ihren Dächern aus Leichtbauweise, die sich unter dem Druck der auf ihnen lastenden Schneemassen beugten. Trübe Lichter schienen aus kleinen beschlagenen Fenstern an den Häusern, und aus Schornsteinen, denen es nur so eben gelang sich durch den dichten Schnee heraus zu recken, stieg Qualm von Feuer, was auf einen trauten Kamin im Innern der Häuser deuten ließ.
Es wäre ein guter Ort für einen Weihnachtsurlaub gewesen. Ein Ort des Friedens. Innerer und äußerer. Jack Harder fuhr in diesen Ort, den kühlen Stahl der Knight an seinem Rücken spürend, wo der Lauf in seinem Hosenbund klemmte, und die eisigen Winde hierzulande, die an der dicken fellbesetzten Jacke zerrten. Nichts aber berührte den ehemaligen Polizisten in seinem Innern, nichts, außer dem Gedanken an seine Tochter, die er in diesem fremden Land verloren wußte.

Doe half ihm in die nahegelegene Gaststätte zu kommen, seinen Rollstuhl holte John später nach, sie hatten ihn auf Does Schneemotorrad festgebunden. Ein kleines Feuer im Kamin verstrahlte eine gute und angenehme Wärme, Harder erschien es, als hätte diese Hitzequelle heilende Kräfte. Er verharrte auf einem unbequemen Stuhl, dies nicht bemerkend dank der abgestorbenen Beine. Totes Fleisch hängend an seinem Unterleib. Ihn belastend. Aber er hatte sich daran gewöhnt. Doe vermochte mit den Einheimischen zu kommunizieren, er sprach russisch, fließend, sofern

Harder dies einzuschätzen vermochte.

„Und Harder, wie geht es Dir?"

„Erkläre mir, wozu Du da bist."

„Ich bin freischaffend."

„Für wen diesmal?"

„Der große Dienst. Der mächtige Schatten. Frage nicht weiter, es ist nicht von belang. Dieser Auftrag ist von äußerster Wichtigkeit. Nicht Deine Tochter, sie ist nur für Dich von wert. Wertvoll ist der, den sie überbringen sollte. Wir müssen ihn der Präsidentengarde überbringen. Ich sollte aufpassen, dass Du das erledigst. Auf der Suche nach Deiner Tochter. Eigentlich wollte ich unerkannt bleiben, aber im Flugzeug überkam mich ein anderer Sinn."

„War vielleicht besser so."

„Jepp."

„Wie kommen wir von hier nach Moskau?"

„Ich sprach mit dem Wirt. Ich habe ihm ein Angebot für einen alten Laster gemacht, das er nicht abschlagen konnte."

„Gut. Wann geht es los?"

„Wir werden zuerst drei Stunden schlafen. Die reichen mir, dann fahren wir los. Wir haben nicht viel Zeit."

„Wir können sofort los."

„Nein. Eine Pause brauchen wir. Keine Angst, wenn Ihre Tochter tot sein würde, würden wir es bereits wissen."

„Warum?"

„Nach meinen Informationen wäre Pasternak dann gestürzt und hier herrschte Bürgerkrieg."

Sie erreichten Moskau mitten in der Nacht, und Doe lenkte den Laster mit dem altmodisch ratternden Motor zielsicher durch die unzähligen Straßenschluchten, hinein in immer menschenleerere Gebiete. Er wirkte wie ein Einheimischer, so genau schien er die gigantische Stadt zu kennen.

„Warst Du schon einmal hier, John?"

„Nie."

„Aber Du kennst Dich gut aus."

„Ich habe den Stadtplan beim Warten auf den Abflug auswendig gelernt."

Sie kamen in einer gut beleuchtete Seitengasse an. Harder blickte verwundert auf die in Gruppen vorhandenen Gestalten, welche die Fahrbahn säumten. Es war eine Sackgasse und hier befand sich einer dieser Szeneläden, Treffpunkt für sämtliche Angehörige einer bestimmten Interessengruppierung. Harder konnte nicht einordnen, in welche Richtung die hier befindlichen jungen Leute tendierten, aber Doe schien zu wissen, was er selbst und Harder hier suchten, er parkte den Wagen mit wenigen Bewegungen am Rand, halb auf dem steinernen Bürgersteig. Dieses Gebiet der Weltmetropole gehörte nicht zu den renovierten Bereichen, für die Gelder ohne Limit zur Verfügung zu stehen schienen.

Moskau war reich, das Reich des russischen Bären war reich. Und Harder stand nicht der Sinn danach zu erfahren, auf welche Weise dieses Land so reich geworden war. Er vermutete das die russische Führungselite in mehr als nur minder illegale Verwicklungen verstrickt war, aber dies war ihm egal. Ihm war alles egal, sofern es nicht seine Familie oder seine Freunde betraf. Oder sein Überleben.

Doe nickte ihm zu und deutete an, im Wagen zu warten. Mit einem Quietschen öffnete sich die Fahrertür, und Doe verließ mit einem gewandten Satz den Wagen. Harder beobachtete aufmerksam seine Silhouette in dem trüb beleuchteten Szenario. Die Fußstapfen wurden von den hohen Boots, welche er trug, hinterlassen. Der lange dunkle Mantel verhinderte eine freie Sicht auf Doe. Sein Gang schwang ein wenig im regelmäßigen lockeren Takt. An dem leicht schräg gestellte Kopf, der niemanden direkt anvisierte und dennoch aufmerksam alle Eindrücke aufnahm, konnte Harder den rechten Teil des Brillengestelles erblickten, diese verdammte blaue Brille, der Verrückte nahm sie einfach nicht ab. Harder nahm alle diese Fakten wahr, sie flossen zu dem Gesamtbild, das er sich über Doe gebildet hatte, und er sah die Silhouette eines Raubtieres. Den Gang eines Raubtieres, die angespannten Sinne eines Raubtieres.

Harder fühlte sich einen Moment lang, wie bei dem Blick in den Spiegel, dass Bild zwar verkehrt, aber dennoch man selber. Doe unterschied sich deutlich von ihm, offensichtlich schon durch die Kleidung ein ganz anderer Stil, dennoch im Kern das, was auch Jack Harder ausmachte. Raubtiere. Doe griff in die Tasche seines Mantels und zog eine Zigarette hervor, setzte sie an den Mund und beim ersten Zug den er machte, entzündete sie sich.

Er sog die erbärmliche Kraft, zumindest was Harders Meinung über Zigaretten ausmachte, tief hinein, und als sich eine der Gestalten ihm näherte, warf er sie mit einer lässigen Bewegung im hohen Bogen hinfort. Ein bullig wirkender Typ mit Glatze und einer Jacke, unter der er wie ein kompakter Stier wirkte, trat auf ihn zu und sprach ihn an.

Doe und sein Gegenüber wechselten einige Worte, Harder zog seine Knight hervor und überprüfte den Zustand der Waffe. Er war sich mehr als sicher, dass er sich in dieser Nacht hundertprozentig auf sie verlassen musste.

Doe kehrte nach kurzer Zeit zurück, in der er nur wenige Sätze mit seinem Gesprächspartner gewechselt hatte und stieg wieder ein.

„Wer war das?"

„Ein russischer Nationalist. Von uns eingeschleust. Ein Informant."

„Was hat er gesagt?"

„Die Nationalisten suchen noch. Sie konzentrieren ihre Suche auf das Industriegebiet, dorthin verliefen die Spuren. Wir fahren dahin."

„Gut ... Doe, wer bist Du eigentlich?"

„Ich bin ein perverses schwanzgesteuertes Arschloch."

„Also ein guter Mann."

„Jepp."

„Und einer von denen, die ich eigentlich ausschalte."

„Jepp. Aber das werde ich zu verhindern wissen."

„Und wie, Doe?"

„Ich halte mich aus Berlin raus."

„Und nun, Tuck?"

Stille.

„Tuck?"

Weiter andauernde Stille.

Ihre Schritte hallten leise und dumpf als sie sich ihrem Kollegen näherte. Trotz allem konnte sie sein leises Schnarchen vernehmen, als sie sich zu ihm herunter bückte, das tiefe Atmen gesteuert von seinem Grad an Erschöpfung. Er lächelte im Schlaf. Auf ihre kameradschaftliche Weise war sie von dem japanischen Mann berührt, der neben ihrem Vater den Job begonnen hatte.

Tuck war zuverlässig und gewiss nicht sorgenfrei. Sein Gefühl der Ehre pumpte ihn mit Gedanken daran voll, was ein Verlust Yades bedeuten würde. Er hatte ihrem Vater viel zu verdanken, seine Ehre stand in riskanter Weise auf dem Spiel. Insgeheim hatte er sich geschworen, sie hier lebend herauszubringen, selbst wenn es sein Leben kosten sollte.

Sie hatten es an allen Verfolgern vorbei geschafft hierher zu fliehen, in der fast idyllischen Fabrikstätte hatten sie Zuflucht gefunden. Entgegen seinen Vorsätzen war Tuck eingeschlafen. Yade strich ihm über sein Haar und ging mit nachdenklicher Miene weiter zu ihrem zweiten Begleiter, einem weitaus geheimnisvolleren Charakter.

Sie wußte, dass er etwas vor ihr verbarg, etwas wichtiges, aber er öffnete sich nicht. Sie setzte sich ihm gegenüber auf den nackten Hallenboden, er lehnte an der länglichen Kiste, die er mit seinem Leben bewachte. Er schaute noch ernster in dieser Lage der Ruhe. Sie spürte, dass er etwas vorausahnte, düstere Visionen.

„Wie geht es Ihnen?"

Seine freundliche, leicht kratzende Stimme, eine Erkältung schien ihn zu quälen, überquerte die Distanz.

„Danke, mir geht es gut. Und Ihnen?"

In ihren Pupillen brannte die explosive Energie ihres Vaters. Diese innere unaufhaltsame Antriebskraft war dominant vererbt.

„Auch."

Sie blickte auf den Russen, ein Mann im mittleren Alter, mit schütterem Haar und einem dünnen Vollbart, der sich selbst auf eine Art und Weise an den Koffer gekettet hatte, mit der er erreichte, dass niemand ihn zu öffnen vermochte. Niemand. Nicht einmal sie und Tuck hatten erfahren, was der Inhalt war. Es war nicht weiter wichtig was sich in ihm befand, lediglich dass es an die richtige Stelle gelangte. Zu dem herrschenden russischen Präsidenten. Zu Juri Pasternak.

Schon in Neu-Berlin hatte sie sich gewundert, dass ihr zu überbringender Häftling ein Gepäckstück bei sich haben durfte, aber es wurde von ihrem Chef angeordnet, dass man die Fesselung auf keinen Fall lösen durfte und das Gepäckstück in Kamischkos eigener Obhut lag, solange er nicht der russischen Regierung übergeben wurde. Seltsam. Die Russen schienen Kamischko nicht wie einen Häftling zu behandeln, sondern eher wie eine reiche Beute, die es unter allen Umständen zu ergattern galt. Auch Kamischko selbst hatte seiner Eskorte keine Probleme bereitet.

Am Flughafen waren Tuck und sie ausgeruht in Richtung der Sicherheitsstelle gegangen, ihren Häftling samt Gepäck in Obhut. Kamischko war während des Fluges nicht sonderlich gesprächig gewesen, nur einmal hatte er sich zu Yade hinüber gebeugt.

„Ich trage die Wende Russland. Wir sind nicht wichtig, nur das, was ich trage. Was uns passiert, es ist unwichtig. Einzig zählt der Gedanke, dass mein Mitbringsel an die richtige Stelle gerät. Und die einzig richtige Stelle ist Präsident Pasternak. Vergessen Sie das nie."

Danach verweilte er still, auch auf Nachfragen antwortete er nicht. Seine Stimme verriet keinen Dialekt, er sprach die reine europäische Standardsprache ohne lokal bedingten russischen Unterton.

„Ich bin Francoise Leconte von der WSO."

„Angenehm, mein Name dürfte Ihnen schon bekannt sein. Ich hätte einem persönlichen Treffen nicht zugestimmt, wenn Sie nicht inständig darum gebeten hätten."

„Als Leiter der ESD mussten Sie mich empfangen, unsere Positionen und Dienste erfordern diesen Grad der Kooperation", sagte Leconte sachlich.

Beide Männer lächelten seicht angesichts der Tatsache, dass sie unter dreiunddreißig Personen auf der Welt die Bezeichnung dieser Dienste kannten, für welche sie arbeiteten.

Die Europian Secret Division war der unbekannte Sicherheitsdienst Europas, deren Einfluss nicht einsehbar ist. Es gab keinen anderen regionalen Dienst auf der Welt, der mächtiger war und verdeckter arbeitete als der ESD. Nicht einmal eine Handvoll Männer, welche für ihn arbeiten kannten den Namen.

Globale Betrachtungsweisen eines Multimilliardärs führten vor Jahrzehnten zur Gründung einer ähnlichen Organisation, der World Security Organization. Der Mann legte damals das Fundament in Form einer privaten Organisation, die Terroristen illegalerweise in einer Form von Selbstjustiz jagte und zur Strecke brachte und dies völlig eigenständig. Die WSO bestand aus motivierten Mitgliedern, die zu Beginn keineswegs den Grad an Perfektion besaßen, den sie heute innehaben.

Seit Gründung hatte die Rate der in Missionsausübung verstorbenen Agenten der WSO erheblich nachgelassen, allerdings ließ sich laut dieser Statistik auch sagen, dass wenige der Gründungsmitglieder überlebt hatten. Die Aktionen der WSO waren keineswegs von den großen Diensten der Länder übersehen worden, allerdings konnten man sie nie zusammenhängend zurückverfolgen und musste sie als lokale Einzeltaten in den Aktenschränken einlagern.

Die WSO blieb eine selbständige und unabhängige überregionale Organisation, die mit ausreichend finanziellen Fonds ausgestattet war um sich mehr als gut über Wasser zu halten. Gesponsort wurde die WSO von achtbar situierten Reichen, welche im Zuge der Sicherheitsinteressen Spendengelder abgaben, wenngleich sie nie so genau wussten, wohin ihre Überweisungen flossen.

Außerdem besaß die WSO das gesamte vererbte Kapital ihres Gründungsvaters, mit dem sie über Mittelsmänner wirtschafteten. Die WSO vertrat keine Einzelinteressen und hatte keine regional gerichtete Anteilnahme. Sie zog nur die Großen an Land. Francoise Leconte war der Leiter des AC (Actice Corps) der WSO. Und er stellte dem Leiter der ESD seine besorgte Miene zur Schau.

„Ich bin tief besorgt über die Berichte, die ich seit einigen Tagen vom Büro des WSO Crisis Corps laufend empfange, und die mich über den Zustand in Russland informieren. Warum ich mich angesichts der inneren russischen Probleme an den Leiter der Europian Secret Division wende, dürfte Ihnen klar sein. Schließlich passiert nur wenig auf der Welt, dass Sie nicht erfahren. Sie mischen sich in die innerpolitischen Belange Russlands ein, und ich verlange Klarheit, wenn Sie nicht damit rechnen wollen, dass ich meinen Active Corps umfangreich aktiviere und eine Aktion starte, welche die Weltsicherheit wieder in Balance bringt.“

Der Leiter des ESD schluckte. Er selber war der mächtigste Mann Europas, unerkannt von der Masse und auch nicht von den gehobenen Schichten. Doch sein heutiges Gegenüber war mächtiger. Obwohl sich Leconte nicht im Hauptstab der WSO befand war er einflussreicher als jedes Mitglied der ESD, den Leiter eingeschlossen. Sein Einverständnis mit einem Nicken deutlich machend, begann der ESD Befehlshaber mit seiner Erklärung.

„Russlands Präsident will sein Land dem Vereinigten Europa beitreten lassen. Dies hat er noch nicht publik gemacht, um keine Überreaktion des Volkes auszulösen. Seiner Armee kann er nicht mehr uneingeschränkt vertrauen schenken, lediglich die Präsidentengarde ist ihm untertänig ohne Einschränkungen. Der ESD, beziehungsweise ich nach den Analysen meines Mitarbeiterstabes, hat sich positiv für die Eingliederung Russlands entschieden. Und wir sind bereit Juri Pasternak zu unterstützen, was offiziell natürlich nicht geschieht. Der Europäische Rat hat ebenso unabhängig von mir in einer geheimen Sitzung gleich entschieden. Die europäische Regierung hat die Truppen des dem Kongress unterstellten Special Protection Corps mit einem Geheimmandat versehen und inoffiziell nach Russland entsandt, welche für Ihre Besorgnis verantwortlich sind. Ich habe keine Aktion des ESD veranlasst, da die derzeitige Situation meiner Meinung nach kein Eingreifen erforderlich macht. Die Truppen des SPC werden nur aktiv, nachdem der Vertrag der Eingliederung unterschrieben wurde, und das SPC somit offiziell operieren darf. Mit der geheimen Stationierung der Truppen in und um Moskau will der Kongress lediglich bezwecken, schnell einsatzfähig zu sein, wenn nach dem Vertragsabschluss und der darauf folgenden Publikmachung Pasternak Hilfe benötigt um gegen Aufstände vorzugehen. Ansonsten wird das SPC offiziell niemals in Russland gewesen sein. So wurde es vom Europäischen Rat und dem Kongress in dieser geheimen Sitzung beschlossen. Eigentlich könnte alles nach Plan verlaufen, ohne dass die WSO oder meine Europian Secret Division eingreifen müssen, jedoch haben wir mit der Person des politischen Hauptgegners Pasternaks ein Problem. Vladimir Jakowlew ist der Führer der Nationalisten in Russland. Wir wissen nicht, ob er von dem bevorstehenden Vertragsabschluss weiß, aber es steht zu befürchten. Pasternak hat große Angst vor diesem Mann, den Grund dafür kenne ich nicht. An dieser Stelle kommt ein russischer Agent in die Geschichte, Wassilev Kamischko, der ausschließlich Pasternak direkt untersteht und seit seiner Jugend Mitglied des russischen Außendienstes ist, welcher für seine Ausbildung verantwortlich ist. Dieser Mann hat Undercover hier in Europa für Pasternak einen Auftrag ausgeführt und trägt etwas sehr wertvolles bei sich, dass er Pasternak zu überbringen hat. Der russische Präsident hat deutlich gemacht, dass er den Vertrag nicht unterzeichnen wird, wenn Kamischko nicht vorher mit seinem Gepäckstück zu ihm findet. Bevor mein Dienst dies klären konnte, wurde Kamischko in Berlin von den Polizeibehörden aufgegriffen, und nach Absprache mit den russischen Behörden wurde Kamischko von zwei Polizeibeamten nach Moskau überführt, wo er am Flughafen der Präsidentengarde übergeben werden sollte. Diese Übergabe schlug fehl, und die Berichte sagen aus, dass die Beamten mit Kamischko in Moskau von den Nationalisten verfolgt werden, welche anscheinend von Pasternaks Interesse an Kamischkos Person wissen. Positiv ist einzig, dass sie ihn noch nicht haben."

„Jetzt sind wir an einem Punkt angelangt, dass wir eingreifen müssen."

„Das sehe ich genauso. Allerdings darf die Aktion keine europäische sein, deswegen habe ich bereits eine Entscheidung getroffen und zwei Männer nach Moskau geschickt, die keinem Dienst angehören."

„Die Fakten. Ich entscheide ob diese Männer geeignet sind, oder wir sie zurückrufen."

Der Leiter der ESD zuckte unmerklich zusammen, er wurde langsam nervös. Er spürte die Machtbefugnis seines Gegenübers, der keine Rücksicht nahm, sie zu verstecken. Offen ließ er den Leiter der ESD spüren, wer das Sagen hatte.

„Der eine ist ein Einzelgänger den wir unter der von ihm selbst gewählten Bezeichnung John Doe führen, er gehört keinem Dienst an, seit einigen Schwierigkeiten, die wir mit ihm hatten, einigten wir uns darauf, ihn nicht weiter zu behelligen, dafür hilft er uns manchmal aus Miseren. Bei einem Misserfolg seinerseits wird er als psychopathisch veranlagter Einzeltäter angesehen werden."

„Mir ist dieser Mann ein Begriff, auch die WSO ist bereits mit ihm in Kontakt getreten. Ich warne Sie vor ihm, er ist gefährlich. Auf keinen Fall sollte Sie ihm Versprechungen geben, welche Sie nicht einhalten, denn dann wird er zu einem unberechenbaren Risiko. Er ist ausschließlich sich selbst verpflichtet und kennt keine richtigen Freunde, nur gute Kontakte innerhalb der Cyberpunkszene, welche anarchistisch veranlagt sind. Wer ist der andere?"

„Der andere ist der Vater einer der Beamten die Kamischko begleiten."

„Ist das klug? Hätte Doe nicht ausgereicht?"

„Doe ist nur zur Sicherung der Aktion in Moskau, und damit der ESD erfährt was passiert. Er ist quasi unsere Kontaktperson ohne feste Bindung. Der andere weiß nichts von uns. Er ist ein ehemaliger Polizist, vorzeitig in den Ruhestand versetzt, da seine Beine durch einen ungünstigen Schuss gelähmt sind."

„Klingt als wäre er äußerst qualifiziert", bemerkte Leconte süffisant.

„Ich fand es besser ihn koordiniert arbeiten zu lassen, als das er vollständig auf eigene Faust in Moskau agiert, was wir ihm nicht hätten nehmen können. Die Polizeibeamten in Moskau sind sein ehemaliger Partner Tukalar Ran und seine Tochter Yade Harder."

„Der letztere Name klingt äußerst bekannt."

„Der Vater ist Jack Harder. Niemand könnte ihn aufhalten, wenn er seine Tochter in Gefahr wähnte. Seine Behinderung nicht, nichts. Er ist exzessiv, aber ich sehe die Erfolgsaussichten positiv an. Er wird seine Tochter finden, und Doe somit Kamischko."

Leconte wusste, warum er sich an den Namen erinnerte. Es war einer seiner ersten Aufträge Informationen über den Vater Jack Harders für die WSO zu ergattern. Das so genannte Erzengel Projekt des ESD war dabei von ihm ausspioniert worden. Ein Projekt, dass seit Generationen in Testphasen verlief und durch das auch Jack Harders Vater gezeugt worden war. Sowie eine französische längst verstorbene Soldatin namens LaRousseau. Das Projekt hatte bestimmte Begabungen bei Menschen gezielt versucht zu fördern. Die Nachfahren des Projektes wandelten auf der Welt, unwissend. Leconte behielt im Hinterkopf mal wieder zu prüfen, ob der ESD immer noch daran forschte und weitere Zeugungen vornahm.

„Gut. Wenn alles geplant verläuft sind weitere Aktionen nicht erforderlich. Ich verspreche Ihnen, dass ich vorerst meine Active Corps nicht aktiviere. Die Aktion führen Sie. Ich werde auch andere Dienste davon abhalten sich einzumischen. Aber ich warne Sie, ich habe mein wachsames Auge über Russland. Verläuft etwas entgegen meinem Gutdünken wird die WSO eingreifen um die Weltsicherheit zu bewahren. Für die Balance ist es nicht unbedingt erforderlich, dass Russland dem Vereinten Europa beitritt. Sie handeln für Europa, wir denken global. Wenn Sie sich zu viel herausnehmen, werden Sie ersetzt."

Diese offen ausgesprochene Drohung von einem Mann zu hören, der offiziell nie das Licht der Welt erblickt hatte, machte dem Leiter der ESD Angst.

„Doe, wer bist Du? Welche Organisation steht hinter Dir?"

„Jack, so viele Fragen. So wenig Antworten. Ich bin ein Teil des Teils, doch steh ich außen vor. Mehr brauchst Du nicht zu wissen. Ich bin Deine Verbindung zur Traumwelt, der Welt über der Welt, der Leitung über der Politik. Denk nicht weiter daran. Ich werde Dich in der Nähe des Industriegebietes absetzen, Du wirst dort nach ihrer Tochter suchen. Die Nationalisten sind dort ebenso, sie stellen eine Gefahr da und wollen den Gefangenen, den Deine Tochter begleitet. Rette Deine Tochter und Kamischko. Bring Kamischko zu Präsidenten Pasternak, falls ich Euch nicht rechtzeitig erreiche. Kamischko ist keine Gefahr, er ist auf unserer Seite. Sag ihm, dass wir für Pasternak arbeiten, dass trifft die Wahrheit am ehesten."

„Was machst Du?"

„Ich operiere außerhalb und halte Euch den Rücken frei. Auf gutes Gelingen, Jack."

Am Flughafen hatten sie Mitglieder der Präsidentengarde wie geplant getroffen, die Kamischko in ihre Obhut zu nehmen gedachten. Kamischko hatte ein erfreutes Lächeln auf den Lippen, als er sich von den Polizisten aus Neu-Berlin trennte. Als er bei den drei Präsidentengardisten stand, machte er zu einem der dreien eine Bemerkung in seiner Heimatsprache. Der Gardist fing daraufhin laut an zu lachen, Kamischko stimmte ein, und die anderen zwei Gardisten taten es den beiden nach. Tuck und Yade, welche kurz davor waren wieder umzukehren, um den Rückflug anzutreten, wandten sich irritiert wieder zu den Gardisten um und begutachteten die Situation.

Kamischko reagierte unerwartet. Er umfasste das längliche festgekettete Gepäckstück am Griff mit beiden Händen und schlug damit einen der Gardisten nieder. Die beiden anderen benötigten einen Augenblick sich zu fangen, den er schamlos ausnutzte. Schnell rannte er zum Ausgang, während herumstehende Flughafenpolizisten verwirrt die Waffen zogen. Tuck und Yade reagierten schnell, sie liefen Kamischko hinterher. Kurz vor dem Ausgang gelang es ihnen, ihn zu stoppen. Yade sprang ihn rückwärts an und beide fielen zu Boden, sie vermochte es ihn fest zu umklammern. Die beiden unverletzten Gardisten erreichten sie, der dritte lag bewusstlos an der Stelle, wo Kamischko ihn niedergeschlagen hatte. Tuck trat zu ihnen und erklärte, dass sie die Situation unter Kontrolle hatten. Die Gardisten ihrerseits wimmelten die Polizisten ab. Yade hielt Kamischko weiterhin fest, der leise zu ihr sprach.

„Das sind keine Gardisten. Helfen Sie mir."

Yade wandte den Kopf über die linke Schulter zurück und bemerkte, wie die Gardisten ihre Waffen verstauten, nachdem Tuck sie beruhigt hatte. Einer der Gardisten zog ein Paar Handschellen hervor. Sie erinnerte sich an die Worte ihres Chefs nach der Auftragsbesprechung.

Die Russen hatten ihm gesagt, dass Kamischko nur der Präsidentengarde übergeben werden durfte, und dass er keine Schwierigkeiten machen werde. Die russischen Behörden hatten wohl verlangt, dass man Kamischko frei und selbstständig nach Russland zurückkehren ließ, aber der Berliner Polizeichef hatte abgelehnt einen Mann, der im Verdacht stand Spionage betrieben zu haben, direkt freizulassen. Er hatte von höherer Stelle nur die

Weisung erhalten, Kamischko den Russen zu übergeben.

Yade blickte auf die im Licht reflektierenden stählernen Handschellen und dachte daran, dass nicht mit Widerstand Kamischkos zu rechnen war. Eigentlich sollten sie ihn nur begleiten, nicht unbedingt wie einen Gefangenen behandeln. Handschellen. Ein Gardist mit Handschellen, obwohl der erwartete Mann freiwillig folgen würde. Es war eine Ahnung die Yade überkam, und sie handelte wie ihr Vater nach ihren Instinkten.

„Tuck, denk an alte Zeiten. Stell Dir vor, dass hier wäre die City, und die dort dienten den Herren."

Verwirrt schaute Tuck auf die Tochter seines Ex-Partners. Aber an ihrem Gesichtsausdruck konnte er die zusätzlichen Informationen ablesen, welche er benötigte um die Botschaft die sie ihm gab zu verstehen. Mit wenigen Ausführungen seiner japanischen Herkunft machte er die Paragardisten kampfunschädlich, und er floh mit Kamischko und Yade mit einem Taxiwagen vor der Tür, dessen Fahrer sie kurzfristig entmündigten.

Jack Harder war von dem eigentümlichen Mann, der ihm bislang geholfen hatte, am Rande des Industriegebietes abgesetzt worden. Er hatte am Wagen gelehnt und sich festhaltend Doe gebeten, ihm den Rollstuhl zu bringen, sich insgeheim fragend, wie er so beeinträchtigt seine Tochter in dem großflächigen Gebiet suchen, geschweige denn finden sollte. John Doe hatte den Wagen verlassen und schritt um die Front des laufenden Automobils, vor Harder blieb er stehen, keine Anstalten machend, den Rollstuhl zu holen. Doe kniete nieder und zog eine Infusionspistole aus seinem Mantel, welche er an Harders linkem Oberschenkel ansetzte. Harder blickte ihn nachdenklich und misstrauisch von oben herab an.

„Was wird das?"

Doe blieb kühl und lässig. Harders Misstrauen störte ihn nicht. Er entsicherte die medizinische Pistole.

„Du brauchst Dein Gefährt nicht. Diese Spritze wird Dich laufen lassen."

„Was ist das für ein Mittel?"

„Aspegnont II. Ein Nervenaufputschmittel. Es gibt kein stärkeres Mittel. Damit wirst Du Dich einige Zeit bewegen können. Es ist genau dosiert, zu stark und Du würdest nach einer Stunde sterben."

„Und los."

Doe drückte ihm eine Injektion ins Blut, danach reichte er ihm die Pistole, welche Harder an dem Gürtel mit der dafür vorgesehenen Klammer befestigte.

„Harder, im Notfall gibst Du Dir eine weitere Ladung. Nur im Notfall und wenn das Mittel nachlässt. Du hast danach noch knapp eine Stunde zu leben, weil Du dann eine Überdosis im Körper hast. Genieß Deine Zeit. Ich fahre jetzt. In wenigen Minuten wirkt es. Sterb nicht, Harder."

Harders Miene verzog sich von einem besorgten Blick zu einem kämpferischen Ausdruck.

„Ich kann nicht sterben. Gott will mich nicht im Himmel, und der Satan hat Angst vor mir."

Doe verließ den besorgten Vater, welcher nach dem Verlust jeder Möglichkeit sich festzuhalten zu Boden in den Dreck gefallen war und sich vor quälenden inneren Schmerzen, die das Medikament verursachte, krümmte.

Francoise Leconte kontaktierte mehrere im Geheimen operierenden Dienste, über welche er erfahren hatte, dass sie von der Gefahrensituation informiert waren und sprach ohne Diskussion ein Einmischungsverbot aus. Niemand wagte ihm zu widersprechen oder sein Verbot anzuzweifeln.

Die Droge wirkte. Harder vermochte die nachgelassenen Schmerzen zu akzeptieren, er beherrschte seinen Willen in diesem Augenblick wieder, zwang den Wahn ihm zu gehorchen, benutzte ihn um sich anzutreiben. Er trug seine Waffe, die Knight V3, seinen stählernen, gusseisernen Partner, der ihn stets geschützt hatte, ebenso wie die Infusionspistole, welche die Macht besaß ihn zu töten.

Und er hatte einen komprimierten Gedanken als Ziel seines Lebens und des Hier und Jetzt. Er stand mit aller Gewalt seines Hirns auf, die Kraft wurde durch die Nervenbahnen an seine Muskeln geleitet, welche tatsächlich aufwachten und zum ersten Mal seit Jahren vermochten seine Beine zu bewegen. Er war zurück.

Mit derselben inneren Stärke, die ihn früher geleitet hatte, nur äußerlich nicht mehr ganz der Alte. Seine Beine waren reaktiviert, aber ihr abgestorbenes Dasein war nicht vollständig reinkarniert, sie befanden sich in einer Art Schlummerzustand. Er konnte gehen, musste sich und die Beine aber zu jedem Schritt zwingen und war nicht in der Lage ein schnelles Tempo einzuschlagen. Mit gewollten Schritten bewegte er sich vorwärts, weiter in das Areal hinein, jede Bewegung der Beine spürend.

Sein federnder Schritt trug ihn gewohnt zielstrebig aber schmerzend dahin, die Atemzüge in der leicht unterkühlten Luft in Form heller Schwaden sichtbar, welche aus der Nase austraten, und über seine ergrauten Bartstoppel gleitend, ihren Weg nahmen. Er hätte gefröstelt, insofern sich seine Gedanken mit dem Thema der Temperatur auch nur Ansatzweise beschäftigt hätten, was nicht der Fall war.

Die Droge hatte sich in seinem Körper ausgebreitet. Harder war endlos motiviert, seine Instinkte tödlich geeicht, sämtliche Handlungen direkt mit den Nerven gekoppelt. Der Hass trieb ihn, ebenso der Beschützerwahn, seine Kraft und Stärke war unangemessen für einen Menschen. Die mörderische Geschwindigkeit, welche ihm oblag kochte proportional mit seinem Blut hoch, sein Inneres selbst wurde zum absolutem Chaos, dem ersten und letzten natürlichen Zustand.

Seine Gegner schienen unbegrenzt, doch niemand vermochte ihn wahrlich zu verletzen, ihm Schmerzen zuzufügen. Harder ignorierte jedwede körperliche Berührung, die Information darüber wurde geradezu von einer letzten Instanz in ihm abgefangen, welche mehr als alles andere in seinem bisherigen Leben seinen Charakter ausgemacht hatte.

Jack Harder wirkte göttlich, unangreifbar und mit zornigem Entsetzen starrten seine Augen in die Ewigkeit, das spritzende Blut des Hier und Jetzt nicht überblickend. Ein Schatten, lediglich ein Schmetterlingsschlag in der Luft der Atmosphäre, ein Aufzucken im Gravitationsfeld seiner Umgebung, Harder reagierte.

Agierte. Präzise, gnadenlos grob. Seine Arme schwenkten herum, sein Körper wurde willenlos mitgerissen, und seine ihm eigene Kraft übernahm den Antrieb und die Steuerung. Mit einer übermenschlichen Wucht prallten seine menschlichen Werkzeuge, Waffen, gegen das mit Kleidung überzogene Fleisch seines Gegners und warfen ihn davon.

Bereits jegliche Erinnerung daran verlierend, widmete Harders Körper sich bereits einem anderen Todgeweihten, ein letztes Mal schenkte er dem gerade Ausgeschalteten einen Gedanken, als er seine Nase, sein Gesicht mit einem apokalyptischen Schlag näher und flacher zum Boden brachte, die eigenen Fäuste mit Blut besudelnd. Schon waren seine Hände bereits dabei eine weitere schattenhafte Figur zum höllischen Vater zu schicken, unter dem schallenden Krach zweier gleichzeitig angesetzter Ohrfeigen, dank plötzlichem Überdruck getötet.

Von hinten etwas, etwas neues, seltsames. Es war als hätte er niemals zuvor eine Berührung gefühlt. Seine menschliche Hülle ließ ihm keine Zeit darüber nachzudenken. Er stolperte vorwärts, doch hinter dem augenscheinlich unbeholfenen Bewegungen versteckte sich eine Todesmaschinerie.

Seine Kopf rammte sich mit einer harten Schädeldecke in die Magengrube eines Feindes, keineswegs schmerzvoll für Harders gegenüber, dazu verließ dieser zu schnell diese Welt, die Magenwand platzte unter der gewaltsamen Anwendung Harders Kopfes auf. Da war es wieder. Erneut von hinten. Ein Gegner.

Kein Gegner, angesichts der Überzahl, die Harder gegenüberstand. Gewiss kein Gegner. Dieser Überzahl reichte nicht aus. Nicht Heute und

Jetzt. Scheinbar floss diesmal satanisches Blut in seinen Lebensadern. Der Drogenwahn übermannte ihn noch.

Jack riss sich frei und herum, seine Arme schossen vor, kein Handfeuerwaffe hätte schneller Patronen in wehrhafte Körper verteilen können. Die stählernen Muskeln seiner Finger spannten sich an, würgend, die himmlische und lebensspendende Luft von diesem Verdammten nehmend.

Der Angreifer wurde zur harmlosen Beute, Harder zog den fremden Kopf hinunter und sein Knie zertrümmerte die Reste dieser Kreatur. Harder vernahm nichts, Harder spürte nichts, dennoch zogen seine Hände, die Hände eines Menschen mit bestialischem Instinkt das lange, rot triefende Messer aus Jacks eigenem Körper, es steckte in dem rohem Fleisch, tief und fast schmerzlich. Fast.

Ein steinerner Stab traf ihn, seine Knie gaben unter dem Druck des Schlages nach, und er sackte gleich nach unter. Doch wie ein Jojo entwand er sich wieder aus dem Zug in die Unterwelt und federte aufwärts, die handgeschliffene Klinge aus edlem Stahl, welche vorhin noch in ihm selbst gesteckt hatte, weit hinein bohrend, in das sich darauf windende menschliche Schwein. Alles aufschlitzend, was dieses Tier am Leben halten konnte.

Harder war hier die einzige Macht, die Leben nehmen konnte. Oder geben. Aber letzteres bezweckte er nicht. In dieser Orgie des aufgrund plötzlicher kraftvoll angewandter körperlicher Aktivitäten mörderischen Treibens führte er die Schwingen des Todes. Die Klinge steckte fest.

Harder sackte erneut zum Boden, nicht bemerkend, dass glitzernder Stahl tödlichen Ausmaßes über seine Existenz hinweg glitt. Seine Hände fanden die Waffe seines zuletzt zu den Dämonen geschickten Feindes, obwohl die Augen längst getrübt waren, betäubt vom Wahn, und er umfasste den Stab mit zielsicheren Absichten.

Jack war eins mit dem Stab, dem Relikt alter Tage, in Gedenken an den ersten Mord der Menschheit. Ein Vergehen am Bruder, und sind nicht alle Menschen Geschwister, die Ahnenreihe entlang an die Spitze blickend?

Doch auch Geschwisterliebe versagte im direkten Kampf gegeneinander um das Leben. Kaum erkennbar ob nun der Stab in der Hand die Waffe, oder er als Person es selbst war, sein Fleisch schleuderte sich in die Richtung des Angreifers, dessen letzte Attacke ins Leere verlaufen war. Und der Stab erfüllte den ihm gegebenen Auftrag, die Gestalt des anderen Wesens deformierend, ihn unmenschlich gestaltend. Verunstaltet, doch niemals wieder mit dem eigenen Blick auf seinen Körper konfrontiert, ging auch dieser davon.

Sein war das Leben, ihres der Tod. Und er kam schnell. Ihre zahlenmäßige

Überlegenheit hatte nicht gereicht. Der letzte, der sich aufbäumend gegen Harder warf, wurde gepackt und davon geschleudert, aufprallend auf einem harten hölzernen Hindernis wurde das Opfer stark abgebrems und suchte sich mit den kriegerischen und herausfordernden Handlungen eines Schlägers zu wehren. Doch Harder war ihm weit überlegen. Denn Harder war kein Schläger. Kein Mörder. Ein Held? Ein Überlebender. Noch.

Im gnadenlosen Akt der letzten Sekunde verlor der streitsüchtige Unruhestifter sein Leben, Nanosekunden in dem zweifelhaften Genuss gewesen zu sein, seinen eigenen Rücken betrachten zu dürfen. Falls die Nerven es ihm noch übermittelt hatten. Harder war siegreich. Kein Sieg, kein Verlust. Nur überlebt. Er hatte überlebt. Seine Feinde nicht. Sie wollten sein Überleben in Frage stellen. Sie hatten nicht überlebt, nicht einer.

Harder hatte diese verstorbenen, die Welt verlassenen und von der Welt verlassenen Feinde in einer der Lagerhallen aufgefunden, welche er durchschritten hatte, auf der scheinbar aussichtslosen Suche nach seiner Tochter. Ihr Bild war das einzige, dass seine Augen an diesem Tag ständig erblickten.

Sie hatten sich in einem abgetrennten Büroraum gesammelt, standen davor Kontakt zu den anderen Suchgruppen aufzunehmen um die Jagd nach ihrer Beute zu koordinieren und sich untereinander zu besprechen. Harder hatte sie dabei plötzlich hinein platzend gestört. Jetzt war Ruhe eingekehrt und das zwischenmenschliche Problem beseitigt.

Er schritt langsam über die starren Leichname, wischte sich das Blut aus den Augen und verschwendete keinen Gedanken daran, ob es sein eigenes war. Heute konnte er alles Blut verlieren, wenn er nur das festgesetzte Ziel erreichte.

Er erinnerte sich an die Stichwunde knapp unter seinem rechten Schulterblatt und trennte sich mit dem Messer den entsprechenden Ärmel seines weichen, verschmutzten Pullis ab. Einem der Toten trennte er Teile eines Hemdes ab, faltete es mehrfach, bis es dick und kompakt war und legte damit einen improvisierten Druckverband an, den Ärmel als Verband nutzend.

Schließlich zog er wieder seine Jacke darüber, nur wenn sie zur Seite schlug, sah man einen Teil seiner Bemühungen. Das musste reichen. Plötzlich vernahm er eine schallende, nachhallende Stimme, er ordnete die Worte als russisch ein und schwang herum. Es klang, als käme sie von überall.

Niemand war da. Die Stimme brach abrupt ab, ging kurz in ein Gurgeln über, und Harder erkannte am folgenden Rauschen, dass die Stimme aus den Funkgeräten erklungen war, welche die Toten als Lebende noch bei sich getragen hatten. Eine andere Stimme ertönte über denselben Weg, die europäische Standardsprache.

„Ich weiß, dass Ihr mich nicht verstehen könnt, aber an alle die mich nicht verstehen, ist diese Nachricht ohnehin nicht gewidmet. Ich bin es, Dein ferner naher heutiger Partner. John Doe. Jack, such das große Kugelgebäude, ist östlich, an der Bahnstrecke entlang. Verschaffe Dir Einlass und nimm ein Funkgerät mit. Ein Hoch auf den russischen Bären."

Die Stimme brach wieder ab. Jack hob seine Knight vom Boden auf, welche ihm beim Betreten des Raumes aus der Hand geschlagen worden war.

Harder hatte die Bahnstrecke gefunden und schritt neben ihr entlang, sich somit an Does knappe Anweisung haltend. Die Dunkelheit schwebte über dem Gelände, und nur dank des Schein des Mondes konnte Harder etwas ausmachen. Noch sah man den Mond am Sternenhimmel.

Jack glaubte sich erinnern zu können, dass Kimsy ihm auf dem Urlaubsrückflug gesagt hatte, heute würde eine Mondfinsternis einkehren. Jäh sprang ein Schatten hinter einem der herumstehenden Containern hervor, und Jack richtete seine Knight aus, in sich das jugendliche Fieber spürend, dass ihn zu dem gemacht hatte, was er heute war.

Er zögerte einen Augenblick, die Gestalt war schlecht auszumachen, es war eine Frau, und er fürchtete Yade vor sich zu haben. Die Person machte eine ruckartige Bewegung, und etwas schlug Jack die Waffe mit einem metallenen tönenden Geräusch aus der Hand, ebenso vernahm Harder ein Sirren in der Luft.

Diese Frau war keineswegs Yade, Jack kannte sein Gegenüber nicht, und sie hatte ihn mit einer Kette aus stählernen Gliedern attackiert. Die Knight lag zu fern. Jack reagierte nicht weiter und musterte sie auf weitere Bewegungen.

Sie trug eine dunkle Jeans, vielleicht blau, dies war angesichts des fehlenden Lichtes schwerlich auszumachen, und eine ebenso dunkle knappe Jacke aus einem künstlichen Material. Unter dem Saum sah Jack deutlich eine gefülltes Pistolenhalfter, welches am nicht erkennbaren Gürtel befestigt war.

Sie schwang die Kette im leeren Raum, ihn unterschätzend und mit ihm spielend, während sich alle seine Sinne anspannten, und der Instinkt die Muskelsteuerung übernahm, alle Wahrnehmungen zu einem gesamten Szenario zusammenfügend, in nahender Ferne ein lauter werdender Donner.

Die Kette schwang mit den Augen nicht mehr fokussierbar auf ihn. Er machte, den Hieb unterschwellig zur Kenntnis nehmend, einen Sprung vorwärts und prügelte haltlos auf sie ein, die Frau sprang gewandt beiseite, ausweichend Schutz suchend.

Harder drehte sich zur Seite, sie vor sich sehend, dahinter die Kulisse der Bahnschienen sowie freies Feld bis zu den nächsten Lager und Fabrikhallen. Die Frau schwang die anderthalb Meter lange Kette aus massiven Stahlgliedern kunstvoll, bedrohlich wirkend. Der Donner wurde laut, sein Auslöser erreichte die Kämpfenden gleich.

Sie wechselte das erfasste Kettenende in die linke Hand und wollte mit der rechten ihre Schusswaffe ziehen. Harder reagierte wie vorher. Er sprang. Sie zog die Pistole, während die Kette wieder auf Harder zuflog, der den Sprung nur vorgetäuscht hatte und auf die Knie fiel, die Kette im Hinweggleiten mit den Händen packend, mit einem Ruck daran reißend.

Sie kam ein wenig aus dem Gleichgewicht, entschloss sich die Kette loszulassen und ihren Wetteinsatz auf die Pistole zu setzen. Der Einsatz war das Leben. Durch Harders festem Zug an der Kette fiel diese nicht zu Boden, sondern schnellte weiter herum. Er beschleunigte die kreisende Bewegung zusätzlich mit schwingenden Händen. Sie hatte sich gerade gefangen und legte auf ihn an, als die Kette sie am Kinn traf, und sie zur Seite geworfen wurde, während auf Harders Wangen einige Blutstropfen prallten.

Im Hintergrund erschien ein Zug, die Szene passierend, ein wenig gebremst, da der Zugführer im Scheinwerferlicht zwei Personen ausgemacht hatte, und er im Industriegebiet vorsichtshalber ohnehin eine Geschwindigkeitsbegrenzung einhalten musste. Harder ließ die Kette fallen und richtete sich auf, ebenso wie die junge Frau mit der Pistole, er lediglich einen Moment schneller.

Er erreichte sie, als sie leicht benebelt wieder auf den Beinen stand. Jack packte sie an den Schultern und warf sich mit aller Kraft gegen sie. Sie wurde von ihm zurückgedrängt, gegen die Wand eines Waggons des fahrenden Zuges. Die vorhandenen Haken und Ösen, zur Befestigung einer momentan nicht vorhandenen Abdeckung dieses Transporteisenbahnwagens gedacht, schlitzten und schlugen qualvoll ihre rückwärtige Front auf. Die Pistole war ihr längst zu Boden geglitten.

Als Harder sie losließ, fiel sie vorwärts zu seinen Füßen, ihre Kleidung hinten völlig zerrissen und blutig verschmiert. Sie war nicht tot, sie versuchte in Richtung ihrer Schusswaffe zu kriechen, Atemzug für Atemzug. Harder ging einige Schritt zurück. Sein Instinkt hatte sich immer noch nicht ausgeschaltet, ein Gespür dafür besitzend, wie viel Zeit blieb, bis sie die Waffe erreicht hatte.

Er bückte sich um ihre andere Waffe aufzuheben, die lange Kette, und trat zurück zu ihr. Er wickelte die Kette zweimal um ihren Hals und zog sie mit einem Ruck an den Enden hoch, für seine starken Armmuskeln stellte das keine Herausforderung dar. Einen vorübergehenden Augenblick sahen sie sich direkt in die Augen, der Jäger und die Beute, sein Gesicht regte sich nicht, ihres war hasserfüllt und leidend, dann flehend.

Er schwang sie mit seinen Armen herum, und erneut prallte sie gegen eine Zugwand, er machte einen Schritt mit den reaktivierten Beinen heran. Die Luft ging ihr langsam aus, und ihre Beine konnten sie nicht halten, ihr Gewicht zog sie zu Boden. Er sah das Ende des Zuges bereits, die letzten Waggons tosten an ihnen vorbei, als es ihm gelang, die Endglieder der Kette an einen der Haken einzuklinken.

Sie wurde über den Boden neben dem drittletzten Waggon mitgeschleift, ihre Luftzufuhr weiterhin am Hals abwürgend, ihre äußere Haut der Kleidung und die angeborene abschabend, Schicht für Schicht.

Harder sah sie in der Ferne verschwinden, keine Schmerzensschreie, dies war ihr nicht möglich, aber als sein Trieb nachließ, wissend, dass ihre Augen verzerrt vor Marter waren. Sein Blick schwenkte zu einem großen runden Schatten, der nebulös in der Weite auszumachen war, während der Zug den Leib mit sich zerrte.

Das russische Weltraumsimulationscenter. Ein Gebäude wie es international als zukunftsweisend angesehen wurde. Allerdings war es kein Trainingszentrum für Astronauten, sondern ein gewaltiges Unterhaltungsmekka. Gebaut in der Form einer gigantischen Kugel, wie geplant an einen Planeten erinnernd.

Als beliebtes Touristenziel galt die Schwerelosigkeitshalle, die zwar keine Schwerelosigkeit im wahren Sinne des Wortes simulierte, es jedoch dennoch ermöglichte ohne Hilfsmittel abzuheben und zu fliegen. Dies geschah mit Hilfe gewaltiger Windmaschinen, die vom Hallenboden alles in die Lüfte stemmten, Lebewesen inklusive. Hier konnte man seine Körpergewandtheit trainieren und verbessern, im frei zugänglichen dreidimensionalen Raum. Mit etwas Geschick vermochte man auf und abzutauchen und dahinzugleiten durch die Halle.

„Das ist also Ihre Art eine Aktion einzuleiten. Ihre nach Plan getrennt arbeiteten Agenten werden bereits im Flugzeug zum Einsatzort dazu gebracht den Plan umzuwerfen, und sie müssen weit von Moskau entfernt abspringen. Das heißt es, wenn Sie mir sagen, Sie behalten die Kontrolle über den Einsatz.“

Mit einem inneren Unbehagen sah der Angesprochene Leiter des ESD dem Mann der WSO, Leconte, in die Augen.

„Die russischen Nationalisten wissen von einer europäischen Aktion in Moskau, nur wissen die nicht, wer dahinter steckt. Sie wollten unsere Agenten aufhalten, was ihnen nicht gelangt. Ich hatte Kontakt zu unserem

Mann. Er und Harder sind in Moskau angekommen und der Einsatz läuft. Ich denke schon, dass ich davon sprechen kann alles unter Kontrolle zu haben. Auch wenn es Probleme geben wird, da die Nationalisten nicht nur Kamischko und Anhang suchen, sondern wissen, dass Ihnen ebenfalls jemand auf der Spur ist."

„Sie sollten wissen, dass ich alles genau beobachte. Wenn es mehr gibt, dass Sie über die Situation in Moskau wissen, will ich davon erfahren!"

„Das ist vorerst alles an bestätigten Informationen."

„Dann operieren Sie weiter."

„Tuck!"

Es war Yades eindringliche und möglichst leise Stimme, die aus knapper Entfernung an das Ohr des jungen Mannes japanischer Abstammung gelangte. Er bildete die Vorhut, Kamischko folgte ihm in zwei Meter Abstand, hinten lief Yade, die den rückwärtigen Raum vor unangenehmen Gesellschaftern sicherte. Er schaute weiterhin aufmerksam in Gangrichtung, als er mit ihr sprach.

„Ja."

„Ich höre Schritte."

Auf diese Bemerkung hin brauchte er sich nicht auf eine Kampfhandlung vorzubereiten, er hatte es bereits getan.

„Wir gehen weiter."

Sie waren auf ihrer Flucht verfolgt worden, einmal von den angeblichen Gardisten des Flughafens, aber auch weitere zivile Fahrzeuge hatten ihren Weg gekreuzt und versucht sie zu stoppen. Beide wussten nun, worüber Kamischko längst Kenntnis hatte: sie wurden von einer ganzen Organisation verfolgt.

Es war ihnen gelungen ins Industriegebiet zu entkommen, von dort aus waren sie zu Fuß weiter geflohen, in einer Lagerhalle hatten sie Unterschlupf gesucht und sich ausgeruht. Doch sie mussten in Bewegung bleiben, die Suche nach ihnen war in vollem Gange.

Es gelang ihnen an den Rand des Industriegebietes zu kommen, wo sie feststellen mussten, dass das gesamte Gelände in einem enger werdenden Kreis gesichert war, und sie dort nicht ohne zu sterben durchbrechen konnten, so dass sie sich in dem riesigen kugelförmigen Gebäude verschanzten.

Doch die Munition ging zu ende, und die Angreifer waren in großer Überzahl. Tuck, Yade und Kamischko waren gezwungen sich zurückziehen und weiter in das Gebäude fliehen, in dem sie nun gejagt wurden.

Jack Harder erreichte den Eingang, ein langer ausschließlich gläserner

Gang, der sich wie eine Schlange aus dem untersten Teil der von dicken Stahlsäulen gestützten Kugel wand. Am Anfang des Ganges ging der Korridor in einen geräumigen Raum über, an dem sich die Kasse befand. Natürlich war hier jetzt in der Nacht alles geschlossen.

Normalerweise. Heute waren die Glasflügeltüren gewaltsam aufgebrochen worden, mehrere Fenster waren mit Einschusslöchern gesegnet. Es herrschte eine Kulisse der Verwüstung, und dass obwohl Harder gerade erst eintraf.

Er betrachtete die Destruktion und sah neben einem der Kassenschalter einen zerschossenen Leichnam liegen, dem er nicht viel Aufmerksamkeit widmete, nachdem er gesehen hatte, dass es niemand bekanntes war. Er ging weiter den gläsernen Gang entlang, einer blutigen Spur folgend.

Tuck schlich an der Wand den dunklen Flur entlang, sich zur nächsten Biegung vorarbeitend um nach Gegnern Ausschau zu halten. Abrupt erhellte sich das düstere Ganglabyrinth, nicht in rasch wieder erloschenem Mündungsfeuer, sondern in währendem Schein der Beleuchtung.

Jemand hatte dieses Kugelgebäude zum Leben erweckt und in Gang gebracht, im übertragenen Sinne. Doe saß lächelnd mit sich rasch bewegenden Fingern in einem lederbezogenen Stuhl der Steuerungszentrale und bediente die Computer, rasch den Aufbau und die Steuerungsmöglichkeiten verstehend.

Der Computerhacker, das sich selbst Cyberpunk nennende Genie war völlig in seinem Element gefangen. Harder hatte das Innere der Kugel mittlerweile erreicht und wollte der schmaler werdenden Blutspur links herum im äußersten Ring der untersten Etage folgen, als über die Lautsprecher in seinem Flurabschnitt die ihm inzwischen bekannte Stimme zu ihm sprach.

„Jack, rechts herum. Ich bin Dein Auge und Dein Ohr, folge meinen Worten. Vertraue dem Herrn.“

Jack suchte mit ernstem Blick die angebrachten Lautsprecher, konnte sie aber auf Anhieb nicht finden und verwarf den Gedanken daran, mit den Lippen eine lautlose Antwort formend.

„Denn das ist würdig und recht.“

Er nahm den Weg nach rechts.

Es war nicht weiter schwer, im Gegenteil. Doe machte seine Sache mehr als gut, wirklich perfekt. Er hatte alle Bildschirme im Auge, wusste, wer sich wo befand, und er lenkte Harder an den Feinden vorbei in die höheren Ebenen der Kugel. Jack verließ sich auf den befremdeten Charakter.

„Jack, im nächsten Raum sind zwei Gegner, beide bewaffnet. Du solltest

…"

Auf seinem Bildschirm sah er, bevor er den Ratschlag aussprechen konnte, wie jeder der zwei Nationalisten mit je einer Kugel Blei als Gedächtnisstütze ab sofort zu leben hatten. Und damit ließ sich nicht sonderlich gut leben. Harder schritt an den Fallenden vorbei, und Doe entfleuchte ein belustigtes Schnaufen bevor er wieder in sein Mikrophon sprach, vorher die Lautsprecher vom Vorraum aus und die jetzigen einschaltend.

„Jack, nimm die Flügeltür links, Du erreichst den äußersten Ring, folge ihm rechts herum. Du bist bald am Ziel, danach folge weiter dem Ring, geh rechts und in der großen Halle nimmst Du den Gang gegenüber, ich werde selber jetzt gehen, man erreicht gleich meinen Raum. Viel Glück."

John Doe machte sich auf den Heimweg.

Tuck keuchte leise, die andauernde Belastung hatte ihm den Atem geraubt. Verzweifelt widmeten sich seine Gedanken der Aufgabe, einen Weg in die Freiheit zu finden, vorbei an den Häschern, die ihren Abstand mehr und mehr verringerten. Sein Blick war auf die Glasfront des Außenrings gerichtet, er harrte in einem Quergang, leise den Schritten lauschend, welche sich hörbar näherten.

Handzeichen hatte er bereits zu seinen zwei Begleitern im Hintergrund gegeben, nun wartete er auf den richtigen Augenblick. Yades Körper befand sich in völliger Anspannung. Ihr Rücken war zu Tuck gewandt, ihre Waffe zeigte in die Richtung des Ganges aus der sie gekommen waren.

Sie hatten sich zu dieser Etage durchgeschlagen. Yade hatte einen Streifschuss am Bein, Tuck ließ sich nichts anmerken. Aber Yade befürchtete, dass der Freund ihres Vaters schwer getroffen war. Kamischko war zweifelsohne unverletzt. Der Mann trug mittlerweile eine Waffe und setzte sie professionell ein. Die drei hatten ihre Feinde mehrfach effektiv dezimiert, aber immer wieder waren neue aufgetaucht, wie eine Flut von nicht endenden tödlichen Wellen. Yade wußte, dass sie dem nicht mehr lange standhalten konnten.

Die Schritte näherten sich langsam, ein fester zielstrebiger Gang. Tuck hielt den Atem an, und sein Finger presste den Abzug bis zum Druckpunkt, bereit für den tödlichen Schuss.

Harder hatte keinen höheren Schutzengel mehr, welcher ihn vor Gefahren warnte und musste selber um sein Wohl besorgt sein. Er berief sich auf die einstigen Gesetze der Vorsicht, er fühlte eine Person hinter dem Gang, genau genommen bemerkte er eine schwache Reflexion in der Glasfront. Er sammelte die kaum vorhandenen und mittlerweile wieder merklich schwächer werdenden Kräfte seiner Beine und setzte mit einem Schwung über die Ecke hinweg, so dass er über den Liegenden sprang. Jack drehte sich dabei, prallte mit dem Rücken gegen eine Seitenwand, dies ignorierend und richtete seine Waffe auf die Person, die dies als Hinterhalt geplant hatte. Er schoss nicht. Der Liegende drehte seinen Kopf zu ihm und ein Lächeln überflog beide Gesichter.

„Tuck!"

„Jack!"

Ein freudiger japanischer Ausdruck erklang ebenso wie Yades Stimme.

„Jack!"

Sie freute sich. Jack Harder spürte ein unglaubliches Gefühl der Erleichterung. Seit Jahren musste er damit leben, dass sie ihn Jack nannte, gerne hätte er einmal die Bezeichnung Vater vernommen, aber die Gewohnheit ließ ihn darüber keine Verbitterung mehr spüren. Sie tat es einfach nicht, hatte es niemals getan, und er hatte seine Tochter nie darum gebeten.

Nur der kleine Jack Junior sagte Vater zu ihm, beziehungsweise benutzte er Verniedlichungsformen. Jack nickte seiner Tochter ernst, aber im Inneren mit Wohlwollen, zu.

„Gehen wir."

„Wohin, Jack?"

„Nach Hause, Yade."

Kamischko und Yade traten näher.

„Jack, Du läufst?"

Yades Stimme war von Verwirrung erfüllt. Jack lehnte sich einen Augenblick entspannend an die Wand.

„Die Erklärung ist nicht wichtig. Gehen wir."

Er wollte sie nur noch sicher nach Hause bringen. Tuck machte sich daran langsam aufzustehen. Kamischko ergriff ihn bei der Schulter und zog den halben Japaner in die Höhe. Die Stelle an der Tuck gelegen hatte war mit einer Blutlache beschmutzt.

Harder schaute mit angespannten Wangenmuskeln auf seinen ehemaligen Partner. Verbitterung stand in Jacks Miene. Entsetzt sah Yade die Wunde in Tucks Unterleib, nervös und geängstigt schaute sie zu ihrem Vater. Tuck nickte seinem langjährigen Freund bedeutungsvoll zu. Sie verstanden sich wortlos, zu viel hatten beide gemeinsam erlebt.

Yade ängstigte dieses stille Gespräch in ihren Grundfesten, aber ihr blieb keine Gelegenheit darüber nachzudenken. Jack schritt los. Den Zurückbleibenden blieb nichts weiter übrig als ihm zu folgen. Tuck presste eine Hand auf seine Wunde. Verzweifelt versuchte er somit den Tod zu verlangsamen. Jack spürte jeden Schritt bis in den Kopf, seine Nerven verweigerten sich seiner Kontrolle mehr und mehr, und die Muskeln lähmten.

Sie erreichten die von Doe erwähnte Halle. Für diesen riesigen Saal kamen die Besucher des Museums. Während Harder bislang beim Durchschreiten der Gänge und Räume nur Bilder und Photos, sowie zahlreiche Miniaturbauten und Modelle gesehen hatten, kam die Gruppe jetzt in einen Abschnitt des Museums, wo der Besucher Erfahrungen am eigenen Leibe erleben konnte.

Der Gang endete in einem Balkon, von dem Harder in eine große Halle mit Kuppeldach blicken konnte, fünf Meter unter dem Balkon in den Boden des Raumes waren gewaltige Turbinenmaschinen eingelassen, die aktiviert waren. Sternförmig angeordnet befanden sich weitere Balkone in gleicher Höhe. Harder erinnerte sich genau an Does Wortlaut und wußte, dass er und die anderen zu dem gegenüberliegenden Balkon kommen mussten.

Harder zögerte keinen Augenblick und sprang über den Rand des Vorbaus. Seine Jacke wehte im Wind, die Luft trug ihn. Die monumentalen Maschinen drückten ihn gegen die Erdanziehungskraft in die Höhe, stemmten seinen Körper wie eine Feder und ließen ihn wahre Freiheit widerfahren. Er bewegte sich ein wenig. Eine knappe Drehung ließ seinen Leib herum schwenken, er tauchte in den stabilisierenden Wind hinein, fühlte Seitenströme von Ventilatoren an der Außenwand und ließ sich treiben.

Durch zusätzliche Querströme in der Luft konnte man sich fortbewegen, fliegen. Die anderen machten es ihm nach, sprangen ebenfalls in die Leere und fühlten sich wohl. Jack sah nicht nach den anderen neben sich, sondern ließ seine Augen auf dem vorbestimmten Ausgang. Rasch hatte er gelernt sich richtig zu bewegen.

Er trieb in einen starken Vorwärtsstrom und näherte sich seiner Zielplattform, als ihm ein Schatten in den Augenwinkel fiel. Harder wand sich blitzartig, ein Unterstrom riss ihn einen Meter tief hinunter, ein Projektil kreuzte seinen vorherigen Weg. Er drehte sich ein Stückchen weiter, die aufgeregten Schreie seiner Gefährten nicht beachtend, und sah zwei bewaffnete Personen, welche mit Gewehren zielten.

Harder riss den Abzug seiner Knight vollständig durch, die Metal Killing Bullet ignorierte die Luftströmungen und vollzog eine gradlinige Bahn direkt in ihr Opfer hinein. Die Sprengladung hatte sich auf dem Weg aktiviert und Fleischstücke flogen dem Schützen der Knight entgegen. Der andere Bewaffnete wurde in seinem Zielvorgang von der Explosion seines Nachbarn gestört und verlor für den Gegenschlag zwei Sekunden der Befangenheit, mordende Sekunden, die Jack Harder nicht ungenutzt verstreichen ließ. Jack tötete mit einem weiteren Schuss, wie ein Engel, der durch die Lüfte flog.

Die anderen hatten in der Zeit nicht reagiert, sie waren überfordert mit der ungewohnten Art hier die Bewegungen zu steuern. Es herrschte wieder Sicherheit, und der Engel erreichte die Plattform, mit festen Griffen zog er sich auf den Balkon, die anderen von dort musternd. Yade und Kamischko machten ihre Sache gut. Tuck trudelte ein wenig hilflos herum, Jack sah die Blutstropfen von seinem Unterleib durch die Schutzgitter zu den Blättern der Ventilatoren fallen.

Schließlich erreichten die anderen ebenfalls die Plattform und die Flucht konnte weitergehen, vorbei an einer Riesenzentrifuge für Probeastronauten bestehend aus Besuchern des Museums, in einen großen Raum mit Warntafeln an den Wänden. Alle bekannten Sprachen waren vorzufinden, doch Harder las keines der Schilder.

Er sah die Vorrichtung gegenüber des Einganges, durch den sie gekommen waren, die Vorrichtung welche sich an der Außenwand befand. Jack schleppte sich vorwärts. Eine Art Schleuse aus zwei automatischen Glasschiebetüren führte auf eine Brüstung außerhalb der gigantischen Gebäudekugel. Er näherte sich dieser Schleuse, davor stehenbleibend. Er nickte stumm zu sich selbst, bevor er seine Stimme zu den anderen erhob.

„Das ist unser Ausweg.“

Yade trat neben ihn und schaute ihren Vater von der Seite auf das Profil.

„Vergeuden wir keine Zeit“, bemerkte Yade.

Jack nickte wieder stumm, ohne seine Tochter anzusehen.

„Leg mir das Gestell an, ich spring als erster, ihr gleitet am Seil hinab. Kein Widerspruch, Yade.“

Sie nickte, gewohnt ihren Vater als einzige Autorität anzuerkennen und ihm zu gehorchen, wann immer sie merkte, dass er einen Protest nicht akzeptierte. Tuck setzte sich auf den Boden des Raumes. Kamischko sicherte den Raum, alle drei Ausgänge aufmerksam im Blickfeld haltend, während Yade ihrem Vater draußen im starken kalten Wind auf der Brüstung half, das Gestell am Körper zu befestigen.

Jack Harder war ausreichend vorbereitet. Er wollte sofort springen, wie früher sich und niemandem eine Pause gönnend. Er war bereit, zu leben, zu sterben, für den Einsatz.

Aber der Anblick seines letzten Partners im aktiven Dienst, den er bei einem Blick über die Schulter sah, verstockte ihm den Atem und beendete die sofortige Handlungsweise, die er sich jahrelang eingeprägt hatte. Er quälte sich zurück durch die Schleusentüren, die sich vor ihm öffnete und strauchelte zu seinem Freund. Das Seil, das er hinter sich herzog, wurde zwischen den zugleitenden Türen eingeklemmt.

Jack kniete nieder, fiel eher unter den erleichterten Beinen, die ihn nicht länger tragen mussten und konnten, und nahm Tucks Kopf sanft und vorsichtig mit beiden Händen, ihn zu sich drehend.

Tuck schaute ihn haltlos in die Augen, erwiderte Jacks ernsten und überbrückenden Blick, beide verstanden sich in einem grenzenlosen Ausmaß. Jack beugte sich tief zu seinem Vertrauten, und ihre Augen vollführten einen stummen Dialog. Worte wären verschwendet gewesen, nahezu ein Zeichen von Befremdung, unnötig.

Sie kannten sich zu genau und hatten zu oft am Rande des Wahnsinns gestanden um nicht zu wissen was in beiden Köpfen vor sich ging. Tukalar Ran verstarb in Jacks Armen.

Gefesselt von der Macht der Situation wurde Jack Harder von dem knallenden Geräusch eines Schusses in die Wirklichkeit befördert. Instinktiv nach seiner Waffe greifend fand er sie nicht, sich spät erinnernd sie seiner Tochter überlassen zu haben um leichter das Gestell anlegen zu können.

Waffenlos sah er, wie Kamischko von der Person niedergeschlagen wurde, der Kamischko vorher eine Schnellfeuerpistole aus der Hand geschossen hatte. Harder spürte stechenden Schmerz, es waren seine Beine, er fühlte sie kaum noch, nur den heillosen Schmerz.

Er sah seine Tochter, sie kam von der Brüstung, er fühlte wie seine Augen sich mit Wasser füllten und das Bild verschwamm undeutlich. Er sah zuletzt zwei kämpfende Personen, er hörte den Schrei seiner Tochter und vermochte nicht aufzustehen, nicht einzugreifen. Seine Hand tastete an seinem Körper herunter und berührte die Injektionspistole.

Yade bekam einen schonungslosen Stoß und verlor das Gleichgewicht. Während sie fiel, bemerkte sie das Aufgleiten der äußeren Automatiktür. Sie fiel tief. Der Nahkampf zwischen ihr und dem eingetroffenen Nationalisten hatte sich auf die Brüstung verlegt, und Yade war von ihrem Gegner stark genug geschlagen worden, dass sie über den Rand gestolpert war und von der Balustrade in die endliche Tiefe stürzte.

Jack Harder lief zügig auf die Brüstung, der Mann stellte sich ihm in den Weg, trennte ihn von seiner Tochter. Das Hindernis lebte keinen Augenblick länger, Jacks Arme waren vor geschnellt und monströse Muskelmaschinen, aktiviert von einem inneren Urtrieb, zerquetschten das Genick des Mannes abrupt.

Jack lief über ihn hinweg in die Leere hinter dem Abgrund, keine Barriere konnte ihn von seiner Tochter trennen, nicht einmal das völlige Nichts. Er sah seine Tochter Yade in seinem Sturz, spürte die eisigen Winde die an ihm rissen, nahm das alles wahr, es berührte ihn nicht. Er bemerkte nur seine Tochter unter ihm zu Boden fallend, ihr war sein Leben gewidmet. Sein Tod.

Er war ihr Schutzengel, auch ohne Flügel jagte er ihr hinterher, sein Gewicht im Vergleich zu ihrem ließ seinen Körper größere Beschleunigung erfahren. Jack holte sie ein, packte sie mit einer übermenschlichen Kraft, zusammen tiefer fallend. Er sah die sich windende Schlange unter ihnen, schwer erkennbar durch ihre wehenden Haare in seinem Gesicht, aber die Schlange wurde rapide größer.

Yade Harder zog die verstaute Knight ihres Vaters aus ihrem Hosenbund und richtete die Waffe auf die Schlange, nicht um das leblose Objekt zu töten, aber um das Dach des schlangenförmigen Ganges unter ihnen mit zwei Einzuschüssen zu zerstören.

Das Seil riss an dem Gestell und folglich an Harder, der seine Tochter festhielt, es verhinderte die Überbrückung der restlichen wenigen Meter bis zum Boden und kehrte die Bewegungsrichtung der beiden menschlichen Spielzeuge letztlich um.

An dieser Stelle, als Jack Harder und seine Tochter keine Beschleunigung mehr zum Boden erfuhren, löste Jack die Klammerung, und Yade fiel zu Boden. Sie stürzte durch das zerschossene Glas und prallte am Boden auf, nicht verletzt, nur ein wenig lediert. Jack Harder löste die Halterung des Gestelles im richtigen nächsten Moment des Schwingens und prallte neben Yade auf, die ihm Platz gemacht hatte.

Sie sahen das Bungeeseil ausschwingen und eine Gestalt von oben daran herabklettern. Der wieder erwachte Kamischko nutzte ebenfalls diesen Ausweg in die Freiheit, wenngleich dies für ihn nicht leicht war, angesichts des schweren Gepäckstückes, das er trug. Aber er schaffte es unter der wachsamen Beobachtung Harders. Jack betrachtete Kamischko und dachte, dass dieser nur schaffte durchzuhalten, weil er eine perfekte Ausbildung durch den russischen Geheimdienst erlangen hatte.

Als Kamischko unten ankam, blickten sich alle drei mit einem aufkeimenden Gefühl der Erleichterung an, wissend, dass sie einen großen Teil der Flucht geschafft hatten. Yade schritt voran, Kamischko folgte ihr, auf dem Weg durch die windende Glasschlange zum Ausgang. Jack bildete mit seiner Knight das Schlusslicht, seine Tochter lebend vor sich sehend, wieder die Beine spürend und nicht mehr das taube Gefühl.

Er sah ihren graziösen Gang, ihr wunderschönes Konterfei und wußte, dass sich der Einsatz gelohnt hatte, als er hinter sich das Geräusch von Tritten auf Scherben vernahm. Eine schnelle Drehung um seine Hochachse ließ ihn eine hochgewachsene Frau mit kurz geschnittenen Haaren erblicken, die ihm Begriff war, den Abzug ihres Automatikgewehres durchzuziehen.

Für einen kleinen Augenblick konnte er durch den seichten Nebel einer Schmauchspur durch den Körper hindurchsehen. Bis sich schließlich der gewaltsam befreite Raum mit dem klebrigen Lebenssaft füllte, und die ehemals schreiende Figur zu Boden sackte.

John Doe befand sich hinter der Gefallenen und schritt elegant und schnell mit wehendem Mantel auf die Gruppe zu, die Schusswaffe mit dem gerade erhitzten Schaft in der Hand. Vor Harder blieb er stehen, und die beiden Seelenverwandten blickten sich in die Augen. Doe sah tief in den jetzigen Familienvater hinein, er sah die Wahrheit und ergriff das Wort.

„Jack, ich habe bereits einen Treffpunkt für Kamischko ausgemacht. Begleite ihn dorthin, hier ist die Wegbeschreibung und der Zeitpunkt. Ich bringe deine Tochter sicher zum Flughafen, wo wir auf Dich warten werden."

Doe hatte den Plan verändert. Er hatte Kamischko selbst fortbringen wollen. Aber er wusste, was mit Jack geschehen würde.   Beim letzten Teil der Bemerkung blickte Doe besonders eindringlich zu Harder, beide verstanden sich bis ins Detail.

„Ich bin einverstanden."

Mit einem melancholischen Gesichtsausdruck schaute Harder über die Schulter hinweg zu seiner Tochter.

„Bis später, Yade."

Er bereute es, ihr nicht mehr sagen zu können, aber es hätte den Schmerz nur verstärkt. Doe würde dieser Aufgabe nachkommen.

Jack Harder sah die Gestalt in der dunklen Nacht stehen. Lange hatten sie auf den vereinbarten Zeitpunkt gewartet, er und Kamischko, Jack kam es wie ein Leben lang vor. Harder hatte sich im Schatten zurückgezogen, er taxierte den Ankömmling mehrere Minuten ebenso wie er die Umgebung aufmerksam mit den Augen kontrollierte.

Das Szenario war eine unzureichend beleuchtete Straße vor einem veralteten Fabrikgebäude. Jack Harder trat aus dem Schatten, welcher ihn verborgen hatte und schritt dem Fremden entgegen, wachsam auf jede Reaktion. Harder hatte seinen Pullover und die Jacke abgelegt, als er den Übergabeort erreicht hatte. Er schwitzte stark, und plötzlich ausbrechende innere Hitze quälte ihn.

Deutlich schien sein starker Brustkorb unter dem schwarzen T-Shirt hervor. Er wankte merkwürdig beim Gehen, so als wäre jeder Schritt wohl überlegt und müsste unter Schmerzen ausgeführt werden. Harder blieb direkt vor dem Fremden stehen, und dieser blickte zuerst auf die große Handfeuerwaffe, die der ehemalige Polizist in der rechten Hand trug.

„Sie sind nicht allein", warf Harder ihm vor.

„Ich heiße Abraham Walker. Sie brauchen keine Angst zu haben, ich..."

Harder bewegte rasch seinen Schussarm und richtete die Knight auf das

Kinn des Unbekannten aus. Er hatte nichts konkretes wahrgenommen, doch sein Instinkt warnte ihn.

„Sie sind nicht allein."

Eine Frau und ein weiterer Mann traten aus dem Schatten des großen Müllcontainers der Fabrik und gingen auf die zwei anspannt abwartenden Männer zu. Der neu hinzu gekommene Mann ergriff das Wort mit einem nachdenklichen und überlegten Blick auf Jack Harder.

„Ich bin Lieutenant Vern Krieger von der Europäischen Verteidigungs Armee. Wir sind beauftragt von Ihnen Kamischko in Empfang zu nehmen um ihn Präsidenten Pasternak zu übergeben."

„Kommen Sie näher."

Jack Harder ließ seine Stimme mit innerer Ruhe erklingen, er hatte bereits mit sich abgeschlossen. Dennoch ließ er sich anmerken, dass er keinen Widerspruch tolerierte. Der angebliche Soldat kam seiner Aufforderung nach, beim Näherkommen musterte er Harder und runzelte die Stirn.

„Ich kenne Sie."

„Gut möglich."

„Sie sind Officer Jack Harder, vor einigen Jahren aufgrund einer Behinderung der Beine vom aktiven Dienst in den Ruhestand versetzt. Ihre Beine, Sie können wieder laufen."

„Die Geschichte stand wohl in jeder Zeitung. Meine Beine gehen im Moment. Sie sollen Kamischko bekommen, für mich ist damit alles erledigt."

Der Soldat blickte auf den Polizisten, sein Gesicht war nachdenklich und ließ ein gewisses Maß an Traurigkeit spüren. Die Gedanken dieses Mannes über Jack Harder verblieben verborgen in seinem Kopf.

Harder senkte die Waffe und stieß einen schrillen Pfiff aus, dann wandte er sich und ging schleppend davon. Schritt für Schritt, Schmerz für Schmerz. Aber er hatte mehr als gelernt mit Schmerzen umzugehen. Der Deckel des Müllcontainers öffnete sich mit einem quietschenden Geräusch, und der gesuchte Mann kletterte hinaus, während der Soldat dem ehemaligen Polizisten nachschaute.

Für Harder war dieser Krieg vorbei, dieser und jeder andere. Auf Jack wartete etwas Neues und Unbegreifliches. Kamischko trat mit einem angeketteten Koffer aus Stahl zu seinen neuen Beschützern, und sie liefen wortlos zu ihrem Fortbewegungsmittel.

Der Chef des Active Corps dachte ein letztes Mal an das Engelprojekt, über welches er sich zwischenzeitlich informiert hatte, und an den jetzt verloren Nachfahren der Engel. Dann schaute der Mann der World Security Organisation mit dem einnehmenden Blick einer Schlange, welche ihr

Opfer taxiert auf seinen Gesprächspartner.

„Gut, die Eingliederung Russlands hätten Sie erreicht, und die WSO gibt ihr Einverständnis. Aber wird Europa durch die neu erlangte Größe zu machtsüchtig, wird es wieder gespalten werden. Glauben Sie mir, einen Bürgerkrieg in europäischen Ausmaßen zu arrangieren ist für die WSO durchaus möglich. Also, sorgen Sie dafür, dass die Europian Secret Division weiterhin alles unter Kontrolle hat, und ich nicht einschreiten muss. Die Balance der Mächte muss gewahrt bleiben."

Der Leiter der ESD nickte, sich der Drohung von Francoise Leconte bewusst.

In der längst vergessenen Gegenwart hatte er die erkaltete stählern glitzernde Klinge an seiner Kehle mehrfach vernommen, die erhitzte Mündung der Waffe an der Stirn, unzählige Male den Tod als Begleiter, als Wegweiser der ihm die Richtung wies.

Den Tod hatte er oft an seiner Haut gespürt. Unlängst vorbei war die Angst vor dem Schmerz, vor dem winzigen Stück, das fehlte ihm die Sinne zu rauben, zu sehr gewohnt es ertragen gezwungen zu sein. Der Todhäscher spielte nicht mit seiner minderen Existenz, der bekannte Fremde Sensenmann nahm ihm das Leben, den Zweck und den Ursinn der Geburt.

Er verließ die Welt durch den einzigen Ausgang, welcher sich für ihn je auftat. Seine Lider schlossen sich auf ewig, die Augen darunter einem neuen Ziel entgegen gerichtet, den letzten Gedanken seiner ihn verlorenen Familie opfernd. Seine Frau, seine Tochter Yade, sein Sohn Jack. Jack Junior Harder. Lebende sind niemals Held. Um ein Held zu werden, muss man sterben.

Anmerkung des Autors:
Die Geschichte von Jack Harder hat zahlreiche Querverweise zu anderen Büchern. Seinen Kindern begegnen wir im Thriller „Tote Träumer" und in „Copnet", im mystischen Roman „Tote Seelen" lernen wir, was es mit dem Gegenstand für Präsident Pasternak auf sich hat und in „Tote Seraphim" gibt es Einblicke in das Engelprojekt, dem wir Jack Harder zu verdanken haben.

<HTTP://WWW.OLIVER-SZYMANSKI.DE>

AUSZUG WEITERER ROMANE

AUS DER REIHE: DER DEUTSCHE
NYC 9.11. Der Plan danach

AUS DER REIHE: UNDERWORLD'S CHILDREN
Nacirons Vampire: Sakrileg
Nacirons Vampire: Blutlinie
Nacirons Vampire: Himmelfahrt

AUS DER REIHE: WHODUNIT
Liebesakt

AUS DER REIHE: EUROPEAN DIVISION
Tote Träumer
Tote Helden
Tote Seraphim
Tote Seelen

AUS DER REIHE: AKADEMIA ARKANIA
Der Sohn des Wolfgängers

AUS DER REIHE: MIDWINTER CHRONIKEN
Die Elfen der Sha'anaar
Die Götter der Elfen